在甘州

舒眉 著

陕西新华出版 太白文艺出版社·西安

图书在版编目（CIP）数据

在甘州 / 舒眉著. -- 西安：太白文艺出版社，
2025. 4. -- ISBN 978-7-5513-2981-1

Ⅰ. I267

中国国家版本馆CIP数据核字第2025WX4627号

在甘州
ZAI GANZHOU

作　　者	舒　眉
责任编辑	张宇昕
整体设计	建明文化
出版发行	太白文艺出版社
经　　销	新华书店
印　　刷	三河市华东印刷有限公司
开　　本	880mm×1230mm　1/32
字　　数	250千字
印　　张	10.625
版　　次	2025年4月第1版
印　　次	2025年4月第1次印刷
书　　号	ISBN 978-7-5513-2981-1
定　　价	55.00元

目　录

001　｜　道是寻常不寻常
　　　　　　——舒眉文字印象

● 亲　情 ●

011　｜　采访父亲

029　｜　旧家燕子伴谁飞

036　｜　春雪融融

041　｜　岁岁端阳

047　｜　妈妈的妈妈

052　｜　老去的亲人

055　｜　再忆外婆

072　｜　我妈和我爹

082　｜　泪雨千行恍若梦

085　｜　清明的怀念

090　｜　一路上有你

093　｜　外婆的锁阳茶

095 | 气 息

098 | 雪落无声

103 | 女儿参赛记

108 | 父亲节随想

113 | 唯有记得，才有意义
　　　　——父亲周年祭

● 自　　己 ●

121 | 爱悦自己

125 | 似水流年《十八春》

131 | 流泪的阅读

138 | 露天的感动

141 | 针线情思

151 | 一半烟火，一半清欢

155 | 浮生一日

158 | 中秋月

162 | 一日散记

167 | 寒假读书盘点

172 | 安静的一天

176 | 我与图书馆的恋爱史

●味　道●

185　|　牛肉小饭

188　|　臊　面

193　|　糊　馎

198　|　父亲的油糕

202　|　酿糕油饼子

206　|　榆钱儿麦饭

210　|　麻腐包子

213　|　搓鱼子

217　|　炒　炮

●行　走●

225　|　青海散章

231　|　青海祁连行

238　|　我和草原有个约定

247　|　黑河西去正义峡

252　|　秋日甘南

•甘 州•

265 | 诗意水云乡

269 | 雪落丹霞

273 | 温煦神沙窝

276 | 古城屋兰

279 | 沙井，从汉代走来

286 | 张掖大地：西游遗迹觅踪

297 | 白云生处

302 | 清凉大佛寺

307 | 诗意栖居

310 | 初秋的坝庙

313 | 画里金秋最甘州

317 | 秪侯堡

323 | 西大湖畔好村庄

330 | 春来甘州，水波荡漾

333 | 后 记

道是寻常不寻常
——舒眉文字印象

武强华

掐指算算，和舒眉相识已经快二十年了。作为挚友，我们相伴多年，见证着彼此在写作道路上的成长，一起行走，一起举办各类文学活动，也熟知彼此的喜怒哀乐、家长里短和兴趣偏好。很多时候，我们写了东西都会第一时间发给对方看，深入探讨，征询意见，有时也各抒己见，甚至争论不休。若把这些年我们交流探讨文学的文字整理出来，即便没有十几万字，几万字也肯定绰绰有余。但我们平时多是讨论单篇文字，要从评论的角度来谈她的创作，我思考了好久，还是难以下笔，毕竟她创作的体裁很广，散文、诗歌、小说乃至河西宝卷都有涉猎，单论哪一个方面好像都有偏颇之嫌。

先说说她的散文。

舒眉以散文见长，很早以前，她就以散文蜚声张掖文坛。我知道她的名字就是从读到她的散文《似水流年十八春》开始。这似是一篇读后感，但又不仅仅是一篇读后感。她从自身谈起，时而在说现实生活，时而又呈现了张爱玲那个时代的种种场景和人物情思。她的文字具有极强的代入感，读这篇散文时我仿佛置身于张爱玲那个时代，体味到了以张爱玲为代表的海派文学的那种细腻、婉约、忧伤，还有爱与痛交织的悲欢离合，也激起了我对张爱玲文字的阅读兴趣。

文字的魅力不在于有多么华丽、精致，而是一定要以真情打动人、感染人、吸引人。这是所有写作者应该具有的基本能力，但仅从这一点来评价舒眉的文字，犹显不足。我以为她的散文除了扎实的文字功底之外，更可贵的是蕴含一种质朴的他者关怀和生命意识。也就是说，她的文字中总是有一个高于她的人存在，她自己则以低到俗世尘埃的视角，去洞察、去书写那些触动心弦的所见所闻，对善美之人和物从不吝啬自己的赞美之词，甚至毫不避讳地用自己的缺点去映衬别人的优点和可贵之处，在书写的同时进行着一种自省和反思。她对所写对象有一种同频共振的深切共情。比如在《争渡》中，她写到去见一个被烧伤毁容但依然坚强活着的女子，她的心似乎也随着文字被撕扯："她的五官全都扭曲变形了。乍一看，仿佛那火还在这张脸上燃烧着，看得人心都被揪得疼痛起来。我赶紧移开目光，心里也仿佛被火烧了似的灼痛。"看到主人公依然乐观地坚持绘画，她自己就觉得"和许多人一样，我终归只是一个庸常而功利的人"。还有在《另一种坚守》中，她写到去探访写歌的农妇张淑萍，自己被感动得一塌糊涂，认为"张淑萍的坚守让我再一次认识到了自己的肤浅和懒惰"。还有那篇《道是寻常》，主人公是一个修鞋的中年妇女。她总能发现普通人身上的闪光点，并怀有发自内心的悲悯情怀。其实这看似不起眼的地方，我觉得恰恰是文字对写作者的一种反哺和改造。写作的意义何在？从写作者自身来说，肯定不仅仅是为了发表和稿费收益，更多的是一种修行——在写作中获得文字的滋养和反哺，使我们内心获得更多的养分和升华。我极度厌恶那些在文字中粉饰自我，高高在上俯视众生的作者。

舒眉的写作养分一方面来自广泛而深刻的阅读，另一方面来自她广泛的兴趣和不间断的行走。她这些年的散文创作以行走笔记居多，总能从自身最深切的感受出发，写到人生中遇到的那些让她感动的人、事和景。她对这个世界的敏感感知，决定了她书写的视角和立足点。在她的眼中，一草一木和一人一事都能带来无尽的感动，她总能从最底层、最简单的生活中，发现人性深处最真挚、最感人的东西。在《天上的西藏》《青海散章》《武威行记》《有一种感动叫同行》《黑河西去正义峡》《我和草原有个约定》等数十篇散文中，她以切身体验书写足迹所到之处的景物，同时渗透着浓浓的自我感触和情思。她习惯性地记录途中的那些令人感动的人和事，使行记并不单是一篇游记，更是一段生命轨迹。她感受自然、书写自然、记录过往，对山川万物动情，这并不是闲情雅致，而是对自然和生命的敬畏，是一种更博大、更辽阔的自然情怀。她还写亲情、友情、师生情和一些阅读杂感。总之，她的散文就是她前半生的心路历程，朴实而深情，平凡却丰盈。

但我也毫不避讳地给她说过，她的散文平实、真挚、感人，但还是有些拘谨，特别是行走方面的文字，还是不够大气开阔。"发乎情，止乎礼"，似乎是她散文写作的一个原则，使她的散文看起来饱满、舒适、温暖、感人，符合一种大众化情感的认知和表达方式，但缺乏更大胆、更多样化的深刻思考和拓展，或者说是少一点那种让人意外或震惊的东西。说白了，她的散文还是有些中规中矩。这也许与她的性格有关，她多次说过，与人交往她有"洁癖"，那些行为品德方面有问题的人，她一概避之。反映在文字中，就是温暖感人的东西多，善的美好的东西多，对生活中客观存在的恶很少提及，即使偶尔写到也是点到为止，绝不多述。或许是她在写作中潜意识地过滤和回避了一些问题，从而使她的散文给人相对"纯净"的感觉，较少泥沙俱下之态。桑塔格说："别那么合乎逻辑。"尼采说："没有污点就没有存在。"写作者应该要有勇气去面对和尝试那些我们不愿面对甚至厌恶的东西。

再谈谈她的小说。

尽管她写的小说不多，也就写了十篇左右的中短篇。但我从她的小说中还是读到了一种她在散文中没有触及的更深层次的生命意识和人性挖掘。小说的虚构似乎让她放下了写散文时的拘谨和束缚，把想象力拓展到了更远更深的地方，使她的思想在不知不觉的延展中有了更丰富、更深刻的可能性。

中篇小说《雨天》写一个出租车司机毛阳，被窘迫的生活压得几乎喘不过气来。小说一开始就借用天气营造了一种压抑气氛："天阴沉着脸，灰蒙蒙的，一个下午了，闷热，一丝风也没有。人像在蒸笼中一样，身上的汗出了一层又一层。毛阳心情烦躁，却又无处发泄，懒懒地开着车，在街上遛。"然后，似乎只是在叙述主人公开车这一件事情，但这个过程却非常漫长，他的出身、家庭、工作和困境，在他开车的过程中，都进行了穿插回顾，几乎把他的半生都交代清楚了。压抑、无奈、甚至是绝望，不仅困扰着主人公，也让读者感同身受，憋闷揪心。出租车司机开车这么普通的一件事为什么会让人揪心呢？其实作者从一开始就埋下伏笔，并不断往"气罐里面增压"，随着叙述的深入，我们渐渐感觉压力已经达到了爆裂的临界点，只需要一个火点，它就会爆裂。生活本身已经让他不堪重负，即将崩溃，作者却还是继续加压，让他又经历了无辜被揍，以及面临被无端误解和指责的屈辱。于是，那个坐车女孩的颐指气使和怀疑指责最终成为压垮毛阳的最后一根稻草，他掐死了那个女孩。这篇小说不仅展示了舒眉超强的叙事能力，也展示了她对人性和人物心理的深入挖掘和细致描写，而且结构上层层递进，毫不松散。杰里·克利弗在《小说写作教程》中写道："你越是让小说人物困窘不堪，读者就越能享受其中的妙处。""把他们推到了极限状态，正是把握他们灵魂最深处的最佳手段，也是触动读者内心的最佳手段。"十几年前舒眉写这篇小说的时候，这本书的译本还没出版，但在这篇小说中她却暗合了这个理念。也许正是得益于她丰富的阅读量和扎实的文字功底，她一开始涉足小说，就谙熟小说创作之道，展现出了不俗的实力。

在《寿辰》《喜丧》《我再好，不在你身边》中，她把目光投向了老年的困境。三篇小说的主人公都是农村的老年人。这三篇小说一改《雨天》中压抑扭曲的人物心理和激烈的冲突描写，而改用舒缓、琐碎、低沉的语调和叙述方式，这也是为符合主人公的年龄和身份作出的必要调整。读这三篇小说，仿佛就在听老年人在你面前絮絮叨叨说着家长里短，娓娓道来，不急不缓。《寿辰》和《我再好，不在你身边》的主人公都是明爷，可能在作者心中，明爷有一个系列故事，但两件事她分开来写。《寿辰》围绕给明爷过寿一事，把儿子儿媳、孙子、女儿女婿、外孙、侄子侄媳，还有老兄弟都写了个遍，每个人在明爷过寿这件事上身份不同，表现也不同。作者极有耐心地对每一个出场人物进行了描写交代，不贬不褒，但每一个人物的性格和内心的那点心思却清晰可见。语言和场景，都关乎我们所熟悉的乡村生活和人物。这看似平淡，但描写起来恰恰很有难度，容易出现千篇一律的人物，使读者乏味。但舒眉以写实的手法，巧妙地塑造了不同的人物，让我们看到了一个个不同的面孔。过寿本是喜事，也是热闹事，但子女们给的也许并不是老年人真正想要的。作者让我们感觉到了热闹中的寂寞，喜庆中的忧伤，真切地展现了老年人晚年的悲凉和无奈。在《我再好，不在你身边》中，她几乎以同样的手法，把老年人与子女之间的关系进行了揭示。同时，从另一个角度，换位思考，讲述了子女照顾老人的不易，尤其是对儿媳这个角色，进行了客观公正、入情入理的描写。如果老年人读了这篇小说，会对自己的儿媳有更多的理解和宽容。《喜丧》宛如一场现实的闹剧，可以说真实入骨。活着的时候不赡养，死后却大操大办，这正是目前很多农村老年人面临的困境。文中献祭领羊那个情景描写得尤其精彩，羊开始不"领"，暗示着去世的容奶意难平，不甘心，不愿领儿女大办喜丧的这个情。但最终羊浑身抖起来，"领"了，也表现出老年人的一种无奈。本地关注老年人生存境况的文学作品并不多见，舒眉的这几篇小说可以说体现了一种难能可贵的人性关怀。

舒眉另外几篇小说均以女性视角出发，关注女性生存体验和情感世界。在《天上飘过些流云》《流年寒冬》《叶子》《与爱无关》中，舒眉塑造了不同行业、不同身份的女性，展现了她们在婚姻生活及爱情纠葛当中内心的挣扎与煎熬，以及一次次受挫的经历。《预约逃离》让我想起了获得诺贝尔文学奖的加拿大作家艾丽丝·门罗的《逃离》。女性自由似乎是一个永久的热门话题，她们有的为自己的感情而烦恼，被爱情所困惑；有的为激情而一时冲动，追悔莫及；有的在不幸的婚姻中苦苦挣扎……她们同样渴望爱情，追求自我，但同时又在现实中屡屡受挫。舒眉擅长人物心理描写，特别是女性心理，她似乎也触及到一些坦诚的真实。她以细腻平实的手法描写女性的性格及心理，不做作，不矫饰。她小说中的主人公并不是花朵般柔弱的女性，或者满腹牢骚的怨妇，也不是为情所困的"恋爱脑"，她们是普通女性，却有着丰富敏感的内心，也有面对生活的勇气和能力。她并没有美化生活，也没有美化女性，但我们从中可以看到女性身上那种被岁月磨砺出的坚韧和自尊。其实，她们就是我们，我们也是她们，谁没有无数次想逃离庸常生活的想法呢？只是我们没有说出来，舒眉笔下的"她"替我们表达了这些隐藏在内心深处的感情和想法。张爱玲说："生命是一袭华美的袍，爬满了虱子。"没有人的生活是完美的，没有经历深重的苦难，并不说明我们内心没有痛苦，寻常人的痛苦也许就来自庸常琐碎的生活。苏联作家格罗斯曼说："唯有通过写作，我才能体验到自己在现实生活中不敢体验的事物。写作让我得以探索自己在生活中不可能探索的处境。"这种探索，对写作者和读者来说，又何尝不是一种自我疏解和救赎呢？

她的散文和诗歌多从自我感受出发，但小说更多地关照了他者。可惜她并未在小说领域继续坚持创作。她说她排斥深刻，但我觉得"深刻"具有相对性，有时候看似普通的东西其实是深刻的，而刻意想去表达深刻的东西可能是肤浅的。其实，她的小说已经证明了这一点，平淡和平凡之中本身就蕴含着深刻，道在寻常当中但并非寻常。作为好友，我也曾多次建议她继续坚持创作，但她始终被一种莫名的自卑感所困扰，或者是因为她自己所说的"慵懒"，使她迟迟没有重新拾笔。

舒眉十分热爱诗歌，对诗歌有着独道的感悟和不俗的见解，也创作了很多让人耳目一新的诗歌。特别是关于本地一些人文景观的诗作，韵味深厚，也产生了一定的影响力。但总体来说，数量有限，佳作不多。她一直致力于诗歌推广和各类文化普及活动，但从个人创作方面来说，她似乎并未把写诗当回事，偶有创作，也并不足以形成她自己的个人风格。对她来说写诗似乎和写散文一样，都有一点难以打开的拘谨。她的诗值得一读，但在此不作为论述重点。而目前她参与创作的"河西宝卷"，虽然在文化传承方面具有非常重要的意义，但因为属于民间大众文化的一部分，集体创作成分居多，并未能体现她个人在文学创作方面的个性化特点，也不评说。

奥登说："作家和所有人都一样，具有个人的弱点和局限。每一位作家都具有性格与天赋上的缺陷。"没有完美的写作者，也没有绝对完美的作品。写作是一种艰辛的付出，但同时更是一种自我滋养、自我挖掘、自我省悟、自我认定、自我拓展的回报。真正的写作者无疑是一个精神丰盈的人。虽然人到中年，创作激情和创作力都有所减退，但知识阅历的积累也是人生的财富，我依然觉得舒眉是一个非常具有潜力的写作者，她在写作方面的才能并未得到充分展示。我仍然期待着她能突破自己，写出更多更好的作品。

亲情

采访父亲

1

采访父亲的想法由来已久。

六年前，我因工作需要查阅档案时看到了爷爷的名字。

这件事情让我忽然对父亲、对自己的身世有了探究的念头。爷爷在我很小的时候就去世了，因为没有在一起生活过，也就一年见一两次面，所以关于爷爷的记忆很少。我脑海中留下的关于爷爷的印象，就是一个高大而黑瘦的老头，大而宽的额头上布满了抬头纹。神奇的是，这大额头和抬头纹居然就毫不走样地遗传给了父亲，又遗传给了我和弟弟们，成了我们家标志性的外貌特点。我小时候最讨厌自己宽大额头上的抬头纹，难看不说，还特别显老，好像比同龄人年长很多，特别羡慕别人光洁好看的额头。直到成年以后才坦然接受自己的长相，不再为此烦恼，只是感叹家族基因的强大。

2

转眼，父亲也已过古稀之年，长得越来越像爷爷。不记得从啥时候开始，他的头发已经全白了，耳朵也不再好使，我们说话，他总是听不清楚。几年前就给他配了助听器，可还是听不清楚，总要多问几遍。老花镜也是早几年就戴上了。走路颤颤巍巍的，感觉随时都要摔倒，看着让人揪心。这样的状态算起来也有六七个年头了。从六十多岁的时候轻微脑梗，到后来又因心肌梗死做了支架植入手术，再被查出糖尿病，父亲的身体一直不太好。我们回到家里，他似乎就巴巴地等着，告诉我们他身体又不舒服了，头晕，嗜睡，没精神，犯困。我们就安慰他，像我们小时候生病了他安慰我们一样。我们要带他去医院，他却又不太愿意，说自己买药吃就可以了。我常常开玩笑说他是娇气包，其实我心里明白，人老了，需要的更多的可能是心理安慰。我们带着他外出时，看他走路不稳，总要扶着他，他就一再感叹自己不中用了，似乎岁月又将他变成了需要照顾的孩子。但平日里我们不在身边，他自己去银行取钱，去缴电话费、收视费、电费、水费，他和母亲日常吃的药也是他自己去药店买的，经常还要货比三家，几个药店挨着问过来，哪家便宜就在哪家买。有时候，甚至给自己开中药方子，拿去药店抓药回家煎服。有几次他去药店抓药，一样一样盯着，居然看出药店的年轻店员抓错了几味药。

人其实是很健忘的，不知不觉中，我们已经习惯了父亲老态龙钟的样子，尤其是在心理上，从依赖父亲变成了被父亲依赖。渐渐地，和父亲说话就有了一种不易觉察的强势，自己却浑然不觉，似乎一直以来，都是我们在照顾父亲。而父亲，也越来越习惯于顺从我们、迁就我们，甚至有时候说话还带着点儿讨好的意味。我们在家里聊起工作上的事情，父亲也会提起他曾经的工作经历，兴致盎然地描述当年的情景。我们往往听着听着就失去了耐心，嫌他说过很多遍了，嫌他说得又慢又细致，嫌他重复啰唆，嫌他思想落后跟不上时代发展，嫌他根本不了解我们现在工作的辛苦，完全忽略了他也年轻过，也曾作为单位负责人主持过二十多年的工作。偶尔，我们会对他说的话题有兴趣，但也常常是左耳朵进右耳朵出，并不往心里去，且听过一段时间就忘了。

那份已经发黄的档案唤醒了我，让我意识到自己的可笑与肤浅，我特别想知道父亲当时参加会议的情景。那段时间，我一直想，父亲年轻的时候，工作一定是很出色的。小时候，家里有一个相框，里面的很多照片上，年轻的父亲身穿军装，英俊而干练，意气风发，像极了两个弟弟上大学时的样子。毫无疑问，父亲也有过风华正茂的青春岁月，有过身强力壮的中年时光。他也拥有自己完整而曲折沉浮的人生，有着自己生命的辉煌和高光时刻。

身为儿女，我们有什么理由忽略甚至轻看父辈的人生呢？

3

两年以后，我的工作地点变动到了博物馆，博物馆在张掖大佛寺景区。

作为非文博专业出身的博物馆工作人员，我虽然对博物馆馆藏文物及张掖历史文化有着浓厚的兴趣，但文博基础知识几乎为零，想做更深的研究感觉无从下手。在我的认识中，文博工作虽然不似尖端科学那般高深莫测，需要特殊的才能，但也要有广博深厚的学养基础打底。我曾听人说，到博物馆踏踏实实干上十年之后，才敢开口说话。我相信这绝不是一种夸张的说法，而是真实的感悟。人的一生，会遇到些什么，真的由不得自己选择。当年在校园的槐树下感叹一生大事已定，再也没机会离开校园的我，说什么也不会想到，当了二十年老师之后，已近不惑之年的我，能有机会去文联做编辑——这是我喜欢的工作，所以，虽然心有不甘，却也毅然决然地放弃了已经驾轻就熟的教学工作借调到文联。更没想到的是，几年后世事变迁，我又阴差阳错地来到博物馆工作。这样始料未及的改变，多少让人感到沮丧和难过。虽然"只不过是从头再来"的歌听着很励志，但我对自己有清楚的认识，我不是一个有坚定信念和意志力的人，对自己和现实都太宽容，容易妥协，爱好广而泛，又贪图享受，根本做不到踏踏实实下功夫重新开始建立新的知识体系。

闲散的日子里，灰心和茫然交织，我完全地失去了对文字的感觉，很长时间一个字都没有写，每天都在心里鄙视自己，却又一次次地原谅自己，心安理得地懒散着。就在这样的状态下，我参加了在张掖举办的第十四届全国民间读书年会。在活动中，国内很有名的学者专家谈到对张掖的印象，他们对大佛寺夸赞之余，遗憾有关大佛寺历史研究的文献资料太少，并建议张掖的写作者多写点儿关于张掖大佛寺的历史。这让我深受触动，感觉眼前一亮，看见了适合自己努力的大体方向。在这之前，我参加过党史研究室关于"上海知青支援张掖文教建设六十周年"口述历史的活动，采访过几位老人，记录了他们亲身经历的那一段历史，我觉得这个活动很有意义。口述历史从个体人生经历的角度记录时代，更为真实和鲜活，我可以用这样的方式记录大佛寺的历史，这是我擅长的。

这个想法得到了朋友的肯定，让我对自己又有了信心。我开始付诸行动，请教专家，确定重点内容，学习口述历史的相关知识，并根据专家和朋友们的建议初步确定了范围，决定就做新中国成立以来张掖大佛寺重大事件亲历者的口述记录。算算时间，好多亲历者都已作古，健在的也都七八十岁了，这个工作具有抢救意义，需要马上开展。那段时间，我甚至处于一种兴奋状态，脑子里一直琢磨这件事。

但这事直到现在都没有完成，其中的曲折和缘由让人无语，也不想再提及，终归是我自己不够坚定，才刚刚开了头，又放下了，每天似乎都有各种各样的事由忙碌，回头来看却是大片大片的空白，任由时间又荒废了两年。这件事情成了压在我心头的一块石头，让我觉得无颜面对自己，更无颜面对曾热心给过我很多建议的朋友们。

4

这两年，父母去兰州帮小弟带孩子，只在假期才回张掖。过完年，父母又去了兰州。我要求自己必须每天给他们打一个电话。每次打电话，我这边声音大到喊了，那边父亲还是听不清楚，一句问话重复说几遍之后，父亲就会答非所问地说些"吃过了""我好着呢"之类的话，他知道我们问的就是这些。尽管心里分明知道父亲也很无奈，但有时候还是会失去耐心，觉得可笑又可气，匆忙挂了电话。继而就特别难过，想象他拿着电话听不清楚的样子，再联想到听不清声音对他内心的打击，以及无奈和无助，眼泪就止不住流下来了。人生七十古来稀，已经七十六岁的父亲，虽然身体和精神看着还好，但他随时都有可能离开这个世界，离开我们，这是谁也无法改变的事情。一想到这些，就更有一种急迫感。有句话说："父母在，人生尚有来处；父母去，人生只剩归途。"就算这感悟是流传千古的至理，但人也总是在失去之后才会有痛彻的感悟。

再一次，我产生了想要采访父亲、记录父亲人生历程的想法。除了身体里流淌的血液、宽大饱满的额头和深深的抬头纹，父亲历经岁月磨砺后沉淀的思想和为人处世的方式，也是他言传身教给我们的做人准则。父亲从他的父辈那里承继的性格、脾气、爱好、特长，虽然会因为人生轨迹不同而有所区别，但也会毫无例外地传给他的子女，这是一个家族的血脉传承，更是我们在人群之中有别于其他人的明显特征。我们每个人从小到大，听到的最多的话就是："你和你爹（妈）真像啊。"

行走世间，还有什么比这更为清晰的来处呢？

5

父亲生于1944年，正是"生在旧社会，长在红旗下"的那一代人，也是新中国发展历程的见证人和亲历者，七十多年的人生经历，就是他留给我们的精神资产，也是最为真实而鲜活的历史资料。

父亲一生为人实诚，用母亲的话说，就是实心眼儿——说话做事都不会转弯，直来直去，不会左右逢源，更无广泛交际。他这个特点，被我和两个弟弟"完美承袭"，我们姐弟仨基本随了他的性格，不善言辞，更不善交际，一句虚与委蛇的话也不会说，在人多的场合甚至显得木讷笨拙。从十七岁参加工作到六十岁退休，工作四十三年，最让父亲骄傲的事情就是，除了当兵四年，他从来没有换过工作，也没有调换过单位，在一个单位干了一辈子，成为当地最权威的兽医师，至少有二十年的时间，他高超的医术和丰富的临床经验无人可以取而代之。我们小时候，他就是乡畜牧站的站长，当了二十多年，一直到退休方才卸任。父亲一辈子工作扎实，技术过硬，但直到退休连中级职称也没有评上，他自己说是因为学历不够，又太老实，填表的时候老老实实填了小学毕业。等我们成年以后步入社会参加工作，能够相对客观地认识社会和人事的复杂后，才明白父亲正是"只会埋头拉车，不知抬头看路"的老实人，他不懂得，也不愿意曲意逢迎,必然会失去或者错过一些机会。现在回想起来,我们小时候听父亲和他人聊天,父亲曾多次说过他因为看不惯领导的做法而当面顶撞领导的事情,语气和神情都充满了自豪。少不知世事艰,我们为父亲的耿直正义而自豪,潜移默化中,我们姐弟为人处世自然也深受父亲影响。都说父母是孩子最好的老师,身教大于言传,何况,决定一个人命运的性格因素中,很大一部分源自强大的基因。

生而为人,谁都不是单独存在的,而是存在于一个生命系统中,是生命链条中的一个环节。

6

这一次,我下定决心,再不能像之前一样做事虎头蛇尾、有始无终。于是我决定先列一个采访提纲。大框架分为家庭情况、童年记忆、上学经历、工作经历、重大事件和社会变革等;具体问题设了近三十个,想尽量细一点儿,更深入一点儿,如童年最初的记忆、一生中最难忘的事、一生中最艰难的时候、一生中最成功的事、一生中最遗憾的事等。这些问题,大多是我根据自己所了解的父亲的人生经历量身打造的,也参考了网上的一些人物采访提纲。我自以为对父亲一生的大致经历是很清楚的,只是对涉及的具体时间、地点、细节,以及他自己的感受不确定,要再听他口述一遍。可是等列完提纲回头再看,我才发现,有些问题看似平常,我却从来没有和父亲正面聊过,也就是说,我从来都没有真正了解过父亲,也从来没有想过要走进父亲的内心世界。

真正的采访,又过了一段时间才开始。因为父亲在兰州,专门去一趟也确实不太方便,周末两天时间有点紧。我起初的打算是列好提纲之后，给小弟发过去，他只需要按照提纲上的问题，明确时间、地点等就行了。我觉得我对父亲已经有足够的了解，我甚至可以根据他之前的叙述，模仿他说话的口吻，整理出来一篇完整而真实的"口述"记录。

提纲发给小弟之后，我心里并不踏实，不安、愧疚，似乎还隐约夹杂着对自己的鄙夷。我这是为完成采访而采访吗？我的目的真的就是完成一篇文章吗？我需要的是面对父亲，用心听他诉说一生的经历。这对于父亲和我，不仅是一次寻根问源的回忆，也是重新审视自己、重新品味生活的机会。诉说和倾听对于我和父亲都有着不同寻常的意义。

清明节，大弟回老家上坟，在老家务农的小叔叔要和父亲视频。看到手机屏幕上须发花白的父亲，已经年过花甲的叔叔一下子老泪纵横，老兄弟俩隔着屏幕竟是相对无言了很久，之后反反复复说的话，就是叮嘱对方要好好吃饭，好好活着。小叔叔甚至给大弟说，可以不去上坟，应该利用假期去一趟兰州看看父母。我听大弟回来描述当时情景，竟也止不住泪流，当即决定，要抽出几天时间来，专程去一趟兰州，好好陪伴父母几天。

回头来想，自成年以后，似乎就没有好好陪伴过父母。即便他们在张掖的时候，离得那么近，也不能朝夕相伴，哪怕只是一次侍奉晨昏。虽然每个周末都去父母家里，但大多数时候也只是吃一顿饭而已，吃过饭就匆忙回家，要管孩子，要洗衣服，要忙工作，要和朋友应酬……每一件事情似乎都比陪伴父母要紧，每一个理由都可以得到父母的理解和宽容。我们也忙得心安理得，总觉得以后陪伴父母的时间还长着呢。有时候，也会在心里做一个计划，等自己闲了，要带父母出去旅游。就这样日复一日，从父亲退休到现在，十多年的时间过去了，我们还一直那么忙碌，甚至更忙了。而父母，还有多长时间可以等我们闲下来呢？

<h1 style="text-align:center">7</h1>

父亲对我的采访很有兴趣。他的记忆力好得让我吃惊，我没有想到，几十年以后，他依然清晰而准确地记得一生中经历的所有重要事情的时间、地点，当时的场景，在场的人的姓名、说过的话、穿的衣服，甚至人的表情、动作等细节，也都能做简单且清晰的描述。而且，越是早年间的经历，记得越清楚。而这些细节，正是我感兴趣的内容。

父亲十七岁就离开老家参加工作，一生的经历并不曲折，基本情况我大都了解。离开家之前他在大集体当食堂保管员，后来上了畜牧学校，工作之后当兵，当兵结束回到原单位，一直工作到退休，一生基本平顺，没吃过大苦，也没出过大力，母亲一直说父亲"命好"。也许是受了平日里母亲言语的影响，我也一直觉得父亲是个幸运的人，甚至想当然地认为父亲没有经受过生活的磨砺，尤其是和很多同龄人相比，他的一生就是幸运的一生，也是幸福的一生。很显然，这样的想法并不客观。每一个人，都不可能脱离社会，不受时代的影响，即便相对来说比其他人稍好一点儿，但生活在那个年代，父亲怎么可能没有受苦挨饿呢？

我以为生在旧社会的他，贫穷和饥饿应是他最为深刻的记忆，就和我们经常看到的一些那个年代的影视作品中的情节一样。但他说他最初也是最深刻的记忆是我的爷爷奶奶很疼爱他，这让我感到意外。父亲还叙述了一件让他印象很深的事：三四岁的时候，因为某件事情他哭闹不止，性格急躁的奶奶吓唬他，要抱着他扔到牛圈里去，被我爷爷看见了，手里拿着土块要打奶奶，奶奶只好放下怀中的他。这样的叙述很有画面感，把我带到了当时的情景之中。我小时候跟着父亲回老家，父亲描述的那个老房子还在，我也依稀记得那个黑而旧的老房子。孩童时，父亲作为家里的长子，享受了天底下所有新生命都享有的父母的宠爱。无论贫穷还是富有，父母的爱是一样的，这份爱，一直留存在父亲的记忆中，也流淌在他的血液里，让七十多岁的父亲回忆起来依然动情动容，眼含热泪。这情景，也让我感动不已。

1958年，父亲刚刚参加劳动，赶驴车在临泽县城和梨园口村之间运送煤炭、钢铁。父亲这一段经历，是我所不了解的，也许他说起过，但我没留意。他说他经常一个人套牛车，一个人赶路送货，天不亮就起床，有时候在临泽县城拉上货物再回到梨园口村时已经半夜了，又饿又累。他有两次感冒，在卫生所打针之后头晕恶心，一个人躺在卫生所门口晒了一天太阳才缓过来，也没有人管，后来自己学了医才明白当时是青霉素过敏，差点儿就没命了。我算算时间，1958年，父亲刚刚十四岁。十四岁的少年，在当时干农活是平常事，有些人甚至更早，但一个人走在石头滩上，前不着村后不着店的，当时父亲的内心有过恐惧吗？他又是怎么战胜身体的疲惫和心里的害怕从而坚持下来的？几十年之后，父亲只是轻描淡写地讲述了事情经过，即便我能完整地记录，也不能完全感同身受，更不能想象这一段经历对他一生的影响。

由此我想到自己。二十岁之前，我从来没有独自去医院看过病，哪怕只是普通的感冒发烧也没有一个人去过，每次都是父母带着去，更多的时候是父亲骑着他的自行车驮着我去医院。一年级期中考试的时候，我感冒发烧，父亲先带着我去医院看病打针，然后送我去学校。我坐在自行车前梁上昏昏欲睡，父亲就一路给我讲故事……四年级的时候，我得了慢性阑尾炎，父亲和卫生院的医生比较熟，就商议不做手术，保守治疗，但要连续打半个月的肌肉针消炎。那段时间父亲每天带我去医院打针时，都给我一把从新疆带回来的葡萄干。那时候缺吃少穿，葡萄干是很稀罕的吃食，平时根本吃不到，因为打针挨疼，我享受了特殊的待遇，也就不再抗拒去医院了。有时候，我还会带着炫耀的心理很大方地分给满眼羡慕的小伙伴几颗。参加工作之后，我因为肝脏损伤住院，也是父亲带着我在市医院找医生，办手续，做检查，交住院费……这一件件往事，因为父亲讲述他小时候生病的事而一下子涌到我的脑海里，让我在年近半百的时候，又重新感受到了年少时被父亲宠爱的幸福，而这幸福，当时并未在意，后来也很少再想起。我忽然想，如果不是采访父亲，我会不会就把这些事渐渐淡忘了呢？人是那么容易忘记，忘记快乐，也忘记疼痛。现在的我，已经忘记了父亲年轻时候的模样，仿佛他一直都是现在这般老态龙钟。可是，如果连这些都忘记了，我的生命中还能剩下什么？没有根，没有记忆，没有精神的指引和归宿，我又能给自己的女儿留下什么？

十七岁离开家去畜牧学校培训，是父亲第一次外出，他也因此第一次坐火车。他清楚地记得每一个环节和细节：从家里背着行李出发，步行几个小时，拿着介绍信去张掖，住在哪家招待所，路上遇到了谁并给他说了什么，怎么开的证明，又怎么辗转坐火车去的武威黄羊镇，在火车上吃的发糕多少钱……不用我问，就一直往下说，我认真地倾听和记录。父亲滔滔不绝，他记忆的水龙头仿佛被打开，这些我曾经零零碎碎听过很多遍的"情节"，水一样汩汩地流淌，鲜活而明亮，清晰地勾勒出十几岁少年的求学轨迹和二十世纪五六十年代的社会面貌。1961年，新中国正处于三年困难时期，参加完畜牧学校培训之后，身高近一米八的父亲的体重从一百二十斤变成了八十斤。回到临泽老家，好心的大队书记觉得父亲离家在外太苦了，劝他回到家乡当会计，他没有答应。他说："我那时候也没有多想，就想着人不能昧良心。我培训的时候，每个月花了公家的五元钱，我不能对不起公家。"就这样，父亲在家里只休息了三天，就一个人背着行李步行几十公里去甘浚公社报到了。

还有什么比这些朴素而真实的话语更让人感动的呢？退休多年以后，父亲依然这样无怨无悔。这就是他一生为人处世的标准，也是他留给我们的精神品质。那一刻，我比任何时候都认同父亲，虽然我从小就不是一个叛逆的女儿，但我必须承认代沟的存在，我和父亲生在不同的时代，经历完全不同，看待世界、认识问题的角度也完全不同。在父亲的宽容下，这么多年来，我习惯了站在父亲的对面，挑剔他做的事，反驳他说的话，嫌弃他思想守旧，而父亲的一再宽容甚至纵容了我，也娇惯了我。我对父亲说话几乎是毫无顾忌、口无遮拦的，说他懒，说他老实过头，说他娇气，说他对自己的身体不上心……他似乎从来都不生气，偶尔为自己辩解一两句，也被我们反驳回去。更多的时候，我们对他说话有点儿敷衍的意味，有时只是出于礼貌应答他几句，内心觉得他已经不了解这个时代了。待看到父亲黯然的神色，我们也会在心里自责一会儿，却从来没有真正站在父亲的角度体谅过他的感受。

在这之前，我从来没有听父亲说过这样的话。我和弟弟当年都毫不犹豫地拒绝了父亲让我们学医的建议，选择了师范学校。现在想来，这是轻狂少年时对父亲的有意抗拒和内心深处对父亲的否定。但当时父亲没有强求我们，完全任由我们选择了自己喜欢的学校。参加工作以后，我们在家里聊起自己的工作，就觉得父亲不懂，也不理解我们的辛苦。隔行如隔山，对于父亲曾经的工作和他喜欢的中医理论，我们听不懂，也不愿意耐心去了解。

"都到什么年代了，怎么能和你们那时候一样简单？"这是我们经常对父亲说的话。有时候，说得委婉一点儿；遇到心情不好时，说得就更加直接，语气也冲。父亲变得默然了，像个犯了错误的孩子。

这么多年来，我们浑然不觉自己的言行举止已有意无意地对父亲造成了伤害。

8

十几年前我曾看过一本父亲的工作笔记，那时我还不到三十岁。当时正往城里楼房搬家，收拾老房子物品的时候，我在父亲保存的《毛泽东选集》《毛主席语录》中间，发现了一个手掌大小的蓝色笔记本，它居然是我上小学的时候获得的奖品，扉页上写着"奖给优秀少先队员缪丽霞"。我不记得自己曾得到过这样一个奖励，以为是自己的学习笔记，翻开看，已经发黄的纸上密密麻麻写满了字，是父亲的字，黑蓝色的钢笔字写得很好看。父亲最初上学时用的是毛笔，他的字不是真正意义上的书法，却也是有童子功的，不工整，却耐看，字体很有特点，整体看起来很舒服。我仔细看，记的大都是与会议相关的工作日志，包括参会时间、地点、人员、会议内容和传达的文件精神，以及总结上一段工作，安排下一段工作。其中有一篇的内容是："县畜牧站召开1980年畜牧工作年会。一、县畜牧站站长张春魁作关于如何改良张掖县黄牛问题的报告。二、省农科院九公里试验农场曹做关于猪病问题的报告……"还记录了单位干部考勤制度、出差花费、牲畜病情和用药情况等内容，琐碎又具体。这些内容，和我们现在的工作笔记几乎是一样的，甚至更为详细，认真。

一页一页翻看笔记本的内容，我想起了父亲年轻时的模样。印象中，父亲头发稀疏，显得额头更大，常年穿一件军绿色的便服，骑一辆加重自行车。父亲是慢性子，很少风风火火地走路，骑自行车也是不急不缓。印象中只有一次，父亲骑得飞快，那是爷爷去世前。接到爷爷病危的消息后，母亲就带着我和弟弟回了老家。当时父亲去新疆接种羊，走了二十多天还没有回来。有一天下午，我和老家的几个孩子在桥头边玩，远远就看到一个人骑着自行车飞速而来。那时候农村里骑自行车的人很少，我一眼就认出是父亲，待到他近了，我发现他的衣服脏得都发亮了。原来父亲去新疆这些天都没有条件洗衣服，回到单位后听到爷爷病危的消息，连衣服都没换就从单位骑车往老家赶。去新疆接种羊是父亲的工作，我们小时候不懂，只羡慕父亲又可以坐火车外出了，现在想来，这份工作并不轻松。由此才想起来，其实父亲后来讲过很多次那次去新疆接种羊的经历，一路上历经周折，非常艰辛。

更让人没想到的，是父亲笔记本上"看电影0.2元""看戏0.2元"的消费记录。这让我那上大学的女儿惊诧不已，感叹她的爷爷当年也是个"文艺青年"。我记得小时候父亲出差回来给我们讲他看过的电影和戏剧的事情，《火焰驹》《五女拜寿》《三滴血》最初都是父亲讲给我们听的，一遍又一遍。没有电视的漫长夜晚，我们在父亲讲的故事中入睡。我们姐弟三人爱看书，也是受了父亲的影响，我现在仍然记得《第二次握手》《青春之歌》《血色黄昏》《伟大的道路》《烈火中永生》等都是父亲曾看过的书。

那个笔记本就像兜头一盆凉水，浇灭了我自以为是、肤浅可笑的轻狂。我开始重新认识父亲，也重新审视自己。自从当了老师，我就自以为老师是天底下最忙碌也最辛苦的职业，是其他行业所不能相比的，应该得到全社会的尊重和理解。这是人性的自私，也是人性的局限，人总是会有意无意高估自己，同时轻看他人。在这之前，我一直觉得父亲的工作及单位都是不大正规的，一个单位只有五六个人，而且没有周末，天天都得上班，家里有事才可以早一点儿回来，或者办完事再去单位。父亲的自行车后面，常年挂着一个药箱，谁家的牛马猪羊生病了，就来找他，也不管白天晚上，不管休息不休息。有时候我们正吃着饭，人家找上门来，父亲撂下碗就跟着人家走了。母亲总说父亲"享了一辈子的福"。而我们，小时候不懂事，受母亲话语影响，以为父亲的工作很轻松；成年以后，更是自负轻狂，很少想过要去了解父亲。从看到那个笔记本到现在，又是很多年过去，我其实还是没有真正了解父亲。

不知道为什么，人总是想事无巨细地了解子女的想法，甚至想要参与子女的生活，即便被拒，也依然兴致不减，想方设法要获得讯息。对于父母，却正好相反。

据说百分之六七十的年轻人的微信朋友圈都屏蔽了自己的父母。他们不仅无意了解父母的生活和心情，连自己的生活和心情，也宁愿与毫不相干的陌生人分享，而不愿意与父母交流。

这也是由人的天性决定的吗？

9

采访顺利得出乎意料，一早上三个小时的时间很快就过去了。其间，父亲一直坐得端端正正，叙述清楚流畅，没有犯困，也没有说坐不住，这实在太难得了。

　　近两年父亲嗜睡、头晕、犯困、坐不住，大部分时间都躺在床上。偶尔也去外面走一走，回来就坐在沙发上看电视，看看他喜欢的体育赛事，关注时事新闻。人老了大都喜欢热闹，更喜欢儿女围坐、其乐融融的场面。前些年，只要我们回到家里，父亲就一直陪着我们聊天、看电视，放弃他雷打不动的午睡。从两年前开始，他饭量减少了很多，不再像以前那样喜欢吃肉，而且吃过饭就要去躺着，要么很快就入睡，要么就躺在床上翻看手机。他已经坦然接受了身体的衰老，我们也习惯了他从饭桌上提前离开。只要他自己舒服，我们就不再像前些年那样用有益健康的生活习惯要求他。父亲一辈子爱酒，爱吃肥肉，前些年因为做了心脏支架植入手术，我们按医生的要求，不让他吃肥肉，限制他喝酒抽烟，这自然是为了他的身体健康着想，但有时候看着父亲寂然而落寞的神情，心里也会怀疑，我们这样强势地干预他的饮食，会不会让他失去了快乐的享受？已过古稀之年的老人，处处受局限，生活还有什么乐趣呢？还是顺其自然，随他心意吧。

　　这次采访，父亲的身体状态这样好，是我们都没有想到的。不知不觉中三个小时就过去了，我列的提纲才刚刚完成了一半。父亲谈兴很浓，提起很多人，都要简单给我介绍一下和他们的交往，连带着说到那个人现在的生活情况，以及某次相遇之后聊天的内容。像是古代章回小说的笔法，随着峰回路转，出现不同的故事人物。母亲有时候也加入进来，两个人一起回忆往事，相互补充，也相互提醒，甚至相互嗔怪一句。我第一次感觉五十年相濡以沫的生活，就是父母一生共同的财富。

　　这简直太有意思了。

我发现自己不仅对父亲，对他提到的每一个人的人生故事，都有着浓厚的兴趣。

10

我忽然想，除了父亲，我们周围还有一大批七十岁以上的老人，他们其实和父亲一样有着丰富的人生经历。随着年龄渐长，阅历增长，我越来越深切地认识到，现实生活比小说更为精彩，很多人所经历的世事，远比小说更为传奇。尤其是近几年读了很多非虚构文学作品，更觉得真实的记录也很有价值和意义。例如，《人民文学》刊发的梁鸿的《中国在梁庄》等作品，感觉比小说还要吸引人，也更震撼人心。

那段时间，我特别想用一种客观平静的叙述方式，记录外婆的一生。我们姐弟三人都是外婆带大的，和外婆感情深厚，对她的身世也比较了解。外婆出身地主家庭，当她讲述往事时，虽然语气平静，但她的经历还是像一把刀子在我心里刻下了深深的痕迹。在时间洪流中，每个人的生命都只是一滴水而已，但对于每个人来说，看似平淡的一生中都有着刻骨铭心的记忆和难以忘怀的时刻。但时间会消磨人的记忆，遗忘是容易的，也是快速的，如果没有特殊的记录，不要说别人，就是我们自己的骨肉子孙，也会在很短的时间内忘记我们，即便在特殊的日子里回忆起来，也只是一段模糊的记忆，甚至了无痕迹。这时候能留下痕迹的，也唯有文字。

生活中，似乎只要稍一松懈，就会有很多烦琐的事情占据大量的时间和精力，这可能是一生无所成的人的通病吧。我更是如此，时常空有一腔热情，在懒散中虚度了很多时光。最终，我只是开了头，敲下了几行简短的字，就又搁置在电脑文件夹中了。

这一次，从采访父亲开始，我希望自己能在这种近乎舒适的倾听状态中坚持原汁原味地记录，能通过具体烦琐的细节回忆并重新认识父辈，了解父辈或曲折沉浮或平淡无奇的一生，在毫无修饰的诉说中接近他们所经历的那段历史的真相。

这，也算是给多年来一直钟爱文字的自己一个交代吧。

2019年12月

旧家燕子伴谁飞

卧室的窗下，有一棵槐树，每到夏天，枝叶繁茂，像一顶绿色的大伞。天气晴朗时，会看见有小鸟从绿荫大伞飞进飞出的身影，清晨，偶尔也能听到啾唧的鸟鸣，我便在鸟鸣声中醒来。

久居都市，清晨的鸟鸣如同天籁，可遇而不可求。这啁啾婉转的清音，如同一泓汩汩涌出的清泉，让人神清气爽，内心充满了宁静与喜悦。有时候，鸟鸣声如欢快明朗的奏鸣曲，会轻轻地潜入梦中，变成真实清晰的情节。

梦境里，是十多年前父母在乡下的家，一个普通的农家小院，前有院，后有园。门前是通往肃南县的公路，路边有一条水渠。春夏秋三季，小院里鲜花果蔬次第更新，从没有空着的时候。母亲是个闲不住的人，院子里但凡能下种的地方，她都种了各种植物。院子里的草莓又红了一片，紫色的喇叭花攀上了院墙，一只燕子噌的一声飞进了我的屋子……

我家小院与一般农家院落有两点不同：一是干净清爽，因为没有养牛、羊等牲畜；二是多了一间书房。父亲学医，年轻时也喜欢读书，所以很支持我们姐弟仨买书、读书，买家具的时候特意买了书桌、书柜放在书房里，为这个农家小院平添了几分书香气息。这个小院，是父母用心经营了一辈子的家，也是我们姐弟仨成长的乐园，是我们精神的大后方。我们姐弟仨陆续外出求学、参加工作，两个弟弟都留在外面，只有我回到了家乡当老师，一进院门的书房就变成了我的卧室。

院门的房梁上有一窝燕子，每天早上欢快地嬉闹欢唱，扑棱一声飞走了，转瞬又叽叽喳喳飞回来了，这恐怕是世间最悦耳的起床闹铃了。那些年，每一个清晨，我都是在鸟鸣声中醒来的。

要么躺在床上继续闭着眼睛静静地听一会儿鸟鸣，要么即刻起床，心情总是欢悦的。睁开眼睛，灿烂温暖的阳光已经洒满了屋子，空气中弥漫着湿漉漉的泥土清香。窗外，绿树蓝天，树木和庄稼都绿得发油发亮，郁郁葱葱，映着澄澈如洗的蓝天。推开屋门，就看见母亲已经在葡萄架下择新摘的豆角了。院子里早已经被打扫得干净整洁，昨天刚摘下的草莓又红了许多，爬上院墙的南瓜藤上又开了几朵黄色的花儿，茄子光洁的紫色脸庞上挂满了晶莹的露珠。母亲在梨树下种了牵牛花，红的、紫的、白的，花蔓顺着树干往上爬，就有了这一树美丽的小喇叭迎着朝阳吹奏晨曲的画面。

一天早上，我还在梦中，噌的一声，一只燕子从门头的悬窗飞进了我的卧室，在屋子里飞上飞下几圈找不到出口，叽叽叫着，最后停在了书柜上，环视一圈后，看着我，似乎在求助。我被惊醒，并不觉突兀。这一窝燕子在我家筑巢好多年了，以前房子没有翻新的时候，窝就搭在老屋的屋檐下，它们繁衍生息，也好几代了，算是我们家庭的成员了。轻轻推开门窗，燕子箭一样飞出去，梁间就传来一阵欢快的鸣叫，我的心情也就格外畅快舒爽。外公常说，燕子是吉祥鸟，燕子筑巢的地方就是福地。外公还常说，他眼看着我的父亲在这里白手起家，燕子筑巢一般，从一无所有到现在这一院房子，几十年的时间，不容易，让我们懂得珍惜，懂得感恩。

其实，外公不说，我们也知道，父母给予我们的这个完整温馨的家，每一块砖，每一片瓦，都凝聚了他们的心血和努力，是他们劳苦一生最大的收获。我们就像是这个家屋檐下孵出的雏燕，对父母衔泥筑巢的艰辛感同身受，不仅是见证者，也是亲历者。

二十世纪六十年代末，父亲从部队复员，被分配到异乡参加工作。和所有的单身汉一样，住单位的集体宿舍，吃大锅饭，全部家当只有一床军用被子和自己的洗漱用品。就连和母亲结婚，也是借住在单位的宿舍里。

后来，父母又借住在外公所在生产队的一户人家。我就出生在那里，至今还依稀记得那个家的模样。一间坐落在古旧大门里面的小屋，墙壁和门窗都被烟熏得发黄发黑。再往里面走几米，有一个门，里面是一个独立的小院，房主一大家人就住在那里。房主夫妻有六个儿女，再加上一个老人，九口人住在一起虽然拥挤嘈杂，但也是热气腾腾的。隔着一道矮墙，刚刚结婚的父母的日子就显得冷清寂寞。父亲每天按时去上班，母亲早上送我去外婆家，然后再去出工，晚上收工后再接我回家。黑旧的小屋子里，点着煤油灯，母亲一个人烟熏火燎地烧火做饭，那时父亲总是去开会，很晚才回来。

两年以后，外公为父母找了一处房子。父母总算有了属于自己的房子，从那家搬了出来。那是下乡知识青年住过的一间矮小破旧的小屋，没有院墙，离居民点也较远，像一个落魄的单身汉，孤零零地蹲坐在路边。屋子很小，一铺土炕占去了半间，另外半间摆放锅碗瓢盆。小我三岁的大弟就出生在这间屋子里。母亲做饭的时候，我就带着几个月的大弟在炕上玩。炕旁边有一扇小小的窗，推开窗，能看见门外庄稼地前的简易公路，偶尔也能看见几辆卡车经过，最主要的是母亲做饭时呛人的烟可以从窗口飘出去。在这间小屋里，我们一家四口住了整整三年，屋子的房梁、门窗全都被烟熏成了黑色，被大弟形象地称为"黑屋"。黑屋原先也只是生产队临时搭建的简易房，用来存放农具，下乡知识青年没地方住，才盘了一铺炕，把这里当作临时住房。等到我们住的时候，屋子已经很破烂了，勉强能挡风，却不能遮雨。每逢下雨，炕上地下摆满了接雨的盆盆罐罐，母亲搂着我和弟弟蜷缩在炕上的角落里，听着滴滴答答的声音，期盼着雨赶紧停下来。有一次，天已经黑透了，母亲还没有收工，我和弟弟趴在窗口直勾勾地看着外面的路，心中充满了恐惧和委屈。一直到现在，我和弟弟扑在母亲怀里号啕大哭的情景还历历在目。

等小弟出生的时候，父母已经在黑屋旁边又建了两间新屋。黑屋变成了专用厨房，吃住终于分开了。这两间房，对于别人家来说也许不是太难的事，但父母两个人却准备了好几年。父亲那时候虽然是公职人员，但每月工资只有十几元；母亲带着我和弟弟，在生产队里挣的工分只能分到很少的粮食，不够一家四口人吃，每年年终决算，都得给队里交钱再买粮食。

修房子那一年我六岁，还没有上小学。依稀记得前一年夏天，父亲就开始做准备，在黑屋的墙边堆了二十几根椽子。天渐渐热了，日也长了，每天下班回来，父亲就一个人和泥、脱砖坯。整整一个夏天过去，黑屋门前的空地上齐齐码了五排土砖，像整装待发的士兵。父亲上半身裸露的皮肤被晒成了黑炭一般，衬得背心下的皮肤亮得发白。第二年夏天收完庄稼，父母找了自家兄弟姊妹来帮忙修房。十几天时间，打地基、砌墙、上梁、泥墙、安门窗，两间新屋就建好了，连着黑屋，但比黑屋高出许多。到了秋天，又盘了一铺土炕。翻过年的春天，小弟就出生在这铺炕上。父母说小弟真是赶上了好光景。新屋的墙壁用石灰刷成了白色，与黑屋相比，亮堂宽敞。新屋建好后不久，村里开始通电，母亲晚上做针线再也不用点煤油灯了，再也不会熏黑墙壁了。电灯接通的那天晚上，我们欢呼雀跃，兴奋得难以入睡，感觉自己距从小就挂在所有人嘴边"楼上楼下，电灯电话"的现代化生活已经不远了。

再后来，家里陆续修建了上房、厢房、厨房、院墙，围成了一个独立的小院，黑屋变成了杂物间，很长时间也难得进去一次。土地承包到户之后，父母在屋后的自留地栽种了果树，打了院墙，围成一个小小的果园。打院墙的那一年，我刚刚小学毕业，帮着母亲在厨房里做饭，请来帮忙的二十多个亲朋好友热火朝天地喊着号子打夯，刚从地里挖出来的潮湿泥土，随着他们欢快有力的号子变成了土地周围坚固的墙体。那是我第一次看见打夯，被那种齐心合力的劳动场面感染，心里涌动着说不出的热流。母亲说大家来给我们帮忙，出大力干活，不能亏了他们的肚子，就变着花样做饭，臊面和包子里面放足了肉，下午四点还要加一餐，是刚出笼的热馒头。我趁着干活的人休息的时候，想试试打夯，结果根本抬不动那个笨重的家什，引得大家哈哈大笑。

一年一年，日子渐渐宽裕了，收录机、洗衣机、电视机等各种电器也相继购置齐全，并更新换代，屋里摆放了沙发、茶几等新式家具。我从师范毕业那年，村里好多人家都新修了房子，都是冬暖夏凉的砖瓦房，父母也重新翻修了院门，用的是当时全镇最好的施工队。设计院门样式时，父亲征求我们姐弟的意见。门前的立柱，我们决定不要模仿别人，不要千篇一律，而是设计成圆柱造型，虽然增加了工程的难度，但做出来的确与众不同。瓷砖的颜色，我们选了深沉内敛的暗橙色。建成以后，小院的风格正是我们理想中的那样简洁。

黑屋拆掉了，它是伴随了父母近二十年的简易房，也是父母最初的家，它的拆掉也代表着一个时代的结束。

黑屋虽然破旧，但燕子不嫌弃，屋檐下的窝越做越大，每年冬去春来，从未间断。我问母亲新一年来的燕子是不是前一年飞走的那家，母亲说："怎么会不是呢？燕子认得自己的窝呢。"所有的鸟中，燕子的窝是做得最好的，它们一点点用嘴衔来软泥，衔来细小柔软的茅草，衔来鸟毛，一点点雕琢、铺垫，这个窝是它们慢工细活、花费了心血的家，怎么能轻易舍弃？拆房子的时候，父亲特意让两个弟弟小心翼翼地将燕子窝挪到了新院的房梁上，还特意加固。燕子叽叽喳喳地叫着，很快就适应了新环境，没有离开我家。

春去秋来，转眼又是十多年过去了。这期间，我和弟弟相继参加工作，结婚成家，有了孩子，在城里买了房，成了匆匆忙忙赶时间的上班族，鸟语花香、蔬果飘香的小院里，就剩下了父母两个人守着孤寂过日子。而父母，就在这样的时光交替中渐渐老了。父亲退休了，母亲也把承包地转给了别人去种，只在小院里种些蔬菜和花花草草。二十世纪九十年代末，父亲单位集资修建住宅楼，父母也在城里有了自己的楼房，但在他们心里，只有乡里的那个一点一点建起来的小院才是属于他们自己的家，执意不到城里的楼房里住。我们就只能在周末和节假日赶回去看看他们，享受片刻的团聚时光，再匆匆赶回来。梁间的燕子还在，我早上在叽叽喳喳的鸟鸣声里醒来，会有片刻的恍惚，仿佛回到了少年时光。

退休以后，父亲的身体大不如以前，血压高，心脏不好，三天两头出问题，每次接到母亲深夜打来的电话，我们总是心惊肉跳，深深愧疚。虽然从乡下的家赶到市里的医院只不过三十公里的车程，但对于身边没有儿女的老人来说，是不小的难题，而我们也为不能朝夕侍奉、尽孝膝下而自责。最终父母做了妥协，搬到了城里的楼房，那一院房子便以很低的价格转让给了亲戚。父母和我们都觉得难以割舍，心怀依恋，尤其是母亲，常常念叨，每次有事去乡下，总是要去老院子里看看。那一院房子，是父母经营了一辈子的家，汇集了他们一生的心血，房前屋后、一砖一瓦、一草一木都与他们有着难以割舍的情感。门前的杨树上，还有我们小时候刻上去的字；屋后的果园里，各种果树时结硕果，尤以父亲嫁接成功的李广杏和黄桃最为喜人；院子里，母亲栽种的草莓苗铺了一地，葡萄架下父亲亲自选的松木饭桌散发着淡淡的清香……

母亲说："你外公的话没错，那是一块福地，住在那里，真是家和万事兴呢。"那些年，我们姐弟三人读书成绩优异，村里人都说这块地风水好，父母有福气。村里人坚信燕子是有灵气的鸟，它们选择筑巢的地方就是能给人带来好运的福地。而我，更愿意相信，人杰地灵，是父母一生温良恭俭的做人方式和勤俭持家的朴素理念，给我们造就了和睦温馨的家，造就了舒适敞亮的小院。

离开那个小院已经十多年了，但我一直觉得自己的心还在那里。如今无论在哪里，只要看见燕子，听见燕子的鸣叫，就会想起老家梁间的燕子。它们是否依然冬去春来，在满院的花香中上下翻飞、啁啾鸣唱？

2014年4月

春雪融融

雪一直纷纷扬扬地飘着。

从早上开始，一整天了，大片大片的雪花在空中悠悠地飞舞着，落地就融了。

今年的天气很反常：冬天盼雪的时候，老天就像是和人作对似的，一直不下雪，干冷干冷的；等到开春了，却一场又一场地下个不停。也不知道这样的雪对庄稼是有害还是有益，受不受农人的欢迎。我是一见雪，心情就格外好，就会想起那些曾经的落雪时分，想起那些曾经的故事和心情。

有空，我就站在窗前，看雪花飞舞，任思绪飘远……

下午刚上完课，老爹打电话过来，让我下班后带孩子过去。

我问："有什么事吗？"因为星期天刚刚去过。

每到周末，我都会带孩子回父母家一趟，似乎已经成了我们生活中不能更改的习惯。如果不去，孩子会着急，父母会着急，我自己也有一点空落落的感觉。那份牵挂，会扯得心乱飘，每天不打一个电话，就不能安心做事。

"没事，你妈做了点儿吃的。"老爹的语气淡淡的，听不出有什么变化。

"下雪了，你们坐车来，别冻着孩子。"挂电话前，老爹又叮嘱。

常常是这样：妈做了好吃的，就打电话给我们；我们下了班，带孩子过去心安理得地吃。

雪还在下。

女儿像是在笼中关了一天的小鸟，一出门，就大声地欢呼起来："下雪了！下雪了！"万分欣喜，不加掩饰。我有点儿羡慕。

今天她一反常态，不肯坐车，要走着去。我知道，她是喜欢雪花，喜欢这蒲公英般飞扬的小精灵。童话般美丽的白雪，在我们这里其实并不多见，这让孩子对雪格外偏爱。

我陪着她在漫天飞雪中步行。看着她一路跳着笑着，用手去接雪花，我仿佛也回到了童年时光。那无忧无虑的童年岁月啊，已经多久没有再回梦中？

老远，就看到老爹在阳台上张望。

我有点儿愧疚。父母家离我们单位不远，坐车用不了五分钟就到了，我只顾自己和孩子舒心高兴，一路上慢慢悠悠地走来，却忽略了父母的担心。

看我们进门，妈就去厨房了。等我们脱了外套洗了手，桌子上已经放好了酿糕油饼。

我诧异："怎么做这个？麻烦死了。离端午还早着呢。"

"你不是说珂丫想吃吗？"

"我多会儿说了？"我一时想不起来。

"星期天你说的啊。快吃吧。"

"哦，想起来了。"

那天，从幼儿园接女儿出来，刚好门口有一个卖酿糕的小摊，围了好多人。女儿看到那热气腾腾的场面，就想要一个酿糕。

我本来是要给她买的，但买的人实在太多，似乎争先恐后地抢什么呢。于是，女儿便很懂事地对我说："妈妈，要不回家你给我做？"

经常是这样的，她想要在街边吃的东西，我会回家给她做。

我给她解释："酿糕做起来很麻烦的，不是想做就能做的！"

"那有什么啊？不就是放米和红枣，再做一些油饼嘛！"这小家伙，哪里知道做饭的复杂，在她眼里，还以为我们平日里做的所有事都和孩子一样是玩过家家呢！我们做饭时，她经常饶有兴致地问："你们玩啥呢？"

听到我不能做，她立刻不高兴了，哭着闹着要回去买。我只好答应她回到小区再买——小区里有一家烤饼店也卖这个。

可到了那儿，却卖完了。

平时女儿很懂事的，可那天不知怎么了，她就是要吃酿糕，给她买什么都不要，很是执着，怎么哄都不高兴。一直到了晚上睡觉前她都闷闷不乐，说："坏妈妈，不让我吃酿糕。"

看着女儿那可怜的小样子，我有点儿后悔。其实孩子和大人一样，只是一时心绪，她也许并不是真的特别想吃酿糕，但越是得不到的东西，便越想要得到，心心念念着。

我为什么就不能满足她呢？

孩子是外公外婆的开心果。

珂丫的每一句新奇的话，每一个可爱的动作，每一个调皮的神情，还有她唱的每一首新学的儿歌，都会让外公外婆开心快乐。他们一遍遍地说给亲友们听，似乎这世界上最聪明的孩子就是他们的孙女。

但现在的孩子，三岁以后就上幼儿园了，外公外婆的日子大多是寂寞的时光和久久的期待交织的一张网，常常空空如也。

我总是记着平日里珂丫的每一个精彩的故事和她说的童言稚

语，回家的时候学给父母听，希望能给他们带来一点儿轻松和快乐——尽管这已经如隔夜的饭菜，色香味再佳也不如刚出炉的原汁原味新鲜了，但还是能带给父母片刻的欢愉和喜悦。

这样的时候，我的心里，就会少一些愧疚，多一些安慰。

珂丫想吃酿糕的事，自然是星期天回家的时候我跟父母说过了的，只是说过了，也就忘了。

没有想到父母会特意去做。

可是这时珂丫却不想吃酿糕了，大声地说："我在幼儿园吃过了！"然后就和我的侄女言言玩去了，连看都不看外婆手中的酿糕一眼，一点儿都不理会外公外婆的苦心。

妈要追珂丫回来，老爹说："让她玩去吧，孩子给圈荒了。"

是啊，对于孩子来说，有个玩伴在一起玩，远比吃重要。

两个孩子去玩了，我陪着父母吃酿糕。更准确地说，是父母陪着我。

记不清从什么时候开始，我似乎变成了父母眼里最重要的客人，回去了就坐在沙发上，陪着老爹看电视，和他说一些他感兴趣的话题。妈每次做好了饭，都从厨房里端出来，才喊我洗手吃饭。

而我，也渐渐习惯了这样被宠爱着，似乎又回到童年的梦中。童年，真就没有被这样宠过呢。"那时候我们都忙，连吃饭的时间都是争分夺秒的，哪有时间疼你们呢？"妈经常这样说。

我和女儿都贪恋这样的时光，珂丫渴望有玩伴，我渴望轻松温馨的感觉。这样的时光里，时间就像指缝间的水，说话间，就流得无影无踪了。

天渐渐黑了，雪还在不紧不慢地飘着。

出门时，妈执意要送我们出来。我知道拗不过她，就站在门口等她穿外套。其实下楼出了大院门就有出租车，打车五分钟就到我住的小区了，但妈每次都要送我们出来，陪我们走到路边，一起等车过来，看我们上了车才回去。

从楼下到路边，这短短的一段路，每次都有妈陪着。

有时候，妈也会诉说自己的寂寞，以及与老爹之间磕磕碰碰的一些委屈。

我只能说一些劝解宽慰的话语，自己也觉得无力。

雪花不断地落在我们的脸上，润润的，有一点儿冰凉。女儿的快乐像飞舞的雪花一样轻盈，不管我和妈的话有没有说完，就径自跑过去拦车了。

车走了好远，我回头看。

夜色中，妈还定定地站在雪中。看着她孤单的身影，想想她一个人往回走的样子，我的泪悄悄地湿了面颊。

2006年3月

岁岁端阳

又逢端阳。

每一年的端午节到来的时候，我总会不厌其烦地给学生讲屈原爱国投江的故事，讲折柳插花吃粽子的传统风俗，讲民间尊师敬长的传统美德。空气里弥漫着浓浓的沙枣花的甜香和粽叶的清香，给人带来温馨而浓郁的生活气息。我喜欢这种烟火人间的日子，也喜欢将这流传了千年的感人故事和民俗文化一次次地讲给我的学生们听，我希望这些美好的东西能够源远流长，永远留存在我们的心底。

小时候的我，其实并不喜欢吃酿糕，倒是对那些折柳插花、将酿糕、油饼端来送去的事兴趣盎然。记忆中，从过完年我就开始盼着过端午节了。漫长的等待之后，终于等到了端午那一天。一大早，母亲就将我们唤起来，给我们戴荷包、系"狗绳"（一种用狗毛和五色丝线编在一起的线绳，据说戴了它可以辟邪防病，一直要戴到农历六月初六方可摘下，扔到水渠中随水流走）。等系上狗绳，戴了荷包，我们就会欢呼着跑出去折柳枝和沙枣花——那时候树多，每家的房前屋后都有不少柳树、沙枣树，我们总是将最好看的折下抱回来，插在每一间房的门框上。

母亲将煮了一夜的酿糕端出来，粽叶的清香、沙枣花的甜香，还有厨房里炸油饼的胡麻油的浓香，早已飘满了院子，溢出了院外，过完年后清静了快有半年之久的家里洋溢着浓浓的节日气氛——这可能就是我们所盼望的吧！

每年端午，母亲都要做许多酿糕和粽子，除了自己吃，更重要的是给亲友送。酿糕、粽子、油饼，我都不太喜欢吃，总是急匆匆地应付几口，就催着母亲收拾好给外婆家送的东西，和弟弟去外婆家。这是每一年都必做的功课，也是我们最爱做的事。外婆家离我们家并不远，只有五分钟的路程，平日里我们也是天天都去，但端午这一天去，总觉得和平时不一样，似乎有了最充足的理由，担负了最光荣的使命，姐弟三人兴冲冲地分工拿东西，然后出门。

此时，整条街都是香气四溢的了，家家的门上都插上了柳枝和沙枣花，家家都飘出诱人的浓香。我们一路上兴致勃勃地商量着到了外婆家该怎样说、由谁来说。每一年都要说的"献词"大同小异，其实无非就是"外公外婆，这是我妈做的酿糕，请你们尝尝"之类的话，却总是让我们兴奋、激动，甚至有一点儿紧张，百练不厌，百说不烦，似乎那里面有着无穷的乐趣。刚开始的时候是我说，因为我是姐姐，两个弟弟还小。后来，任务便落到了大弟、小弟的肩上。最难忘的是小弟第一次承担重任，刚刚三岁的他聪敏可爱，深得外公外婆的喜欢，我们就商量让他露一手，一路上我们就一遍遍让他演练见了外公外婆怎么说怎么做。他果然不负众望，奶声奶气又一本正经的话，惹得外公外婆舅舅舅妈全笑了，我和大弟作为"导演"自然得意，回家后就迫不及待地向父母汇报，颇有些邀功请赏的意思。童年的许多趣事，至今记忆犹新，那种温馨和愉快，总是让成年以后的自己莫名感动。

从外婆家回来，我们照例会去邻居雏奶奶家。雏奶奶是个孤寡老人，住在我家的隔壁，多年来，我们已经习惯了对她的照顾，逢年过节，或者家里做了什么好吃的，母亲总是让我们给她送一份过去。母亲的善良和贤淑在村里有口皆碑，也深深地影响了我们，指导着我们为人处世。

年年端阳，岁岁枣花香。

一晃，我们都长大了。

我刚参加工作的时候，是在一个偏远的乡村小学上班。那一年的端午节，是我第一次离家在外过节，也是吃粽子、酿糕最多的一次。那里民风淳朴，还保留着端午节给老师送酿糕的尊师传统，也许是孩子们知道我不能回家，端午节那一天，我的讲桌上堆满了学生们从家里带来的酿糕和油饼。我是个特别容易感动的人，面对这么多意外的收获，眼泪忍不住就涌出了眼眶，心里暗下决心：一定要做一个最好的老师，一定不辜负学生们的情意，甚至一定要把这些酿糕全都吃了。

当然，酿糕最终没有全吃完——因为太多了，连着几天都吃，吃得我胃里直泛酸，以后连着几年都不想再看酿糕一眼。但做一个最好的老师的决心，我却一直坚持到了现在。"既然选择了远方，便只顾风雨兼程"是我在上师范的时候最喜欢的诗句；"要做就做最好"是我经常给学生说的一句话，也是我许多年来一直坚持的做事准则。我想，我会坚持到底的。

拥有了属于自己的小家之后，生活也有了一些小小的变化。每一年的端午节，按家乡的风俗，出嫁的女儿要回娘家。于是，这一天，我们就会回父母家团聚，重温做女儿时那种被呵护、被娇宠、被照顾的感觉。在母亲的眼里，我们永远是长不大的孩子，是需要照顾的。那种细致入微的关怀和体贴，让人觉得幸福是那样真切具体，伸手可触。

结婚后，一直和婆婆住在一起。有了她的操劳和指导，生活便免去了许多不知所措的慌乱和麻烦。刚开始那几年，我像还是没有长大的孩子，不会也不懂得怎样去做这些琐碎而麻烦的事，更不知道结婚并不仅仅是相爱的两个人的事情，更多的是要承担家庭的责任。

婚后的第一年，临近端午，老公有事不在家，走时叮嘱我上街买好粽叶和糯米，谁知我偏偏就忘了——没结婚的时候，一直是父亲在做这些事，我们姐弟是根本不用操这些心的。但老公不同，年少丧父使他过早地承担了家庭的重负，从走出校门的那一刻，就开始支撑着家庭。每一年，他都会像父亲在世的时候一样，早早为家里准备好一切。可我哪里知道这个？忘了就忘了，何况自己也不喜欢吃，更不会做，就根本没在意。他很伤心，想不通我为什么会忘了，以为是我不爱这个家。我很委屈，继而也伤心起来：说过要好好相爱、互相珍惜的，你怎么能这样苛责我？

生活中的鸡毛蒜皮、是是非非变成了爱与不爱的沉重，我们都感到了生活的艰辛与不易，正如流行歌曲唱的那样："相爱总是简单，相处太难。"

最初的误会和摩擦之后，我们学会了在交流中诉说自己，理解对方。在以后的端午节，我都会早早地陪着他买好所需要的东西，而他自然也陪着我去挑选带给我父母的烟酒、糕点。渐渐地，这些事对于我，也已成了习惯，不只是端午，一年当中的每个节日，我都细心地记在日历上，及早就做好准备。十年的光阴如水般流过，我渐渐地完成了从一个不谙世事的女子到一个合格的家庭主妇的蜕变，也渐渐地懂得了生而为人的责任和义务。肩上有了沉甸甸的担子，路反而走得更有意义了。

这几年，婆婆渐渐老了，身体情况不如以往，我不能再像以前那样等着吃现成的，就帮着她做，煮粽叶，泡米，包粽子，下锅，然后再和面，炸油饼。刚开始是我给婆婆打下手，后来，就变成她帮着我做了——我惊喜地发现，对于做饭菜和做家务，我居然有很不错的悟性和天赋，一点就通，甚至能触类旁通。我喜欢做这些事，喜欢这样有滋有味、热气腾腾的生活。尽管现在街上什么都有，什么都可以买到现成的，但我还是喜欢在家里自己做，喜欢体验、回味那种浓浓的节日氛围和生活气息，也不想孩子的童年记忆里对这个节日是一片空白。

端午前一天，我精心地在超市里挑选了上好的糯米，又带着女儿在小区旁的苇池里采了些芦苇叶，红枣用的是正宗的临泽小枣，家里早就有的。每年，在临泽的叔叔婶婶都会记得给我们送来，可真是"一颗红枣一颗心"啊！这割不断的亲情，就是在这样的小细节、小事情上，体现着它的质朴、纯真、无私。

万事俱备，只待动手。做酿糕时，我先将煮好的芦苇叶依次铺在一个小筐里，这时候可千万不能急，得慢慢地将一片叶子压住一片叶子才能铺顺；然后将已经泡了一天的米和红枣一层一层地放好——这米和枣是一定要事先泡好的，这样煮出来米就很软，枣也会去了涩气而更甜，放的时候还要注意米和枣的比例，这全凭经验；最后再用芦苇叶把米和红枣包住。再包一些粽子，和酿糕一起放入高压锅，然后加水上火，就等着闻酿糕和粽子的清香了！

每年蒸酿糕、包粽子的时候，女儿会一直兴致勃勃地跟在我的身边，说要给妈妈帮忙，很是兴奋，一如当年的我。只是，她不能再像我小时候一样折柳插花、在绿草青青的田埂上恣意玩耍了，城市里的生活看似便利，对于孩子来说，却少了许多自由自在的乐趣。钢筋水泥的空间里，许多传统的风俗都无奈地隐身，所有的节日都变成了人们出去吃饭的理由，酒家、大排档、景点、农家小院的生意是越来越火，各种节日的味道却是越来越淡。

　　不一会儿，屋子里就充满了粽子和酿糕特有的清香，家里也洋溢着节日的气氛。半小时后就可以关火了。第二天早上，打开锅，取出已经凉了的粽子和酿糕，拨开青绿的粽叶，看到红的枣和白的米那样和谐地黏在一起，就知道我的酿糕做成功了，心里是抑制不住的自豪和高兴。先尝为快，自己觉得比哪一次吃过的都好，然后再请婆婆、老公、女儿品尝。得到了全家人的肯定后，我的劲头更足了，忙着装好给父母带的礼物，下班后就带女儿去父母家，想让他们尝尝我做的粽子和酿糕，想让他们知道，他们一直用臂膀护着的孩子，已经能够独立撑起一个家了。

2005年6月

妈妈的妈妈

　　终于等到周末了，下午一放学，我就带着迫不及待想去外婆家的女儿出发了。我妈妈家离学校不远，步行只需十几分钟。因为女儿今年上小学了，放学回家还得做家庭作业，第二天又得早起，时间很紧张，所以再也不能像以前那样由着性子玩了。以前每次到我妈妈家，女儿总是和表姐玩得很兴奋，忘了写作业，忘了睡觉，影响第二天上学。所以平时我一般不带她去，说好了，只有周末才去。

　　到了妈妈家，才知道我外婆也来了，她正坐在靠阳台的沙发上晒太阳。已经快半年没有见外婆了，我有点儿惭愧和自责，忙依偎在她的身边问她的身体怎么样。外婆还是那样安详，微笑着夸我的女儿有礼貌，说长高了，真心疼（西北方言，形容孩子可爱、漂亮）。半年多没有见，外婆似乎也没有见老，还是原来的样子：稀疏的头发，有点儿浮肿的脸，细长的眼睛。

　　外婆一来，妈妈就将大卧室的两张小床拼在一起，铺成一张大大的床，如果我晚上不回自己家，外婆、妈妈、我、女儿四个人就睡在这张大床上。这样并排躺在床上，我身边一边是妈妈，一边是女儿，听着妈妈和外婆絮絮叨叨地说一些家常话，一种莫名的感觉如水雾一样在我心里氤氲着，让我感受到我是外婆生命的一个分支，外婆是我生命的源头，我们的身体里流淌着相同的血液，生命就这样一代一代延续着。妈妈像外婆，我像妈妈，女儿又像我。长相、性格、脾气、神态、举止……旁人总是能发现我们身上一些共同的东西。女儿与我们这样并排躺着，总是很兴奋，一遍遍地指着我们说："女儿的女儿的女儿，妈妈的妈妈的妈妈……"惹得我们也笑了。外婆总是说："这小机灵鬼，怎么什么都知道啊？"眼神里满是疼爱。但女儿不知道，我的外婆——我妈妈的妈妈，对我来说意义远非寻常。

外婆今年八十一岁了，夏天的时候，住在乡下的老屋里，由大舅一家照顾。大舅六十多岁了，还忙地里的农活。农忙的时候，一家人都去地里了，外婆就一个人挂着拐杖在院子里晒太阳。前两年，她还能帮着带我表弟的孩子，哄他玩一会儿。看着重孙在自己面前玩耍，外婆脸上常常会绽开美丽的花。渐渐地，重孙长大了，调皮了，外婆的腿脚也不灵便了，就只有一个人守着长长的光阴——在曾经兴旺而热闹的大院里，在挂着外公遗像的上房里，在那方让我们长大的土炕上，外婆的光阴一天天一年年归于沉寂。似乎是一眨眼，外公去世已经八年了。外公去世以后，曾相继陪着外婆睡觉给她做伴的几个孙子孙女也成家了。只剩下外婆一个人，守着大大的一铺土炕，守着她和外公的家，守着岁月——曾经的，现在的，将来的……

我已经好多年不曾去乡下看过外婆了。每每提及，总是惭愧。可也只能忙忙碌碌、紧紧张张地支撑着纷至沓来的日子。闲散的时光对于我真成了奢侈的享受。工作、家、孩子、朋友，把身心占据得那样拥挤，又分割得那样零碎，专程坐车去乡下看一次外婆的愿望，总是被一些事后想都想不起来的琐碎事务推后，在这样一次次的推后中，夏天过去了，秋天过去了，冬天似乎一眨眼就来到了。

每年冬天天刚冷，妈妈和两个姨娘就从乡下把外婆接到城里来，三个女儿轮番伺候。两个姨娘家条件都很好，住得宽敞，也安静，妈妈家虽然比不上她们，但多了一份儿孙绕膝的热闹——父母是和弟弟一家同住的，家里人多，外婆一来更热闹了，其乐融融。女儿喜欢这份人多的热闹，几乎等不到周末就吵着要来。外婆每个冬天都住在女儿家里，免去了儿媳妇、孙媳妇烧土炕的怨言，楼房里有暖气，生活上也方便了许多。妈妈和大姨都不用上班，每天只在家里陪着外婆，做她喜欢吃的饭，陪她说说话。几天过去，外婆的脸色就红润了，精神也渐渐好起来，每天泡在阳光里悠闲地看看电视，聊聊天，日子就飞一样地过去了。妈妈，姨娘们都劝外婆一直待在城里，但她总是念叨着要回乡下老屋，说是怕外公一个人孤单，怕外公回家时屋子里冷冷清清的。其实外公已经去世八年了，妈妈、姨娘们都渐渐淡忘了，但在外婆的言语中，外公只是出远门了，是要经常回家的。所以等不到天热，外婆就急着要回乡下去，妈妈她们只好再把外婆送回乡下。

每次等天冷了外婆来城里的时候，我才匆忙地赶去看她，心里充满了愧疚和不安——我是外婆带大的，从小就叫她"奶奶"，省去了别人缀在前面的那个"外"字，包含了太多无法用语言来表达的情感。小时候总在心里设想着，等外婆老了，要像她小时候待自己那样侍奉她；总想着等长大了挣钱了，一定要买好多好吃的给外婆吃，买各种各样的新衣服给外婆穿。谁想到这竟真成了儿时的梦想。成年之后的我步入社会，挣扎着走在生活的钢丝上，有多少时间是自己的？许多时候，不仅是时间，连心情也由不得自己，对外婆的回报真的成了一个天真的童话，压在内心深处，偶尔翻起，飞扬的灰尘会呛得自己满眼泪水。有一种哀伤的疼痛掠过每一寸肌肤，冰凉冰凉的。生命充满了这样挫败的感觉，往往让人心生倦意。当年外婆捧在手心里百般疼爱的外孙女，小时候曾寄予了那么多美好善良的愿望，谁能想到长大后会是这样充满愧疚的？

但无论我多长时间不去看她，外婆都不计较，她的心仿佛是我心里一直敞开着的那扇窗，见到她，就释放了我不敢也不愿对她诉说的忧伤和隐痛。

"娃，我知道你们忙着呢。时间紧，单位的事情，由不得自己。"

"你们刚成家，日子也紧呢，别给我买什么东西。别看你们工资高，其实花钱的地方多呢。"

"别惦记着来看我，我好着呢！"

……

我无言以对，心里的愧疚和自责更甚。在那些寂寞的白天和黑夜，年老的外婆一个人守着时光，她一定就是拿这些话来为不在身边的儿孙们找不去看望她的理由的，一定就是凭着这些看起来堂而皇之的理由宽慰着自己的，一定就是这样打发着长长的失眠的夜晚和昏昏欲睡的白天的。

外婆生了十二个子女，存活四男三女。她辛苦操劳，为儿女成家立业，又带大了十六个孙子女。小时候叽叽喳喳、吵吵闹闹缠绕在她身边的家雀儿，似乎是一眨眼的工夫就相继展翅飞向了外面的世界。曾经喧嚣热闹兴盛的大院子里，只剩下了外公外婆和大舅一家人。外公去世后，院子里又冷清了许多，空荡荡的大院子曾经承载着外婆全部的生活，还有我们快乐幸福的童年。如今，只有外婆一个人守着这些记忆了。我知道，我们的梦想有多远，外婆的目光就有多长。在我们的心里，外婆只占据了很小的角落，但在外婆的心里，我们就是全部，是她八十一岁的人生里程里最最重要且无可替代的牵挂。

生活其实也就一直这样反复着。每当看见外婆，我都会想象自己老了的样子，就像现在看见女儿就仿佛看见了自己的童年一样。好多时候，我发现自己在羡慕，羡慕人生暮年的外婆或者是人生刚刚起步的女儿，我也发现了自己身心的疲惫和对现在生活状态的厌倦。如果人生可以任由自己剪切，我真想剪去现在正在经历的岁月，直接过渡到年老时光。女儿每天都看着餐厅门框上专门为她刻的身高记号，盼着自己长高长大；外婆絮絮叨叨的话语中，常常是对年轻时候的光阴的回忆。我从她们的话语、神态中看不到关于快乐和感伤的信息。

可快乐也罢，悲伤也罢，生命的过程有时也许由不得自己。这个世界上，真正快乐如意、满足幸福的人是谁呢？

2006年3月

老去的亲人

似乎只是转瞬之间，长辈们一下子老了。

这几年，先是婆婆接二连三地住院，每次医院都会下病危通知书，让我们的心一直悬着。虽然每次都转危为安，但我们心里并没有因为她病情的好转而轻松，而是随时担心她的病会发作。婆婆患肺心病多年了，发病时常常咳嗽得喘不上来气。年前住院，医生说她肺部钙化严重，心力衰竭，严重缺氧，一旦感冒发作，就非常危险，我们因此买了氧气瓶放在家里，以防万一。

去年春天，二叔突然因心肌梗死去世，三叔和姑妈因为高血压导致眼睛充血，分别住了几次院。三年前老爹轻微中风，住院期间又被查出患有糖尿病，虽然没有什么大碍，但身体素质是大不如以前了，经常感冒、头晕，每天都得吃大把的药，降压的、降糖的，一顿也不能少。年刚过完，天气还没有转暖，他的牙又疼了好多天，连带着脸也肿了，输了好几天液。一向身体很好的妈，这两年来精神也大不如以前了。妈比老爹小将近十岁，显得年轻，除了睡眠不好，没有其他的病痛，家里家外的事都是她操心，早上出去锻炼两个小时，晚饭后还要去小广场跳舞，平常外出很少坐车，两三公里的路都是步行，以前许多次被人误以为是我姐姐，我们也就一直觉得妈还很年轻。最近一段时间妈老说困乏，我们算算，妈也是六十岁的人了，本来就不多的头发，没有以前那样有光泽了，鬓间的白发又多了几根。光阴荏苒，老之将至，这是再自然不过的事了，但我心里不免还是觉得难过。

大舅虽然很瘦，但身体素质一直很好，快七十岁了，还下地干活，每天喂牲口、放羊，农忙时节甚至连饭也按时吃不上，但这些年来从没有听见他有什么大的疼痛，用老话说就是"身体一直轻快着呢"。年前他却一下子病倒了，咳嗽气喘，浑身无力，住院一检查，也是患了肺心病。大舅年轻的时候曾下煤窑背过煤，得这样的病并不意外。我们常说他平时干活也算锻炼，再加上他儿子孝顺能干，家里的事情从不需要他操心，活得跟神仙似的自在，都羡慕他，谁想到他说病就病了呢？在医院里，大舅几次陷入昏迷状态，总是说一些莫名其妙的话，听得舅母和表弟心里害怕又难过。按老辈人的说法，这是快不行了，于是表弟赶着给大舅"合龙口"。这是张掖农村的习俗，给老人提前做好棺木。买了松木柏木，请了最好的木匠，好吃好喝款待着，再请了几个人伺候着木匠。又请老裁缝给大舅和舅母做好了老衣和铺盖。一切准备好以后择一个吉日，请亲友们来祝贺，也算是表了一份孝心。我不知道，老人在去世之前看见自己将来死后的穿戴、铺盖、住所，心里是难过还是安慰。这真是一种奇怪的风俗，但据老辈人的说法，这还能冲一冲喜呢，也许病危的人会就此转危为安。

星期六正是大舅合龙口的日子。我们都去了乡里，天气晴朗，大舅家门前的几棵桃树和梨树上的花开得正繁，大舅和舅母的脸上也洋溢着幸福满足的笑容。大舅的脸色红润了些，不似年前那样蜡黄了。表弟和弟媳忙前忙后地招呼客人。这是大事，亲友能来的都来了，尤其是舅舅舅母的兄弟姊妹，大家聚在一起，喝茶聊天，等待着隆重仪式的开始。音响里放着喜庆的音乐，院子里就有一种欢乐祥和的气氛。

这的确应该算是喜事。人生七十古来稀，再加上儿女孝顺，家庭和睦，日子过得安宁平顺，虽说不上富足，也是一年比一年好了，舅舅舅母以及他们的儿子、儿媳妇、孙子，全家上下都穿了新衣，家里的床单被套也都换了新的，这不正应了"阖家欢乐"的祝福语吗？

吉时到了，仪式正式开始。表弟请了专业的司仪和摄影师，主持、摄像、拍照，一切活动显得庄严而正规。这看似热闹烦琐的程序，不仅仅是一种规范，还是一种教育、一种影响，包含了许多传统的文化，应该代代传承下来。只可惜，在场的大多是留守在村里的老人，年轻人基本都在外打拼，平日里这样的活动恐怕是很少参加的。大舅的几个侄子侄女远在兰州、西安等地，为这样的事情专门请假回一趟家，似乎也是不大可能的。轮到子侄们拜寿的时候，堂前就只站了小舅的女儿霞霞，显得有点儿冷清。这可能是这样圆满的事情中小小的遗憾吧。

仪式完了之后，表弟备了丰盛的宴席款待亲友。表弟和弟媳端着酒杯给大家敬酒。大家都夸表弟给自己的父母做了最好的寿材，大舅和舅母坐在自己的棺木前面，正午的太阳照在他们的脸上，神态是那样安详满足。

回来的路上，我的脑海里一直回响着春晚上旭日阳刚唱的那首歌："如果有一天，我老无所依，请把我留在，在那时光里……"

我们每个人都会老去，年轻的时候，什么样的苦痛都能够承受，最怕的是当我们一天天老去，却老无所依。

三十岁的表弟，给了自己父母最温暖也最实在的依靠，不仅仅是物质的，更是心灵的。

这样想着，眼泪就涌出了眼眶，对表弟也更是心生敬意。

2009年1月

再忆外婆

1

写这些文字的时候，外婆已经离开我们十几年了。这十几年间，我曾无数次想过，要用文字记录外婆平淡而真实的一生，也曾多次提笔，想原汁原味地记下外婆曾经说过的那些朴素而形象的方言俗语，曾很多次在其他内容的文字中提及外婆。我常常会在某个时刻，忽然想起外婆，想起小时候她做的饭，怀念她永远慈祥而温和的面庞。尤其是和亲人们相聚的时候，关于外婆的话题像是一份神奇的融合剂，很快就消融了表兄弟姐妹之间因为时间和距离而产生的隔膜，感觉一下子就回到了小时候在外婆家里与亲人亲昵相处的单纯时光。

这样的时候，就很有写的冲动。

但写着写着，总会有一种无力感：表达不够顺畅、被一个词语卡住、顾及其他问题而停笔……最重要的，是我始终不肯承认的自己的懒惰和散漫。写文章的人都明白，一旦停下来，就很难再续，也不大容易找到当时的感觉了。时间就好像从打开的水龙头中汩汩地流走一般，很快，脑海里关于外婆的记忆便被纷至沓来的日子侵占，很多细节也随着时间的流逝逐渐模糊了。我在日复一日中虚度时光，也辜负了自己最初的梦想。

前些天从电脑里找资料，翻出之前的文件夹。在按年份分类的文件夹里，发现了好多没有完成的文章，与外婆有关的就有好几篇。其中一篇是2006年写的《妈妈的妈妈》，那时外婆还没有去世，虽然已经年过八十，却依然耳聪目明，头脑清醒。算上我女儿，她已经有了八个重孙。我每次见到外婆，心里都充满了愧疚，尤其是有了女儿之后，母亲对孙女的百般疼爱，让我忽然想到，当年外婆给予我们的，也是这样一份无私的、纯粹的、毫无保留的疼爱。这样的爱，和父母对儿女的爱又有不同。都说隔辈亲，但长辈对晚辈的亲和晚辈对长辈的亲，是完全不一样的，像翅膀长硬了就要离开鸟巢的幼鸟一样，从小在外婆身边长大的我们，成年以后的世界如浩瀚的蓝天，让我们逐渐遗忘了身后不舍的目光。

人总是这样，理所应当地享受着来自父母长辈的关爱而浑然不觉，有时候甚至觉得厌烦，但对于儿女的态度却截然相反，心甘情愿、不求回报地付出，并乐在其中。有句俗语说："父母的心在儿女身上，儿女的心在石头上。"这话做儿女的不愿意听，觉得刺耳，却真是不可辩驳的事实，也无关褒贬，只是客观地陈述一种现象。古今中外，概莫能外。

2

外婆的心里，装着所有的儿孙。

外婆十八岁结婚，有七个儿女十六个孙子女，儿孙满堂，加上儿媳妇和女婿，一大家三十几口人，每一个人的属相和生日她都记得清清楚楚。儿孙们的生日在她心中和节日一样重要，不管是留在身边的，还是远在他乡的，无论遇到谁的生日，她都会念叨"明天是谁的生日""今天是谁的生日",还会捎带着回忆当年这人出生的情景,小时候生过的病,说过的可笑的话,甚至穿过的衣服。她的心里装着所有人。我有时候会觉得有点儿不可思议,外婆不识字,不看日历,用她自己的话说是"斗大的字没识下一箩筐",她是怎么记住一个又一个对于她来说有特殊意义的日子的?仿佛她心里装着一个微型电脑,还有提示音,从来不会出错。我生在农历九月,与我同月生日的还有一个表妹、一个表弟,外婆每一年都记得很清楚。有好几次,我自己都忘了,母亲打电话来,说"外婆念叨你的生日呢",让我心里又感动又愧疚。说实话,如果不是母亲提醒,我真不记得外婆的生日。现在的我们,在日历、备忘录、手机各种软件里添加了各种提醒,也还是转身就忘了,不要说记住那么多人的生日,就连父母的、自己的,都有忘记的时候。我知道外婆的生日是农历十月二十一,但每每到了跟前就忘了,大概是因为习惯了用阳历记日期,更重要的是,我根本就没有刻意去记。我有时候会想,外婆如果知道儿孙心里并没有装着她,她会怎么想?她有没有过伤心难过的时候?

其实,我分明知道,外婆心里是清楚的。历经了几十年的岁月磨砺,她早已经洞穿世事人心,心里通透亮堂,小糊涂就是大智慧,还有什么事是一个七八十岁的老人想不开的呢?

除了大小节日以外,二十四节气,外婆也记得很清楚,还会早早准备相应的食物。正月二十,要摊煎饼,意为"补天补地补窟窿"。我问补什么窟窿,外婆说给别人借了钱或者物品,就是给家里戳了个窟窿,在正月二十摊了煎饼给全家人吃了,这一年就不借外债了。惊蛰要吃油炸鸡蛋,清明要吃芽面包子,端午节蒸酿糕炸油饼自不必说,到了农历五月十三,她还要再蒸一次酿糕。古语说:"有钱没钱,娘家里过个五月十三。"外婆说不上大道理,只是遵循老规矩，把我母亲和两个姨娘叫回娘家，让出嫁的姑娘再享受一回做女儿的滋味。也许是女性更能体会持家的艰辛，母亲更能体恤女儿为人妻母的辛劳吧。

到了农历六月六，新麦子打下来，外婆用新麦磨面蒸馒头，还要忙中抢时间做粉皮、面筋。我七八岁的时候，外婆带着我们一群孩子搅凉粉，割马莲，第二天早上踩着梯子去房顶晒粉皮的场景，到现在想起来，都那么热闹而壮观，是我生命中永不褪色的鲜活记忆。

后来我母亲也承袭了外婆的一些俗语和传统，重视每个节日，并通过具体的食物体现节日的特别意义，平淡枯燥的日子就变得有滋有味了。这看似琐碎的细节里，其实蕴含着生活的大智慧，也体现着对生活的热爱。

3

外婆是个能干的人，总是能将贫苦的日子过得有声有色。那时候粮食不够吃，蔬菜很少，更别说什么反季节蔬菜，但外婆总能将一大家人的饭变出花样来。单说包子，清明做芽面包子，因为开春正是青黄不接的时候，就用麦草把小麦捂发了芽，这样磨出的面就是芽面，很甜，用来做包子馅，就为过完年之后寡淡的辛苦的日子增加了甜味；到了端午，要吃韭菜包子；农历七月十五中元节，要蒸西葫芦包子——将西葫芦切丝，加上炒熟磨碎的甜杏仁，比肉包子还好吃，让人难忘；到了农历十月初一，蒸麻腐包子，麻腐是将麻籽磨碎后按点豆腐的方法做成的，掺了胡萝卜和菠菜，别有风味，是穷苦日子的一种贴补，更是平淡岁月的一种调剂。小时候我觉得不好吃，成年以后，却怀念那份独特的味道，每一次提到麻腐包子，就会想起外婆，似乎那里面有外婆的气息。

这些随着季节时令变换的食物，都蕴藏着记忆中外婆的味道。虽然更多的时候，我们吃的是母亲做的，但母亲是从外婆那里学来的。母亲虽不识字，但心灵手巧，不仅从外婆那里学会了做饭，更重要的是她为人处世也和外婆一样敦厚善良。很多时候，关于节气和饮食关系的问题，比如西葫芦包子里为什么要放炒杏仁，十月初一为啥要吃麻腐包子，端午节为啥要在门口插柳枝艾叶，等等，母亲也不知道，她说外婆就是这样做的，所以她也这样做。这样一年一年下来，就成了习惯，也是过日子的讲究。一个地方的风土人情和习俗，都是这样一代一代传承下来的。

我从记事起，感觉外婆就一直是一个模样：矮小，微胖，圆脸，眼睛不大，单眼皮，头发稀疏，皮肤微黄，穿黑色裤子和灰色上衣。她从来没有变过，似乎没有年轻过，但外婆柔弱的肩膀上扛着一大家人热气腾腾的生活。

4

其实算算年龄，我和表姐出生的那一年，外婆才四十六岁，还是很年轻的。那时候正值人民公社时期，社员在大集体干活记工分，年底根据家里的总工分分粮食。外公在生产队里当队长，负责安排社员劳动，调配生产队庄稼的收种。外公外婆生了十二个子女，存活了七个，子女的年龄相差较大，那一年大的已经婚嫁，小的还在上学。当年三月，大舅母生了大表姐；七月，二舅母生了双胞胎女儿；到了九月，我出生了。十几口人的大家庭，出工回来吃饭是大事，外婆就不再出工干活，在家里带四个孙女，给一大家人做饭。

结婚前，我也曾听母亲说过外婆当年一个人带我们四个孩子的情景，但那时候自己根本不往心里去。生了女儿之后，一家人围着小人儿的吃喝拉撒忙得寝食难安，才明白带孩子这件事，远不是想象的那样轻松，手忙脚乱全天候照顾下来，心力与体力耗费不少。尽管这样，还时有摔倒磕碰之类的流血流泪事件发生，人虽然乐在其中，一天下来，却也疲惫不堪。都说养儿方知父母恩，回过头来再想，才觉得外婆一个人带四个孩子，还要给一大家十几口人做饭，简直不可思议，她到底是怎么做到的？其实，我从记事起就听小姨描述过外婆带我们四个丫头的场景。小姨是外婆最小的孩子，我们出生时，她也就五六岁，是外婆的得力小帮手。四十多年前做饭和现在做饭可以说是两回事，当时所有的一切都需要手工操作，费时又费力，自己和面自不必说，就连面粉也要自己磨，做饭烧的柴火要自己去地埂上找。一进院门的东厢房是一间磨坊，里面有一盘石磨，石磨边上是木框的筛子和箩，麦子从石磨上磨好后再用筛子和更细的箩过一遍，面粉和麸皮就分开了。印象中，外婆大部分时间都在磨坊里，坐在矮凳上罗面，或者在淘洗麦子。磨面的前一天，先要淘洗麦子。提前从涝池里挑水，将麦子放进水缸里冲洗干净，用大笊篱捞出来，再用干毛巾擦干，晾干后，第二天才能磨面。一般来说，一早上只能淘洗一斗麦子，十几口人的大家庭，两三天就得磨一次面。

　　外婆就在这样辛苦紧张劳作的同时，带大了我和三个表姐。小姨曾经描述过外婆边劳动边带孩子的场景：把四个孩子挨个儿喂饱了，用农具或者凳子、桌子在地上围成一圈，圈里铺上席子，孩子在里面玩，外婆在一旁边干活边看着。等孩子再大一些会爬会跑了，就将椅子放倒，把孩子安顿到四方的框框里，防止摔倒磕碰——类似于现在的学步车。但我仍然不能想象，这样带一个孩子都困难，四个孩子的吃喝拉撒，加上哭闹病痛，就算分身有术，长了三头六臂，也很难搞定，颠着一双小脚的外婆，到底是怎么做到的。

直至成年以后，自己也为人妻母，经历过生活一地鸡毛的百般考验后，才真正懂得，老老少少十多口人的大家庭日复一日的安稳岁月里，藏着外婆温柔且巨大的力量和心甘情愿的付出。

5

外婆的小脚，是被裹了之后又放开的，就是俗称的"解放脚"，除了大脚趾，其他脚趾全被压在脚底，脚看起来很小，但脚背很厚，走路不稳当，相当于我们踮起脚走路，只能迈小碎步。到了老年，外婆走路越来越慢，站起来需要人扶着，或者拄拐杖。她给我讲过小时候裹脚的事，那时候我刚刚看了冯骥才的《三寸金莲》，对于外婆的小脚很感兴趣，追着她问当初裹脚的经历。外婆情绪平静，像是在说别人的故事。外婆生于1926年，按说清末民初就已经提倡天足，但在西北偏远地区，新思潮的传入晚了很多。她是长女，五六岁的时候，她娘给她裹脚，她不愿意也没办法，裹上后疼得受不了，就放开裹脚布缓一缓，但最终还是得缠上。裹了几年，随着风气转变，不提倡裹小脚了，但她的脚已经变形了，脚趾的骨头早已经被压断了，再也伸不直了。

我没有从外婆的描述中听到想象中裹脚时撕心裂肺的疼痛和她的反抗与挣扎，以及"小脚一双，眼泪一缸"的惨痛经历，她说得轻描淡写，似乎受了疼痛的不是她自己。

外婆常说："人眼前的路都是黑的。"说实话，三十岁之前，我真不大明白这浅显的话里蕴含的深意，即便和同龄人相比，多读了几本书，对世事人心多了一些体会，也不能对外婆的话感同身受。人只有亲身经历了磨难或者变故，才会真正理解那些看似简单的生活哲理，大多是饱含着血泪的人生经验。

外婆还有一句话，被我妈原模原样地学了，经常用来劝解、宽慰那些年被强大而琐碎的现实击溃的我——"人，就是忍着活的"。

这话，曾一度让年轻气盛的我心生绝望，却也让我在抗拒与妥协反复交织的无奈中，一点一点收敛了锋芒，渐渐地与现实和解。

6

外婆不识字，也没有出过远门。她自己也说："最远去过场（打麦场）上，最高去过房上（屋顶）。"但她明事理，通人情，从小到大，我没见过她和任何人有过纷争。四个儿子相继娶妻生子有了小家，她四十二三岁就当了婆婆，四十六岁已有四个孙女。三世同堂的大家庭，没分家的时候近二十口人，务工的、务农的、上学的都有，她一个人操持家务，家里很少发生口角纠纷，至少我没有见到过。我妈虽然是嫁出去的女儿，但因为我父亲离家在外工作，跟前没有帮衬着带孩子的人，所以我经常在外婆家。我们姐弟三人都是外婆带大的，外婆温暖热闹的大家庭，让我们姐弟三人的童年免受了"独在异乡为异客"的孤单寂寞。

外婆虽然一辈子"大门不出，二门不迈"，心里却一点儿也不糊涂。印象中，大约是我上初中时，住在外婆家里，那时候农村刚刚有了黑白电视机，外公和外婆很晚了还在看一部打仗的电视剧，我躺在热乎乎的土炕上昏昏欲睡，迷糊中听他们聊电视内容，我很惊讶外婆居然能理清楚众多复杂的人物关系和故事情节，比看过很多古书、见过很多世面的外公还明白清楚。

尤其难得的是，外婆说过的很多方言俗语，都蕴含着为人处世的大道理。我想，这可能就是外婆做人的准则，更是几十年人生岁月赋予她的生存智慧。成年以后面对的生活，绝不是小时候我们憧憬过的样子。很多事情都是在经历之后，才会有痛彻心扉的领悟。有一阵子，我特别爱同外婆聊天，不管是她回忆陈年往事，还是东家长西家短的琐碎家常，我都爱听。尽管她说的话土得掉渣，却总是能鲜活生动地还原生活的本质和哲理，让人忍俊不禁的同时，受到启示，如醍醐灌顶。

外婆说"儿好不如媳妇好""命好不如遇合好""天上的雀儿，地上的小儿""庄稼是别人的好，儿女是自己的好"，这些话是对复杂人性的深刻洞悉，更充满个体生命对世界的无奈妥协。

外婆说"蜜多了不甜，肉烂了不香"，用具体而真实的生活经验明白晓畅地阐述"过犹不及"的道理。

外婆用"心眼比针尖还小"形容一个人心胸狭窄、爱计较，还说自己"斗大的字没认下一箩筐"。

外婆总结人与人之间的相处是"远香近臭"，所以，外公去世后，外婆坚决一个人过，四个儿子家，谁家都不去，避免了一些农村人家兄弟之间因为父母养老问题常见的计较和纷争。

外婆劝说因两口子闹了别扭后赌气回娘家的亲戚女儿："房檐下不是避雨的，娘家门上不是常走的。"乍一听这话观念陈旧，但细想，以她的经验认识，成家以后的子女，处理小家庭的矛盾不牵扯连累父母亲人，才是正确的选择。类似这样的乡间俗语，日常生活中，外婆张口就来，运用得恰当又贴切，听起来有趣又有味，值得细细揣摩品味，在漫长的琐碎日子里用来消释遇到的磕磕碰碰和沟沟坎坎。

外婆劝人忍让，不要太强势："牙是硬的，舌头是软的，但牙掉光了舌头还在。"劝人忍让的话很多，外婆这样的话很是新奇，我在别处从来没有听到过。

外婆说："我的四个儿子，能堵住半河水。"骄傲自豪之情溢于言表，这比喻极有画面感。

关于婚姻，外婆说"种不好庄稼一茬子，娶不好媳妇一辈子"。

关于交友，外婆说"人不留客天留客，人不教人事教人"。

关于帮人，外婆说"宁给好汉子拉马坠镫，不给屄汉子出谋定计"。

关于女儿的婆家，外婆说："人家的锅头（灶台）上有我们的一个碗哩，要好好相交……"

凡此种种，那些鲜活而生动的语言，随着外婆去世，很少能听到了。偶尔，也会从母亲和两个姨娘的聊天中听到一两句，总会让我格外怀念外婆。

7

小弟是外婆接生的。现在想来，生孩子是人命关天的大事，是要送到医院的，就按当时的条件，也应该请产婆来家里。但父亲骑着自行车去请全乡唯一的产婆时，她已经被别人请去接生了。没有办法，只能由外婆接生。我当时七岁多，家里只有一铺炕，按我妈的要求，我躺在炕上闭上眼睛不看，但也算是见证了整个过程。那时候的我，并不知道生孩子是一件危险的事情，听见哇哇的哭声之后，我兴奋得再也无法装睡，翻身起来，一眼看见外婆双手小心翼翼地捧着婴儿，觉得她满脸慈爱的模样好看极了，尤其是额角上的汗珠，在灯光下闪着微光，到现在依然清晰地浮现在我的脑海中。

在很多人描述外婆的文字中，都会提到小时候在外婆怀里听过的故事和歌谣。我仔细回忆，没有躺在外婆怀里的记忆，印象中，外婆一直在干活，很少有坐下来休息的时候。一大家人的饭食，加上一个接一个出生的孙子，使外婆每天都忙得脚不沾地。她手指头似乎从来没有伸展过，手上或者有面，或者有灶火里的灰。偶尔她也会边干活，边给我们讲一些过去的事情。

外婆生我妈之前，已经生了四个孩子，连续"糟掉"（夭折）了一对双胞胎。那时候还没有解放，生活条件太差，缺吃少穿，饿着肚子、身怀六甲干农活是常事，家家都有养不活的孩子，连我妈也差点儿保不住。再后来条件好一点儿了，家里人口又越来越多，负担也随之加重。和那个时代所有的农村妇女一样，外婆一个接一个地生孩子，从来就没有好好坐过月子，也很少因为怀了孩子而减轻劳作负担，生完孩子没几天就得下地，自己熬米汤伺候自己和孩子。小姨是外婆最小的孩子，比大舅小整整二十二岁。生小姨之前，快夏收了，外婆带着四舅和大姨坐在院子里搓草绳。搓了一会儿，外婆说肚子有点儿疼，就起身进屋去了。过了一会儿，四舅听到屋里传来婴儿哇哇的哭声，才知道外婆已经生了。没有请接生婆，也没有找邻居来帮忙。孩子刚生下来，外婆把平时家里用的剪刀在炉火上烤一下，自己剪断了脐带，自己烧热水洗干净孩子，自己在土炕下挖坑埋了胎衣……

小时候只对这些事感到好奇，甚至好玩，并不往心里去。到了成年以后，又多次听到我妈和舅舅们说起，每一次我都忍不住泪湿眼眶，心里会难过好久。外婆不是金刚之躯，她也是肉体凡胎，她也会疼痛，只是，处在那样一个时代，她和所有农村妇人一样，对生活的态度，似乎就是两个字：承受。除此之外，别无选择。

8

外婆和外公同岁，外公七十三岁去世之前，一直由外婆照顾饮食起居。从四十几岁开始，一个接一个，拉扯大了十几个孙子之后，外婆的生命也逐渐走到了老年。包产到户后儿子们分家另过，曾经热闹非凡的上房里，只剩下了两位年过花甲的老人。外公一辈子没有做过家务，习惯了被外婆伺候，吃一碗饭，喝一杯水，从来都是由外婆递到手里。我们小时候，外公每天早上都窝在被子里吃完外婆端来的一碗荷包蛋，才慢慢穿衣下炕。外婆早已经习惯了对外公几十年如一日的照顾，六十多岁的外婆，腿脚已经不大方便，本来就是小脚，加上腿疼，走得越发慢了，到了后来，两条腿越来越弯，几乎形成了一个O形，人也显得更矮小了。即便这样，外婆还是每天自己和面做饭。夏天用柴火灶，喝一口水也得自己生火烧。冬天好一些，屋里有炉子，做饭烧水取暖还方便些，但还要烧热炕，人老了怕冷，热炕一天到晚不熄火，外婆早晚都要煨一次炕。直到现在，外婆提着一只装满柴草的大筐往房后走的情景我还历历在目。勤劳、善良、慈祥、温暖……毫不夸张地说，这些美好的词语，我都是从外婆的身上心领神会的。

那些年，外公外婆住的上房和屋里的那铺大大的土炕，都是我们温暖的港湾。尤其是冬天，炕总是热乎乎的，炕上铺开一床被子，炉子上坐着的茶壶里，红枣桂圆茶咕嘟咕嘟地冒着热气，很是诱人。儿孙们从外面回来，都会习惯性地到上房里，围在炉子跟前，或者直接上炕，钻进烫乎乎的被窝里，接过外婆递过来的红枣茶，边喝边让外婆在炉子上烤洋芋、大豆、馍馍，一边吃一边聊天，仿佛又回到了童年。都说血浓于水，即便好久不见，各自过着完全不同的生活，只要回到外婆的身边，表兄弟姐妹就一下回到亲热的小时候，仿佛从未离开过。我们躺在炕上总有说不完的话，外婆拉了灯绳，我们还意犹未尽。

这铺土炕，人多的时候，大人孩子挤一挤，可以睡下十二三个人。一直到外婆去世前，炕上的被褥都叠得整整齐齐，看到被子上熟悉的花色，闻着被子上熟悉的味道，记忆就一下子回到了小时候。

外婆家的院子，是北方农村最常见的院子，上房两边是厢房，后来几个舅舅相继成家，又在两边扩建了厢房。外公外婆住在上房里，四个舅舅从左到右各自住一排厢房，整体在一个院落，但相对独立。这院子，是我们童年的乐园，最热闹的时候，住过十几个孩子，我们姐弟三个，表兄弟姐妹七八个，加上外婆娘家亲戚的孩子，一大群孩子在院子内外、房前屋后捉迷藏、打沙包、跳房子，呼啦啦跑过来跑过去。那样的场面，现在是再也见不到了。

那段时间，大概是外婆最辛苦，也最快乐的时候吧！

随着孙子们一个接一个长大，先后外出上学、工作、成家，小辈的日子越来越红火，逐渐老去的外婆，日子却越来越冷清了。

9

人老了，就变成了孩子，甚至比孩子更脆弱。

外公去世后，外婆身体还好，她依然坚持一个人过，儿子姑娘谁家都不去，她说她要守在家等着外公，外公回来家里黑灯瞎火的没有人可不行，仿佛外公只是出远门去了。于是，外婆就一个人住在空荡荡的上房里，守着越来越孤独寂寥的光阴，念叨着外公说过的话，桌上供奉着外公爱吃的水果。但曾经睡过十几个人的大炕上，只剩下了外婆一个人，每天晚上，由还在家里上学的小孙子过来给她做伴。年头节下，女儿们、孙子们都回来，上房里会短暂地喧腾热闹一番。

随着岁月流逝，时代变迁，这样短暂的热闹就越来越少了。先是孙子们工作后大部分都留在了外地，一年半载难得回来一次，就是留在张掖本地的，工作、家庭、孩子自顾不暇，除了亲戚间婚丧嫁娶的大事，很少专程回去看外婆。后来二舅和三舅两家相继搬离老院子，四舅也新修了院落，虽然一墙之隔，但终究是另一个院子了。大舅的儿子留在家里务农，偌大的院子里，只剩下他们一家和外婆，一下子变得空阔安静。又过了几年，不住人的空房子也拆掉了，院子更大了，越发显得空荡荡，外婆的上房就像一座孤岛，落寞又沉寂。

外婆就在这孤岛上走完了她在这世间的最后时光。

起先几年，外婆还能自己做饭，也能在夏天儿孙们忙碌的时候，帮着烧水，看看重孙。到了冬天，母亲和两个姨娘会接外婆到城里的楼房上，在一家住上几十天，漫长的冬天就过去了。在我记忆深处，一直深藏着一幅温馨的画面：在母亲家的客厅里，外婆坐在靠阳台的沙发上，阳光透过窗子洒进来，照在她的身上。她一动不动，稀疏的发丝一根一根地镀上了一层柔和的光。时间仿佛停止了一般，有一种苍老而宁静的美。

但这样短暂的美，终归是要被打破的。

八十岁以后，外婆的日子还是一天接一天过着，但她生活的全部内容似乎只是用来等待死亡。身体的衰老自然不必说，头疼，每天都要吃去痛片才行，两条腿也疼，O形越来越明显，走路需要拄着拐杖一步一步往前挪。饭吃得越来越少，话也越来越少，见到人，就止不住流眼泪，总说自己"被阎王爷忘了"，貌似玩笑的话里，既有对生命的无奈感叹，又有对子孙的歉疚，还有生怕遭人嫌恶的自嘲或者自护，似乎活了八十多岁不是一件值得骄傲的事情，而是与之相反的。我们所有的子孙都心知肚明，在儿女们排班轮流陪伴她照顾她，孙子们偶尔去看望她的同时，也都明白这可能是最后的陪伴。

这样说，既残忍又无情，却是不容辩驳的事实。而我，也在见证外婆逐渐老去的同时，见证了人性的复杂和多面，甚至开始怀疑人至暮年生命的意义，也多了一些难以准确表述的唏嘘和悲凉的感受。

时至今日，我一直忘不掉我们每次离开时，外婆眼泪汪汪地看着我们的样子，那种不舍和委屈，那种无助和无奈，和一个孩子一模一样，让人揪心，难过和感伤交织在心头，久久挥之不去。都说婴儿时期是人类最脆弱的时候，老年又何尝不是？

10

让人更难过的，是失去意识之后生命尊严的完全丧失和难堪。到了生命的最后阶段，外婆基本上没有清醒的意识了，认不得人，大多数时候都在昏睡，偶尔有清醒的时候，便发呆，表情木然，不知道她在想什么，更无从知道她的感受。有人来看望，她也有认得的时候，总是看着来人流眼泪，也不说话。更奇怪的是，忽然变得能吃了，刚吃过就说饿，给多少都能吃完，似乎饿极了，大口吞咽，也不怕烫。在长久的沉默当中，她也会开口说话，说的都是很多年前的事情和已经去世多年的亲人，仿佛那人就在跟前，正和她聊天。这样的情景，让陪护外婆的人觉得害怕，不敢单独和她一起待着。

更要命的是大小便失禁，这对于她自己，还有轮番排班照顾她的子女，无疑都是更大的考验，甚至是折磨和煎熬。时间变得漫长而难熬，一年似乎长过了外婆八十多年的一生，七个子女轮流照顾的时间一再缩短，从一月到半月，再从半月到一周，到了最后，一周时间，也变得漫长又煎熬。除非亲身经历，否则没有人能体会到照顾一个失去意识的老人吃喝拉撒的辛苦。

生养和哺育了我们的外婆，一日一日延续着生命，她和一株植物一样，只剩下了吐纳，活着这件原本快乐的事情，也因此变成了痛苦和折磨。这样的时候，快一点儿结束，也许是最好的结局。

煎熬和折磨的结束，也是对人性考验的结束。

但生命的延续，或者结束，全都由不得自己。我们常常感叹生命的脆弱，也为生命在苦难中绵延的韧性而感慨。

11

外婆去世之后，我没有像十年前外公去世时那么悲伤难过，也没有外公去世后那种随时袭来的眼泪和时刻不忘的伤痛。甚至在葬礼上，我们很多人都显得无比冷漠，在悲戚的唢呐声中，该哭时哭，该笑时笑，有人还在停放棺木的上房里开着玩笑。我像一个旁观者一样，目睹着她的棺木从院子里被抬出来，运送到坟地，一点儿一点儿下沉到墓穴，连持久的伤悲和纯粹的留恋都没有。

刚刚过完年的春天，略带寒意的空气中涌动着并不隐晦的喜悦。我默默跪在人群后面，远远地看着人们七手八脚用铁锹往墓穴里铲土，脑子里浮现出"纵有千年铁门限，终须一个土馒头"的句子，冷静而理性地原谅了一度觉得不可理喻的一些人和事，也顺带着原谅了自己的冷漠无情。那一刻，我觉得自己对于生命，有了更为宽阔和豁达的体悟和认知。

悲伤和怀念是在外婆葬礼之后才慢慢袭来的，我并没有自己想象的那般刚强冷漠。常常在某一个瞬间，因为一句话，因为一种食物，或者什么也不为，我会想起外婆，继而想到她已经不在这纷繁的人世间，泪水就在不觉间湿了眼眶。时间越长，越觉得在生命的感受上，我离外婆越来越近了。我随处都可以看见她，在很多人的身上都可以看见她，曾经的细节反刍一般出现在我的生活中，我发现自己也不知不觉中说着外婆说过的话，也会在每一个节日里用特定的食物为平凡的岁月翻出花样新意。甚至，每一个在1926年出生的人，我都会拿来和外婆做比较，比如英国女王伊丽莎白二世、超级女明星玛丽莲·梦露……

我甚至觉得，我和外婆从未分离。无论是近半个世纪的年龄差，还是生死，都不会拉开我和她的距离。时间就像一条河，我和母亲与外婆隔着生活的水流构成了河的两岸，当外婆的生命日渐衰微、坍塌、决堤的时候，我已经初识水性游到了堤岸，并站在了她的原址。我的此时此刻，在某种意义上，已是她的那时那刻，她是我的根系，我是她的枝叶，她会在我的身体里延续生命，如同我和我的孩子，我的孩子和孩子的孩子，所有的人和所有人的孩子。

2015年3月

我妈和我爹

我妈是非常典型的"刀子嘴，豆腐心"，只不过这豆腐心是对所有人的，刀子嘴只针对我爹，且越老越锋利，越老越得理不饶人。从小到大，我们听得最多的话，就是我妈说我爹"受活了一辈子，逍遥了一辈子，自在了一辈子，享了一辈子福"。

我爹是典型的"生在旧社会，长在红旗下"的那一辈人，家里是一穷二白的贫农，怎么可能"享了一辈子福"呢？这话当然是我妈把我爹和她自己相比来说的。我妈出生于二十世纪五十年代初期，虽然生在新社会，但那时候农村家家都穷，缺吃少穿，医疗卫生条件差，又没有实行计划生育政策，她出生后，弟弟妹妹接连出生，她三四岁的时候，就承担了带弟弟妹妹的任务，她对童年从来没有过玩耍的记忆，也从来没有过吃饱饭的记忆。据我妈说，她自己七八岁时就开始下地干活了，薅草、拾粪、平地、溜种（跟在犁地的人后面，把种子均匀地撒在犁沟里）、推车、拉磨、搓绳、割麦，啥活都能干，干不了的也硬撑着干，十一二岁时就在生产队里挣工分了。白天干活，晚上还要在煤油灯下给弟弟妹妹做鞋。我起初是不大相信的，后来我上初中的时候，也帮着家里干过农活，才知道哪一样都不轻松。比如薅草，看着简单，实则既需要技术，也需要十足的耐心和体力，不要说七八岁的孩子，就是大人，也不见得能长时间坚持。

当然，我妈说的这话得到了外婆的证实。那时候外婆也没有其他办法，怀里的还没学会走路，肚子里又怀上了，家里家外的活还不能耽误，那就只能大的带小的，用本地俗语讲就是"虮子抱虱子"，很形象。外婆那一辈的女人都是这样过来的，毫无怨言，她们不会想到现在的女人生完孩子能在月子中心享受全方位的照顾，更不会想到现在一个金牌月嫂会有上万元的收入。我妈直到现在都不会踢毽子，不会跳绳，不会玩任何游戏，因为她童年从来就没有玩过任何游戏。自从学会了干活，她就一天都没有休息过，十八岁嫁给我爹后，还是继续在生产队里劳动，干完农活还有干不完的家务活。春播秋收，平田整地，薅草，割麦子，打场，修渠上坝……凡是农活，她都得拼命干。农闲时节，要去打猪草，跟着队里的大人去很远的山里面拔"猪波兰"（我不知道这是一种什么草，但从小到大听我妈说了无数次，只知道这是一种用来喂猪的草，长在荒滩上，味道有点儿咸）。拔猪草一去就是一整天，早上天不亮就出门，晚上天都黑了才能回来，好一点儿的话能带一些干粮，中午吃一点儿；家里没吃的，就得饿一天（我猜我妈饿得受不了，偷偷尝了"猪波兰"，不然她咋能知道味道是咸的）。一提到这些事，我妈就满腹委屈，眼泪就止不住地流下来。

　　生我大弟的那天下午，我妈还在抬抬车子，抬车子是以前农村用来运送柴草麦糠的农具，类似于架子车，只是没有轱辘，两边有架杆，只能是两个人用肩膀像抬轿一样抬着，把打麦场上的柴草麦糠送到饲养场等指定的地方。没去过农村的人当然无法想象这样的场景，但我是见过的，所以我完全能理解我妈的满腹委屈。我妈说，普通的麦糠也就罢了，她们那天抬的，是最后掺杂了土的麦糠。收割麦子时将麦秆带麦穗一起用镰刀割下来，扎成捆，晒干后再均匀地铺到打麦场上，用石磙子反复碾轧，把麦粒从麦穗里分离出来，然后把麦秸挑出来，麦糠和麦粒就用大扫帚扫到一起，堆成堆，等有风的时候，生产队里有经验的老把式就用木锨把麦糠扬到高处，风一吹，沉甸甸的麦粒和轻飘飘的麦糠就分开落下来，这就是北方农村代代相传的扬场。

麦糠看着很轻，但在土地上用扫帚扫到一起后，免不了掺了土，还是挺重的。挺着大肚子抬了一下午抬车子，我妈腰酸背痛，不要说脚肿，腿都肿得老粗，一按就是一个坑。当天晚上她就肚子疼，生下了大弟。这当然还不算最苦的，最苦的是孩子生下之后的日子。我爹独身在外，在他参加工作的异乡娶了我妈，没有自己的房子，就地借了别人的一间房子成了家。他是公家的人，白天上班，晚上还要参加学习，不一定天天都能回家。我妈干了一天活，进门面对冷锅冷灶还得自己生火做饭。当时年轻，也不觉得有多苦，反而是后来日子过好了，回想起来一把辛酸泪。

我爹的老家远在几十公里外的临泽县，虽然隔得不是太远，但那时候交通确实不便，回老家只有一条土路，自行车可是奢侈品，只能靠双腿，得走两个小时。据说我爹成家以后，我爷爷骑了头毛驴穿过两片荒滩来看儿子，整整走了一天。老家的奶奶去世得早，没有人来帮着带孩子，我妈只好把孩子放在娘家，让我外婆帮着带。让我妈觉得委屈的，是她每天早上都要比别人早起，先把孩子送到娘家再赶去上工，等收了工再去娘家接孩子回家，还要边带孩子边一个人生火做饭。我爹很多时候都不在家，按我妈的说法，他就是在单位"享清闲"。有时候我妈回到家时天都黑透了，家里那一间房子本来就简陋，炉灶不齐全，更没有柴火和煤炭。黑灯瞎火的，我妈还得自己去寻找柴火。

那时候的穷，是现在的年轻人无法想象的，不要说吃的穿的，树木也很少，我妈说："每次做饭，都先要寻好柴火，有时候饭还没做好，上工时间就到了，炉子里没柴烧，娃子又在号哭，真是能急死人……"

这些按我妈的说法，我爹是浑然不觉的，但我觉得我爹即便知道，也实在没有解决的办法。我妈说我爹只操心自己上班，家里所有事情一概不管。年轻的时候我妈咬着牙熬过来了，现在回想起来，却是越来越委屈——凭什么他就那么逍遥呢？

在我妈受苦受累的时候，我爹真的是没心没肺地"享清闲"吗？很长一段时间，我们姐弟仨都对我妈的"控诉"深信不疑，以为我爹确实如我妈说的那样"天生的好命"。

我曾看过我爹的工作笔记，他们结婚的时候，正是"文革"期间，我爹白天上班，晚上还要到各村社参加各种活动，乡镇上很多单位都没有周末休息日，也没有明确的上下班时间，基本上是生活、工作不分开，吃住都在单位，开会、工作随叫随到。除非家里有大事，比如孩子生病了，才能请假骑着自行车带我妈和孩子去医院。我妈收工后又带娃又做饭，晚上还得点着煤油灯给娃做鞋袜、缝衣服，我爹的确没操多少心。无论我爹主观上想不想操心，客观事实都是我妈几十年来控诉的"啥心都没操，逍遥自在了一辈子""活了一辈子好人"。我爹就是有一万张嘴，也不能改变事实，为自己辩护。但不能否认的是，我爹作为公职人员，每月有几十元的工资，在那时候的农村还是很难得的。小时候的记忆中，我们家的生活水平还是优于生产队里其他人家的，吃穿用度也相对宽松。我妈是我们村里第一个穿上毛衣的人，还有我爹出差时给我妈买的一条湖蓝色的围巾，也让她风光了好一阵子。我妈的两个妹妹，也就是我的姨娘，遇到重要的场合或者进城去，也常常借我妈的新衣服穿。隔三岔五，我们家里还能吃上肉，每次吃肉，我爹就让我和弟弟去请外公来。外公爱喝酒，我爹就托关系在供销社买了酒放在家里，外公有时候馋了，就来我们家里喝上几口。这些都是我小时候最深的记忆，也是我爹能给予我妈的好处，但我妈自动忽略了这些，时间的流逝让她忘记了曾经的快乐，只把那些受过的苦深深刻在了心里，也许这是人性的自私吧！就像我爹，同样也是自私的，我妈越是这样强调，他越是不在意，从来没有对我妈受过的苦表达过一丝歉意。这一辈子，尤其是我爹退休以后，他们就是这样在指责与挑剔中相互伤害着度过了一天又一天，一年又一年。

我们姐弟仨相继考上学，每逢有人夸我爹我妈教子有方，我妈的刀子嘴总会狠狠给我爹一刀："三个娃都是我养大的，你操了个啥心？"那当然了，自打娃生下来的那一刻，吃喝拉撒都离不开妈，何况我妈是那种性格特别要强的人，自己再苦再累也不能让娃受委屈，对我们姐弟仨的付出自不必说。我爹嘴上自然不和我妈争这份功劳，但要说我们"成才"与他无关，那也是说不过去的。我爹从十七岁参加工作，独自一人在外打拼，到二十八岁借一间房子在异乡和我妈结婚，再到后来燕子垒窝般一点儿一点儿建起一院房，是真正的白手起家。他一个人的工资供我们姐弟仨上学，也极为不易。我上初中时，为了到城里上学，重读了一年，和弟弟分在一个班里。我爹当时一个月的工资是一百一十四元，给我们俩报完名，交完住宿费，身上连坐车回家的钱都没有了，只好饿着肚子等在城门口，搭了个便车才回家。我记得那时候，我爹喝醉了酒，反反复复就说一句话："我就是穷得穿不上裤子，也要让我的娃娃上学。"当时，我的眼泪哗哗地流了满脸，心里又感动又难过。到现在三十多年过去了，每每想起这句话，还是禁不住泪湿眼眶。我爹并不是我妈说的"家里的事啥心都不操"。虽然他的确没有受过我妈那样的苦，没有长年累月下地干农活，没有起五更睡半夜地劳作，但要说他一点儿苦没吃，那对他也是极不公正的。我至今都记得我们家盖新房子之前的那个夏天，我爹每天下班后就自己和泥、脱土坯，他只穿一件白色的跨栏背心，脊背和肩膀被晒得脱皮。整整一个夏天后，门前的空地上码了好几排土坯，这是盖房子用来砌墙的基础材料。这样的体力活，对于一直上班的我爹来说，也是极为辛苦的。

我妈的刀子嘴只针对我爹，豆腐心却是对所有人的。她就是那种菩萨心肠的人，对于我们姐弟自不必说，对外人更是客气而谦恭。我们家在队里算是外来户。虽然我妈就是在这个队里长大的，但嫁给我爹，她就成了外姓人。整个队里就两个大姓，李和赵。以张肃公路为界，公路以南是李家庄子，基本上都是本家户族；公路以北是赵家庄子，也是我外公未出五服的本家。我们家就在公路旁边。我们的两家邻居也是外姓人家。其中一家是一对老人，是后来组成的家庭，没有子女。女的比男的年龄大很多，驼背非常严重，她姓雒，我妈让我们叫她雒奶奶。男的据说是城里下放到农村来改造的，精神稍有点儿问题，后来就没有回城。别说年头节下，就是每次家里做了好吃的，我妈总要让我们先给雒奶奶端过去。那时候缺吃少穿的，好不容易吃顿好一点儿的饭，我妈总是惦记着两个老人，觉得他们无儿无女很可怜。我妈这样做绝不是偶尔一次两次，也绝不是家里饭剩下了才给人，而是十几年如一日。刚开始我们有点儿想不通：我们和雒奶奶非亲非故的，家里的饭自己都不够吃呢。但时间长了，我们也习惯了。直到后来雒奶奶去世，我们吃饭的时候，还习惯性地想起她来。我妈没上过学，也不会讲大道理告诉我们如何做人，但我们姐弟从她的身上不仅学会了善良，还学会了很多温良恭俭的为人处世之道。

　　我妈一辈子几乎没和别人吵过架。那时候生产队里几十号人一起劳动，为了活的轻重、工分的多少，人和人之间吵架闹矛盾的多得很。但我妈从来没有和任何一个人吵过架，也没有和任何一个人发生过不愉快。她自己在外面吃了亏也不说啥，顶多只是回到家自己生气。这当然与她的豆腐心有很大关系。有一件事情对我影响很大。那是包产到户以后，我妈在玉米地里套种了南瓜，到了秋天，获得了大丰收。玉米收完之后，满地的大南瓜我们整整摘了一下午，收了一大堆。看着这些南瓜，我们的心里充满了自豪和喜悦，也第一次发愁：这么多南瓜，我们啥时候能吃？我妈决定给亲戚们送，让我们把个儿大体壮的挑出来。我们以为是要将挑剩下的送给别人，谁知道我妈却让我们把挑剩下的拉回家，把那些个儿大的送给别人。我和弟弟大眼瞪小眼，以为自己听错了，我妈却说："给人送东西，一定要送最好的。哪有把挑剩下的送人的道理？"当时的我们是有点儿想不通，却也乖乖地按我妈的想法把最好的南瓜分别给几个舅舅家和二奶奶家、三奶奶家送去了。现在想来，深感惭愧，要是将挑剩下的送人，那不是对人家极大的侮辱吗？这件事情对我一生为人处世的影响是巨大的，也是深刻的，直到现在，当时的情景和心情还历历在目。我和人相处，也依然遵循我妈说的那句话："给别人送东西，一定要送最好的。"我妈没上过学，也不识字，她的豆腐心是她发自内心的善良，这善良让她即便是有一张刀子嘴，也只能是小刀子，顶多能擦伤皮肉，不会伤筋动骨，且永远都是刀刃向内，使给我爹，因为我爹是她最亲近的人，是自己人。对外，我妈从来都是温良恭俭。我妈在我爹老家的人眼里，是一个打着灯笼也难找的好媳妇儿，既能干又贤惠，针线茶饭都是一等一。从小到大，只要我爹老家来了人，我妈总会想方设法倾其所有，做最好的饭来招待，哪怕来的是一个小孩子，我妈也从来不会怠慢。这是她朴素真诚的待客之道，也是对我爹最大的好。但我爹好像并不觉得，在他们那一辈人看来，嫁鸡随鸡，嫁狗随狗，这些都是理所当然的事情，不值一提。我想我妈也一定是这样想的，因为我从来也没有听她为此抱怨过，倒是我，年龄越大，越敬佩我妈几十年如一日的豆腐心。

我从来没有听到我爹说过"老婆子，你跟了我一辈子受苦（受委屈）了"的话——一般剧情都是这么演的，这当然源自生活，我也亲耳听到有老人说过类似的话。我爹说的话正好相反，他老说我妈："和周围王秀花、朱兰英比比，还有啥不满足的呢？"王秀花、朱兰英都是和我妈差不多年龄的农村女人，她们嫁的是和自己一样的农民，一辈子没离开过土地，没离开过农村，儿女们也没有考上学，还是当农民。我妈虽然年轻的时候受了苦，但她在我爹退休以后就搬到城里住上了楼房，再也不干农活了，和城里人一样享受生活，跳广场舞，顶多就是做做家务。但我妈不和那些人比，她说我爹从来不体贴她，两个人出去我爹从来不提东西，家里剁肉我爹从来不伸一把手，她失眠睡不着时我爹很少关心问候，一句话："他心里就想着自己！"可是，这有什么办法呢？我爹比我妈大九岁，他比我妈先老了，身体状况又不太好，就算有心，也无力帮着我妈提重物。更何况，他们那一辈的男人，骨子里大都是大男子主义，眼睛里根本看不见这些细枝末节的事情。大多数时候都只考虑自己的感受，哪里能顾及其他呢？

我爹煮牛肉放多了姜，我妈抱怨姜放多了，牛肉吃起来像羊肉一样，我爹说："要是那样，大家都不用买羊肉了，多放些生姜就能吃上羊肉！"我在旁边听得忍不住笑。这是二十年前的事了，现在我爹早就不进厨房了，只负责吃煮得很烂的肉，至于买肉、剁骨头、切肉这些他以前干过的活，再也不操心了，事实上，也干不动了。

我妈一生钟爱食醋，每饭必有醋；而我爹偏见不得半点儿酸味，他胃酸过高，很多食物对于他来说都是制酸高手。这也是能使他们乐此不疲地相互讥讽和攻击的话题。我爹只要一说自己胃酸，我妈就会来一句："就是因为你不吃醋。我咋从来不酸？"就连我爹精神不好，容易疲劳，我妈也要归结到不吃醋上来。我爹有时候也懒得说，眼睛一闭，头转过去，不屑于战斗。

我妈爱上火，她特别信奉蒲公英能败火（其实就是消炎），春天要想办法挖一些烫了吃，连烫了蒲公英的水也要留下来喝掉。还要存下些晾干的，过一段时间就熬上自己喝，也让全家人都喝。说实话，蒲公英的确有消炎败火的药用价值，能缓解口腔溃疡的症状，但我爹却偏偏不认同，每次他上火牙疼，我妈让他喝蒲公英水，他总是说："蒲公英又不是万能的！"这让我们有足够的理由怀疑他纯粹就是为了和我妈对着干，因为我爹懂中医，他平日里生病，会自己开药方抓中药吃，他心里当然清楚蒲公英的功效，但他就是不喝。

我妈当然耿耿于怀，有一次我爹感冒上火，眼睛也发红。我们让我爹喝点儿蒲公英水，我爹刚一点头，我妈来了一句："那又不是万能的！"用我爹常说的话来攻击我爹，我妈深得语言运用之术。我爹当然也一样，他们似乎记得彼此说过的每一句话，哪怕过去几十年，依然如同刚听到一样。

我妈和我爹就是"见不得又离不开"，正所谓"不是冤家不聚头"，还有一种叫法是"欢喜冤家"。用我丫头这一代新新人类的话说就是"相爱相杀"。他们一起生活了一辈子，最常见的状态就是相互挑刺、相互找碴儿、相互攻击，这似乎成了他们习惯也喜欢的日常生活模式。我有时候听见他们为了一丁点儿小事互怼，吵到后来，都忘了刚开始为什么而吵，两个人互不让步，都觉得自己有理，都觉得自己委屈，都无法不少说一句，狠话说得不仅让对方生气，连自己也气呼呼的。我妈经常在我们跟前流眼泪，赌咒发誓再也不多嘴多舌、多管闲事，但过不上几天，就又忍不住要说我爹，吃饭要说，睡觉要说，走路要说，没有外出锻炼要说，看电视要说，总之我爹干啥她都看不顺眼，让人觉得可笑又可气。这种状况，在我爹退休之前还不那么严重，在我爹退休之后愈演愈烈，逐年升级。到2020年，我妈嫁给我爹快五十年，想想他们一辈子这样磕磕绊绊、吵吵闹闹的"相爱相杀"，也真不容易。

2018年6月

泪雨千行恍若梦

转眼已是婆婆"二七",婆婆去世整整十四天了,但至今我还是不能相信,婆婆确实是离开了我们,离开这个世界了。

虽然那天我匆忙赶到医院,亲耳听到医生说"不行了,拉回家去吧";虽然在家里我和小姑子亲手给她擦洗了身体,从里到外一件一件给她穿上了寿衣;虽然我眼睁睁看着众人抬着她出了门,盖上了我飞奔下楼从车里取来的红被面,免得雨淋到她身上;虽然那天下午是我去照相馆给她冲洗了遗像,然后抱在怀里送到了殡仪馆;虽然那天晚上是我陪着老公去社区办了死亡证明;虽然那三天里我一直在凄婉的哀乐和悲凉的唢呐声中向来吊唁她的人下跪磕头致谢;虽然入殓的时候,我亲眼看着亲友给她的棺木里铺上了她平时常盖的那床被子,然后将穿戴整齐的她款款抬进去,再将早就准备好的衣物、被单一层层盖在她的身上,盖上棺木盖;虽然我亲眼看着她被抬下灵车、抬到下葬坟地,亲眼看着亲友用一锹一锹土填埋了棺木……但我还是不能相信,她真的离开了这个世界,在又一个春天来到的时候。

那三天,天一直阴沉沉的,雨下得很大,如泪流千行。雨过天晴,太阳依然和往常一样升起又落下。我不能确定,这悲伤而忙乱的三天是真实还是梦境。

止不住泪流。

虽然这么多年婆婆多次病危住院，我们也做好了她迟早要离开的思想准备；虽然一切后事都按她的嘱咐办；虽然一起生活的二十年里磕碰摩擦难免，彼此内心都曾生过抱怨，有过嫌隙；虽然三天前才做了她喜欢的火锅，一家人坐在一起陪她吃饭……但我还是止不住泪流。我一直是一个泪点很低的人，在殡仪馆，只要听见哀乐，只要看见花圈纸钱，只要看见有人来祭奠、下跪磕头，只要听到道士念经，我的眼泪就会无法控制，由不得自己……原来，二十多年时间的朝夕相处，彼此相容亦相融，不知不觉间我早已将她当成了生活中不可或缺的一部分。这个世界上，除了自己的父母和伴侣，还有谁，能一起生活二十多年？细细算来，自己十几岁离家上学，之后工作、出嫁，即便和父母一起朝夕相伴生活的时间也没有超过二十年。年龄越大，越懂得在生命中出现的每一个人都自有因缘。可是从此以后，无论爱怨，都阴阳两隔，不再相见，怎不让人黯然神伤，潸然泪下？

再陪您一程。

三天忙乱之后，亲友离开，回到各自的生活，我们也继续上班上学，早出晚归，仿佛什么也没有发生，什么都没有改变。但总归是不同了，觉得家里缺了什么，又似乎多了什么。一进家门，就会习惯性地看向阳台，想起婆婆常坐在靠阳台的沙发上，翻看着报纸或我们读过的书本；饭做好了，先端到床前的小桌上，抬头看见相框里的她静静地看着我们，就想起她吃饭时一手拿着筷子，一手拿着小毛巾擦汗的样子；晚上睡觉时，随手要关卧室的门，才意识到再也听不到她的喘息声和咳嗽声了；早上起来烧好了水，先给她换上热水，上一炷香，会不由得想起她平日里躺在床上的情景……人生易老，岁月难留，转眼间，青春不再，健康不再，我们的最好年华已经过去，也将面临衰老和疾病。上辈人经历过的我们不一定会经历，但人生各个阶段的感悟大抵相同，生命就是这样循环往复。生命的无奈在于，无论对这个世界舍与不舍，生老病死全都由不得自己，离合聚散都得坦然面对。

愿您安息！

2017年5月

清明的怀念

又是一年清明至，春风又一次吹绿了田野，吹醒了我埋藏在心底的怀念之情。

转眼，外公去世已经十八年了。从外公去世的那一刻到现在的十八年间，我总是想为外公写点什么，却一直没有动笔。我不知道，这深入骨髓却又无影无形的怀念，从何说起。

外公是我成年以后失去的第一个亲人，所以，伤痛的记忆总是萦绕在心头。外公去世以后的好长一段时间，我都无法接受事实，脑海中总是闪现他的面孔，一想到他便止不住地流下眼泪。我想，只有这不能割舍的亲情才是这个世间唯一真实而永恒的情感吧。

我们姐弟一直将外公叫"爷爷"，并没有按约定俗成的那样再加上一个"外"字。不仅因为我们家和外公家住得近，我们从小就在外公身边长大，更因为我们从心底里爱外公、敬重外公。

记忆中，小时候的家只是一间破破烂烂的小屋，甚至不能遮风避雨。父亲只身一人远在他乡，又刚刚参加工作，是真正的一无所有，连这一间破旧的小屋也是他和母亲结婚以后外公帮着找的，是生产队的知识青年以前住过的，孤孤单单的一间屋，不在居民点上。母亲曾有怨言，但外公却从来没有因此说过父亲一句。他总是说自己的女儿，有时，甚至大声地责骂母亲，给她讲"王宝钏苦守寒窑十八年"的古戏，但母亲不懂。和父亲结婚时母亲刚刚十九岁，而且没有上过学——这一直是外公心里的遗憾。外公的七个子女中，只有大舅和母亲没有上过学，其他人都上到了初中甚至高中毕业，这当然不仅仅是外公的错，但外公还是很愧疚。后来他自作主张把年纪还小的母亲嫁给有公职的父亲，可能也是希望母亲以后的生活能稍好一些吧。母亲的委屈无法说，也无处说，就只有一心一意守着父亲过贫穷的日子。

依稀记得我三四岁的时候，有一天，天下着大雨，父亲上班去了，我和母亲依偎在家里的土炕上。房屋年久失修，到处漏雨，母亲抱着我缩在一个角落里，地下和炕上都摆满了接雨的盆盆罐罐，滴滴答答的声音此起彼伏，那情景很凄凉。母亲开始并没有哭，只是抱着我看着窗外的雨。但外公冒着大雨来了，我远远地看到外公，高兴地喊："看，爷爷来了，爷爷来了！"母亲看到外公的黑蓝色的衣服和帽子都湿透了，眼泪就止不住地流下来了，等外公一进门，母亲就大声哭起来。小小的我不知道母亲怎么了，看她那样伤心地哭，也跟着哭起来。外公没有说话，先倒掉了一个个盆子罐子里已经接满的雨水，然后坐在炕边抽起了水烟——在我的记忆里，外公似乎总是在抽水烟。

母亲的哭声越来越小，越来越弱，最后变成了断断续续的抽泣，而我，早已经不哭了，只是好奇地看着外公和母亲。外公抽完烟后，忽然大声训斥还在抽泣的母亲："哭什么！哭能解决问题吗？！"委屈的母亲不但没有得到安慰，反而被外公狠狠地骂了一顿。现在的我当然不记得外公骂了母亲什么，但记忆深处一直对外公冒着大雨来看我们，却又不说一句安慰的话，反而责骂母亲的行为深感疑问。这样的问题对年幼的我来说是难以理解的，它使我在整个童年对外公总是有着深深的敬畏。

也许，知道这个答案的人只有父亲吧。外公对父亲的欣赏和看重是显而易见的，他总是称父亲为"相公"——这个带着古韵的称谓让年少的我们觉得很新奇，也很费解。我们常常听到外公向别人夸自己的"相公"能干，知书明理，对他好。父亲的确对外公很好，我们小时候，只要家里做了好吃的，他就让我和弟弟请外公来。外公爱喝酒，父亲就总是买了酒放在家里。那时候的酒不像现在这样轻易就能买到，得凭购物证，供销社有父亲认识的人，所以能及时买到酒。父母那时候的日子也不是很宽裕，但比起外公家二十多口人的大家庭，还是稍好一些。父亲每次让我们去请外公，我们就知道家里肯定有好吃的了，到后来就成了一种习惯，如果哪次吃好吃的外公没有来，我们反而觉得奇怪。

父亲对外公非常敬重，他经常对我们说："你们外公可是个厉害人呢！"这厉害，是说外公能干、有本事、有主见。外公其实只是一个农民，一生都没有离开过土地，最辉煌的经历就是参加过县上的干部会议。

外公十八岁结婚，先后给两个弟弟、三个妹妹，还有自己的七个子女操办了婚事。等到我们记事的时候，外公已经不再辛苦地操劳了，他担任生产队队长，很有威信，提前安排好出工的事情后，每天便睡到太阳很高才起，盘腿坐在炕头接过外婆手中的一个大碗吃早饭——这份早饭也是专门给他一人做的，舅舅们早已出工去了。外公吃了早饭，照例要抽一袋水烟——这也是外公留在我心中最深刻的记忆。我们几个孙子孙女有时候会争着给外公点火，争着给外公找点烟的细小柴棒。那时候没有打火机，只有火柴，但外公舍不得每抽一次烟就划一根火柴，便常常找一根细小柴棒，就着炉火点燃后再去点烟。

我七岁的时候，小弟出生了。那时候我刚上完小学一年级，母亲决定不让我去学校了，在家带小弟。我和大弟都是外婆带大的，我们也一直将外婆叫"奶奶"。等到小弟出生的时候，三舅也成家了，外公家的人口越来越多，二十几口人的大家庭，需要一个人料理家务，外婆便不出工，待在家里带孩子、做饭，就这样仍忙不过来。母亲态度坚决，不让外婆再带小弟。我那时候小，觉得不去上学在家带弟弟也没有什么不好，正好一个和我一直很要好的朋友也在家带妹妹，我便和她一起自由快乐地在田埂间玩耍。外公当时不同意，狠狠地骂了母亲一顿，但母亲仍然坚持自己的主张。第二天我背着弟弟去地里，外公看到我还是没去学校，气得脸都青了，他三步并作两步，从我背上抱过小弟，说要送回家让外婆带，还呵斥我，让我赶紧背上书包去上学。我有点儿害怕，不明白我不去上学外公为什么会这样生气，难道他不知道外婆做那么多家务，还要带好几个孩子，累得忙不过来吗？

最终，我还是停了一年学，外公没有说服母亲。现在想来，母亲其实是体谅外公外婆的难处，大家庭的和谐并不是那么轻松就能维持的。当时的农村，女孩不上学在家带弟妹是很平常的事情。我耽误了一年的上学时间，但并不责怪母亲，我能理解母亲当初在取舍之间委曲求全的明智和果断。对于外公，我不只是心存感激，更由衷地敬佩。外公看到我没有去上学时发怒的样子，一直深深地刻在我的记忆里。

除了那次发怒，在我的记忆中，外公一直是开朗而快乐的。晚年的外公，生活一直闲散舒适。七个子女都已成家立业，生活幸福平安。他应该没有什么遗憾和牵挂了。外公去世那年，刚满七十三岁，七个子女、十六个孙子女都披麻戴孝为他送终。

外公去世时，我生病住在医院，听到消息，脑中一片空白，眼泪止不住地流。从医院到外公家坐车得四十分钟，一路上，我的眼泪就没有断。我始终不能接受，也不愿意相信，外公，我一直敬重的外公，从此在这个世界上消失了。

写到此处，泪水又一次模糊了双眼，我仿佛又回到了小时候，隔着那个小屋小小的窗户，看到了大雨中疾步走来的外公……

2005年4月

一路上有你

我工作的学校离家不远，上下班步行只要十几分钟。每天我都提前出门，慢悠悠步行过去，下班了再步行回家。

我喜欢这样悠然从容地行走，不像以前骑车上班时那样紧张慌乱，还能避开川流不息的车辆。

一个人走的路，是清清静静的，是自在舒心的。偶尔，见满街行色匆匆的人，那一张张陌生的面孔，也会有一点儿寂寞的感伤，有一点儿长路漫漫的厌倦。

这样的时候，就渴望有一个人和自己同行。

女儿上幼儿园以后，这条路上，就多了她轻盈小巧的身影和小鸟般叽叽喳喳的声音，伴着我日出而行，日落而归。

日子如水一般缓缓地流着，如同这一段路上我们的脚步。

每天早上，我牵着她的小手出门，穿人流，过马路，避车辆，送她到幼儿园，然后去隔壁的学校。下午下班，我再牵着她的手回家。这一段路，忽然就有了色彩，有了生机，有了说不完的故事，有了听不够的笑声……

这一段路，从此不再寂寞，不再冷清，不再有走不到头的惆怅落寞……

女儿很开朗，爱说爱笑，总是高高兴兴、快快乐乐的。和我在一起，她总有说不完的话。讲故事，说笑话，猜谜语，背儿歌……我的心总是被她的快乐感染着、影响着，也渐渐地如她般快乐起来，仿佛自己也回到了无忧无虑的童年……

小人儿也有不开心的时候：早上穿的衣服不合她的心意了，想要带一些好吃的到学校的心愿没有被满足了，在班里和小朋友闹别扭了，想要的玩具没有给她买了……这些都会让她的小嘴噘得老高。她生气的小样子也是那样可爱，让人心疼不已。

路上更多的时候，是她在一直问问题：柳树的叶子为什么这样细小？秋天的树叶为什么离开树妈妈？风为什么看不见？蚂蚁有雨伞吗？云朵为什么经常变换样子和颜色？雪花喜欢我们吗？蓝天为什么会变成黑天？……

还有路边景色的变化，沿途的车辆和行人，行驶在前面的那辆毛驴车，离我们不远的那对母子，酒店里的礼仪小姐身上的红旗袍，路边小吃摊上简陋的烟筒……全都是女儿问题的来源，她总是那样好奇，那样兴致勃勃地关注着身边的所有。

有女儿同行，常常能让我注意到许多已经被自己忽略了很久的季节交替、光阴变迁，常常能让我想起曾经触动过心灵的一些往事，常常能让我觉察到自己对于一些惯常的生活细节的漠然，常常能让我觉察到自己曾经善感多思的心已在渐渐生锈……

有女儿同行，我会忘了路途的枯燥乏味、艰涩难行，会不知不觉间真正享受到心无旁骛走路的乐趣，会让我有一点儿倦怠的心渐渐地快乐起来……

日子就在与女儿同行的路上不紧不慢地过去着，三年的时光似乎只是岁月回首的一个瞬间，平淡而真实。具体又琐碎的快乐是一种温暖的安慰，会永远留在记忆深处，清晰而深刻。不必时时想起，却从不会忘记。

再过几个月，女儿就要上小学了，我还会牵着她的小手走这条路，继续这样相依相伴地走过六个春夏秋冬，直到她从一个天真无邪的孩童成长为能够自己骑自行车上学的翩翩少年……

其间，又会有多少关于长大的故事？又会有多少说不完的乐趣？

想想，都是一件很开心的事。

在路上，女儿最爱唱歌给我听，有时候，她也让我唱。我就给她唱自己改了歌词的《一路上有你》：

一路上有你，再枯燥的旅途也会花香淡淡，鸟语声声；

一路上有你，再糟糕的心情也会微风习习，细雨蒙蒙；

一路上有你，再恶劣的天气也会阳光明媚，天朗气清……

2004年5月

外婆的锁阳茶

"三九三，挖锁阳，挖不上锁阳霉八年。"

小时候，一到冬天，总跟着外婆唱歌谣，却从来没有问过外婆，为什么"挖不着锁阳霉八年"。等我想起来问的时候，外婆已经不能回答了。

每到冬天最冷的时候，我都会梦见外婆，梦见外婆的锁阳茶。醒来，就长时间发呆，似乎不愿意从这样的梦中醒来。

恍惚间，眼前嘈杂繁忙浑噩的日子，仿若虚空遥远的梦境，而外婆那间光线昏暗、氤氲着白色雾气的上房里，弥漫的温暖潮湿的气息，那么真实，那么清晰，深吸一口气，外婆的味道就钻进了鼻子，寒凉的冬夜，一下子暖了。

炉子里的火苗贪婪地舔舐着黑色的茶壶，茶壶的盖跳着，壶里的水，褐红色，也跳着，翻滚着，欢腾的舞蹈如炉子里的火苗。一大团白色的雾气在茶壶的上方渐渐散开，像外婆脸上淡淡的笑，贴心贴肺般暖和。

屋外，大雪，白天白地。我们是一群家雀儿。外婆说："家雀儿打得团团转，飞再远也会回来的。"

我把冻僵的手塞进外婆怀里。锁阳茶在炉子上咕嘟响着，外公在炕上抽水烟。外婆的对襟褂子还是三十年前的那个蓝色，有点发白，上面有锁阳茶柔和的醇香。

外婆还没有老去。锁阳茶里放了红枣，放了桂圆，还放了冰糖，以及红红的枸杞……

我的手触到窗户上的冰凌，冰凌也有锁阳的味道，只是冰凉冰凉的。

甜香的锁阳茶没有了。冰凌花没有了。梦醒了。

屋子里黑黢黢的，没有锁阳茶的暖香，没有外婆的味道。白银一般冰凉的月光透过窗帘，让夜的黑更加生硬，硌疼了眼睛。

外婆去世已经八年了。

生活依然在继续。

日子来了，又去了，寒凉与温暖交替的光影里，离歌已远，哀伤浅淡，而外婆温暖的笑却在我皱纹日深的面庞上闪现。

女儿说我像外婆。像吗？外婆只是女儿的绕口令：妈妈的妈妈的妈妈。

小时候，我也这样说过。母亲像外婆。

在外婆身边长大的我，习惯了叫她"奶奶"。

抑或，外婆从未离开我们，在我们难以忘却的记忆里，也在我们流淌的血液里。

冬日的锁阳茶，就是外婆的味道，是这寒凉的冬夜里我愿意一遍又一遍重温的旧梦。

2004年12月

气　息

　　珂丫的嗅觉特别好，对气味异常灵敏。她每吃东西，必要先闻其味，甚至对一个地方的记忆，也是气味为先。有一次到一个地方，她说："这个地方的气味好像是老太家里的呢。"老太是我的外婆，在珂丫六岁的时候就过世了。外婆生前大多数时候住在乡下的老屋里，我并不常去，屋子里什么气味，我更是没有任何特别的记忆。只记得屋子里空荡荡的，有点儿潮湿——坐南向北的屋子，屋后有几棵大树遮天蔽日，常年不见阳光，黑乎乎的。外婆的晚年就是一个人在那间屋子里度过的。珂丫四五岁的时候，我带她去看过外婆。如今五六年的时间过去，外婆早都淡出了我们的生活和记忆，珂丫还记得那间屋子里的气味。经她这样一说，我就想起外婆来，有点儿伤感，就追问她是什么样的气味，她说不上来，但确定就是现在闻到的气味。有一天早上给她冲芝麻糊，我正一边倒开水一边拿勺子搅拌，珂丫从客厅里进来，说："这个味道正是我在老太家里喝过的那个呢！"我又想起了外婆，想起了小时候，寒冷的冬天，外婆的炉子上一直煨着锁阳茶，鼻子里似乎又闻到了那种熟悉而温暖的味道，那是外婆的气息。

　　打开冰箱，珂丫一皱眉："冰箱里有新乐超市的味道！"我惊奇，不得不佩服她嗅觉的灵敏。新乐超市的食品区在三楼，除了瓜果蔬菜和各种糕点奶品，中间还有现做现卖的熟食区，肉类、面食，油炸的和熏卤的都有，各种气味混杂，就形成了特殊的超市味。我只买了几个豆沙饼，超市的气味就被带进了冰箱。吃了豆沙饼，身上是不是也就带上了超市的气息？有一次因为工作接待，我连续几天都在一个酒店陪人吃饭，回到家，珂丫就很奇怪："妈妈，你身上天天都是一样的气味呢！"其实酒店里天天上的菜也是不一样的，但像珂丫这样嗅觉灵敏的人，还是能精准地捕捉到气息里细微的差别之下的共性。据说国外有一种职业就是靠超常嗅觉来辨别各种气味的。珂丫会不会就是那种嗅觉超常的人呢？中午回家上楼，她能从楼道的气味里准确地判断出谁家炒什么菜，什么作料放多了。我父母家在三楼，她在楼下就说外婆的西红柿炒鸡蛋盐放少了。我们都不相信盐的多少也能靠嗅觉闻出来，后来尝尝，果然就是！她说盐放少了，鸡蛋的腥味就格外浓。我有一次在外面和两个朋友私下约定一起推掉团体的饭局去吃特色火锅，三个人各自给带队的领导编了不同的事由。一起吃完饭，各自错开时间回来，天衣无缝。但如果领导像珂丫一样嗅觉灵敏，就会立马知晓我们的谎言，因为我们身上带着相同的气息，这才是最真实的信息。嗅觉比听觉、视觉更可靠，但一般人的嗅觉没有那么灵敏。

和珂丫相比，我的嗅觉就不那么灵敏，也就少了许多让自己不舒服的感觉。只记得我怀孕的时候，曾对一些气味反应强烈——楼道里的垃圾道、街上的垃圾车，以及路边的下水道，隔着很远，也能让我反胃。在公共场所，一些人身上的汗味、饭菜味及体味夹杂在一起，常常让我很不舒服。看别人神态自若，唯有自己觉得不能忍受时，就感慨，这个世界上感觉愚钝一些其实是一件幸福的事情，至少不会有那么多不舒服。感觉灵敏的人，许多的苦痛体验其实源于自身。但这好像也不是能由自己决定的事情，有的人天生心思细腻、敏感易伤，有的人从来都是粗枝大叶、快乐自在。

我始终相信每一个人的身上都带着他生活的印记。代表一个人的，是他身上散发出来的气息。正如饮食会在你的身上留下气味，读过的书、经历过的生活也会留在你的气质中，所谓"腹有诗书气自华"，并不是虚言。在茫茫的人海之中，我们会选择和自己有着相同经历和气质的人做朋友，说到底，我们选择的是和自己有着相同气息的人，也就是我们认同的、喜欢的，仍然是自己的气息，"臭味相投便称知己"。你不喜欢的人身上一定有你不能接受的气息，无论是言语、行为、思想，还是为人处世的方式。每个人都是有气场的，人与人之间的气场合了，就会感觉舒畅，交往也就融洽和谐；与气场不合的人待在一起，总是感觉尴尬别扭，不好相处。

2008年3月

雪落无声

1

街头，玫瑰火红而热烈。来来往往的人中，总有手捧鲜花满脸幸福的恋人肆意张扬着他们心中的爱。

和老公带着孩子从亲戚家拜完年出来，路不远，我们打算步行回去。

慢慢地走在街上，远远地，便看见一大把彩色的气球在满街人流的上方飘着，吸引了很多人的目光。待到走近，才发现是坐在人力车里的一对恋人：男的一只手牵着拴了气球的绳子，一只手搂着女人的腰；女的双手捧着一大束艳丽的玫瑰依偎在男的怀里，满脸的幸福和陶醉。两个人正在深情地说着什么，似乎全然不知一街的人都在看着他们；或许，是知道了却不在意；或许，他们的话题便是街上看着他们的人呢。人力车载着这对恋人和他们的爱缓缓地远去了，仿佛冬日街头一道亮丽的风景线，给渐渐转冷的天气增添了丝丝暖意。

我一直看着他们远去，心里掠过莫名的感动。

"很羡慕，是吗？"

见我这样，老公以为我又在羡慕别人的幸福，羡慕一些我们已经不再拥有的东西。

"羡慕？也许。"

毕竟，玫瑰是许多女人心中最美的梦想。但此情此景，使我感动的，真的不只是女孩手中的那束玫瑰，而是写在他们脸上那份浓浓的爱和如此张扬的个性。尽管每年情人节，心都会随着街上火红而热烈的玫瑰荡漾，希望能收到一份意外的惊喜，但我不是一个刻意追求浪漫的人，老公更不是。结婚八年了，我知道，爱不是一枝美丽的玫瑰，爱不是一句让人心动的表白，爱不是飘在空中的漂亮的彩色气球。

"给我也买一枝吧。"

这样的话，是试探，但更多的是玩笑。其实，心里早已不太在意这样的虚荣了。既然已经选择了世俗，已经选择了平常的生活，就该经营属于自己的真实，但还是有一种无法诠释的情怀，让自己的心割舍不下一丝说不清道不明的期待。也许是想证明给自己看吧！爱，有时会湮没在琐碎繁杂的日子中，使昔日的容颜消损，让人渐渐地看不清，找不到，摸不见。

"好啊，只要你喜欢。"

老公不是那种呆板无趣的人，虽然不会说甜言蜜语，但每年的生日他都会送礼物给我，情人节也会在我有意无意的提示下，间或有所表示。玫瑰也还是送过几次的，只是我越来越有点儿心疼为了这点儿虚荣而付出的数额不小的钱。女人真是矛盾，也许真像有人说的那样，女人是浪漫和现实的完美结合体。

2

花店门前人头攒动，几乎是清一色的时髦小年轻，玫瑰也早卖光了，需要预订。其实，早在几天前，我就在街上看到情人节玫瑰提前预订的广告了，只是我没有想到真的会这么紧俏。现在，越来越多外来的节日被人们接受、推崇，原来很普通的一束花，也跟着沾了光，身价百倍起来，更不用说被人为赋予很多含义的玫瑰了，一枝要卖到几十元呢。在当下，情人节仿佛成了那些情窦初开的情侣宣泄情感的一个突破口。我实在不想凑这个热闹，便拉着老公走了出来。

最终，在另一家卖精品饰物的店里，我看中了一枚银戒指。戒指上镶着一颗亮闪闪的水钻，简单而别致，戴在中指上，为我并不纤细也不白嫩的手增色不少。看看价格，十八元。我喜欢这样物美价廉的东西，它刚好能满足我一时的心绪，又不至于给爱人的荷包太多的压力。

这段日子，年头节下接连的迎来送往，实在是让人有点儿疲惫，有点儿厌倦，有点儿烦躁。这枚小小的戒指，让我的心渐渐地快乐起来。心情舒展之余，还有些融融的感受，尽管淡淡的，但也可以清晰地体会出来。

3

中午，家里又来人拜年了。老公要去值班，我一个人在厨房里忙活着，客厅里传来划拳喝酒的喧闹声。我以往是厌烦极了这样的喧闹的，可是今天听来，却有了一种久违的亲切。这喧闹，便是那种属于家、属于尘世的声音吧。张爱玲说，她自己最爱看市井，听市声。我想，最重要的还是要有内心的平静吧。

我渴望的三个人安静相守的情人节时光，就这样被打破了，但我并没有觉得怅然和遗憾。或许，爱真的不只是一个浪漫的诺言，平淡的故事要用一生一世去讲述。在光阴的眼中，一个又一个的节日应该跟平常的日子没有什么不同吧！

天，渐渐有点儿阴沉了，冷风不断地从窗口吹进来。我站在厨房的窗前，看楼下间或走过的人，手指在窗户玻璃上划拉过来，又划拉过去，回味着记忆中走过的一个个情人节。有许多事，以为早已经淡忘了，谁料细细回想起来，却依然那么清晰。一切，都仿佛发生在昨天。其实，美好的东西，不论岁月如何打磨，你都不会忘记的。虽然，有时也会羡慕时下年轻人这样那样的时髦生活，甚至会嫉妒那种洒脱，可平静下来，回想往事，又觉得也曾拥有过一道道闪亮的风景线，只不过时代有些不同罢了。而那个时代里的东西，不又是眼下年轻人怎么也感受不到的吗？

4

黄昏时分，有朋友打电话过来，说是几个同学想聚聚，我便匆匆地打车赶去。

生活就是这样奇怪，有时候，会接连几天没有一个电话，没有任何的事情可以打发这漫长的时光，生活安静得让人感到有点儿空虚，有点儿寂寞，有点儿莫名其妙的惆怅；有时候，所有的人和事又会扎堆似的聚集到一起，使人感到有点儿喘不过气的紧张。热闹的时候渴望清静，清静的时候又会期盼着热闹。不知别人是怎样的，我总是这样矛盾着、反复着，难以满足当下的状态。

谁说欢乐总是短暂的？从朋友家出来，早已是夜色阑珊了。红酒的浓郁，仿佛友情一样让人有点儿迷醉，有点儿不知所归。竟不知外面下雪了，夜色中，看着薄薄的一层白那么轻柔地覆盖着一切，还以为是在梦中呢！这盼了整整一个冬天的雪，就在这样一个多情的时刻悄然而至了！我的喜悦，在那一瞬间全都化作流在心底的清泉，湿润了整个身心。

回家的路上，细碎的雪花盈盈地飞舞着，如同我纷飞的思绪。我喜欢这样湿润的天气，喜欢这样天气里这样湿润的心情。

5

老公已经到家了。

卧室的书桌上，静静地躺着一枝包装精美的玫瑰。

客厅的沙发上，他正若无其事地看着电视。

我的心润润的，走过去，依偎在他身旁。

"不是说好了不买吗？"我问。

"哦，因为下雪了。"老公说。老公喜欢雪，每次下雪，他心情都格外好。

雪落无声，在这个特别而平常的夜晚，我们缱绻在沙发里，送走了又一个如期而来的日子。

2005年2月

女儿参赛记

一个假期，珂丫都在集训，因为要参加甘肃省第四届国际标准舞公开赛。每天早上从十点到十二点半，她风雨无阻，就连最热的那几天，也没有缺课。因为这是她自己喜欢的事情，所以根本不用我催促，到点了之后自己收拾好就出门了。到临近比赛的时候，下午接着去上课，她也不说累，回到家里还接着跳。有时候晚饭后我们三人出去散步，她就边走边跳。有一天晚上已经很晚了，她还在小区的亭子里给我们两个表演，非要让我们认真看完不可，兴致很高。我几次说这次比赛完了就不要再去学了，她总是很不高兴。看来，是真喜欢。

赛前的几天，舞蹈班的孩子们受邀代表北街社区在广场上先演了一场，演完后得分不是很高，珂丫很沮丧，一路上愤愤不平，很是在意。我们开导她："这个世界上的事情很复杂，并不是你做到最好了，就能得到最好的评价。我们能做到的，只能是尽自己最大的努力去做，至于结果怎么样，决定的因素很多。"还举了许多现实生活当中的实例给她听，不知道她能接受多少。就像对她的教育培养一样，我们只能尽自己最大的努力引导、帮助、创造条件，却不能决定或者代替她的成长。许多时候，我真感觉自己一点儿也使不上劲，很是无奈。

比赛地点在二百多里外的酒泉，大巴有三个多小时的车程。临近比赛的前几天，珂丫回到家里说老师统计陪孩子去酒泉参加比赛的家长人数，问我们去不去。我问她想不想让妈妈陪着去，她说"随便，不去也行"，一副无所谓的样子。我想起她在军训的时候自理能力挺强的，觉得应该没有问题，就决定不陪着她去了。她也没有说什么。

出发的前一天下午，珂丫自己收拾好要带的衣服、舞鞋，还有洗漱用具，又催着我去超市给她买了许多好吃的。对于出行，她好像已经很有经验了，还自己找出MP4，让我给她下载她喜欢的歌曲。我越发放心了，看来这丫头生活能力真的挺强的，不是那种娇气包。

8月20日早上，我去送她，一路上叮嘱她要跟好老师，过马路小心，到了就打电话，以及宾馆里住宿吃饭的一些注意事项。她一路答应着，有点儿不耐烦。等到了集合的地方，她一看到同伴，就鸟一样飞过去了，叽叽喳喳说笑着，很兴奋。这丫头，打小就是这样，只要有玩伴，就完全忘记了我的存在，不像别的孩子，特别依赖父母，时不时到爸妈身边腻一会儿再去玩。我总是说她没心没肺，其实心里很羡慕她的这种心态。这样最好，至少，不会像我一样心思细腻，动不动自寻烦恼。生活中有许多的苦等着我们一一去尝，愚顽如我，有许多苦，是自己给自己的——虽然这完全由不得自己。

一起去参赛的孩子们陆陆续续来了之后，我才知道许多孩子都有家长陪着去，有几个还是爸爸妈妈都去。参赛的有三十多个孩子，陪着去的家长却有四十多个，还有一些家长是要坐火车去的。我心里有点儿动摇了，再一次问她一个人去行吗，她还是说没问题。送她上了车之后，我站在车下看，想等车走了我再回，她就跑下来催我走，还很夸张地抱了抱我。于是我不再等，一个人慢慢走回家。想着她这一路上，应该是很快乐的吧！虽然这是十岁半的珂丫第一次离开我们外出，但和这么多的同伴在一起，她一定会照顾好自己的。

中午一点，珂丫用同学的手机打电话过来，说她到了，然后又说我们给她的钱带少了，老师说住宾馆的钱要自己出——之前老师只收了车费和集训费，没有说要住宿费，我只给了珂丫两天的零花钱。于是我赶紧给老师打电话请她先垫付。珂丫说他们在宾馆里等着分房间，等会儿去吃饭。我让她下午再打过来，她急着挂了电话，并不和我多说。

晚上九点多的时候，珂丫又打来电话，说自己是在街上用公用电话打的，她已经和几个同伴住下了，明天比赛。我没有听出她不高兴，也就放心了，叮嘱她收拾好自己的东西。

第二天早上我打电话给她同学，同学说她自己到外面吃饭去了。我就有点儿担心：怎么是自己出去吃饭，老师没有带着？不是集体用餐吗？等了好一阵子再打过去，是珂丫接的，说是老师带领吃的饭不好吃，她和几个同伴自己出去吃牛肉面了。我问："酒泉的饭好吃吗？"她说："还可以吧！要去化妆了。"于是就又匆匆挂了电话。

整个下午我没有打电话，因为知道她在比赛。四点多舞蹈老师打电话过来说珂丫跟着一个同学的家长不知道到哪里去了，还有一场比赛要进行，问我知不知道那个家长的电话。我心里着急却没有办法，恨不得立刻飞到酒泉去。半个小时以后，再打过去，老师说找见人了，我的心才放下来。六点多，估计比赛完了，打过去，接电话的同学说珂丫可能还在宾馆，她自己已经跟着其他同学的家长坐上了火车。我问珂丫怎么不回来，她说珂丫说要在酒泉再玩一天。我打老师电话，老师说珂丫还有一场比赛在晚上。珂丫这次报了三项比赛，有集体的，有双人的，还有一个是单人的。九点多的时候我估计比赛完了，打过去一直没有人接，心里就直后悔自己没有陪着她去。直到十点多的时候，电话才打通，珂丫说才回到宾馆，问比赛结果，她说得了一个二等奖、一个第四名。听话音，有点蔫蔫的，不高兴。我叮嘱她收拾好自己的东西，她说已经收拾好了，就挂了电话。

一夜牵挂。晚上梦见珂丫，好像说自己渴，买了许多饮料。早上起来，赶紧打电话，老师却说要到中午才能回来。其他的孩子由家长领着走了，只有珂丫和其他两个没有家长陪同的孩子在宾馆里等着。我一听，有点儿生气，孩子的时间就这么干耗着浪费了，当初说比赛只需要两天时间的，这已经是第三天了，珂丫回来就该开学了。孩子一个假期都耗在这一件事情上了，作业也还没有做完。又担心珂丫在宾馆里等得无聊，却也无奈。联系自己在酒泉的同学过去看看，一会儿他打电话过来却说："听孩子们说老师还要去嘉峪关，可能下午还不回来。"这哪能行呢？再打电话给老师，老师却说不去了，下午就回来。一直等到下午四点多，珂丫还没有回来，我真是心急如焚。

六点多，门铃终于响起来了，我冲过去开门，只见珂丫背着包进来了，脸上的表情淡淡的，不像军训归来那样神采飞扬。问她想妈妈了吗，她很干脆地回答："没有！"吃过饭，她没有和往常一样看电视，而是拿着一本书进自己的房间，躺在了自己的床上。我进去拖地，轻声问："怎么了？不高兴？"她说："没有。"再问，她眼泪就下来了："你们都不去！别人的家长都去了，你们谁也不去！我比赛的时候渴了，没有人给我买水，他们都有家长帮着拿水拿衣服，就我没有人管。比赛的那天中午化完妆，我都没有吃饭，他们都是由爸爸妈妈带出去吃了，你们为什么不去……"

我的心一下子就缩成了一团，针扎一样难受，脑子里想象着珂丫一个人没有人管的场面，想象着她心里当时的难过和孤独，不知道该对她说什么，只有紧紧地搂着她说："妈妈知道你是个能力很强的孩子，不是那种娇气包，相信你一个人能行，再加上妈妈的确有事情要办，所以才没有陪你去，事实也证明了，你是一个很自立的、让爸爸妈妈放心的孩子。你这次表现真棒，妈妈为有你这样的女儿骄傲！你能原谅妈妈吗？"珂丫很坚定地说："不能。"接着又哭。我虽然这样说着，但心里也觉得不能原谅自己。毕竟孩子只有十岁，一个人出去参加这样大型的比赛，别人都有爸爸妈妈陪着跟前跟后，她自己没人照顾，心里肯定不好受。孩子的成长过程中，能有几个这样的第一次呢？而我们能陪着孩子一起见证她的成功，分享她的喜怒哀乐的机会又有多少呢？我们需要分享的真的不是她的获奖证书，也不仅仅是她成功的喜悦，还有她成长的整个过程。错过了，就再也不会拥有了。生命中，还有比这更重要的分享吗？

珂丫哭过之后，很快就不再提这件事情了，第二天吃饭的时候还在饭桌上给爸爸说自己是"没妈团"的孩子，不过这时候的她已经是笑着说的了。我心里却一直深感歉疚，但愿她心里没有留下阴影……

2012年3月

父亲节随想

　　早上从弱水花海返回，天气有点儿阴沉，看起来要下雨的样子。这样的天气，对于暴热了几天的小城来说，算是期待中的清凉吧。昨晚临时起意，七点多和朋友开车直奔黑河大桥园林带，想在黑河岸边"吹清凉夜风，听黑河水流，看漫天星辰"。还真如愿了。两辆车，两顶帐篷，四个人，一盏野营马灯，就远离了喧嚣和热闹，拥有了一整夜的安静清爽。先是在湿漉漉的夜色中看云遮雾罩的星星，后来躺在帐篷里听呼呼的风声，不知不觉就进入梦乡了。

　　早上在鸟鸣声中醒来，收了帐篷返回。在车上翻看手机，看到高总发在沙龙群里的文章《我与父亲》，第一句话："今天，是父亲60岁的第一天，也是我离开父母，远嫁他乡的第3355天。"我的眼泪唰地涌出眼眶——常常有这样的时候，思维还来不及反应，眼泪就夺眶而出。发自内心的真情文字，就有这样无从解释的巨大感染力。随后才反应过来，今天是父亲节，这定是高总女儿写的文字。

　　继续往下看，果然是。文字朴实真诚，无华丽辞藻，不做任何修饰，甚至没有一句抒情，只是像聊天一样说着自己的真实想法和感受，简洁有力，却感人至深。边读边想象高总读到这些文字时的幸福，真心为他高兴。都说一个人无论取得多大的成功，都算不得真正的幸福，唯有儿女的成功才是人生最大的成功。在我看来，儿女的成功绝不只是世俗意义上的功成名就，更重要的是拥有优秀的品格。从大的方面来说，就是拥有正确的三观和为人处世的能力，能积极面对并享受人生各个阶段的不同况味。通俗的说法，就是能好好过日子。

无论从哪方面来讲，高总无疑都是成功的。事业自不必说，就为人处世的境界而言，高总豁达通透，抱朴守拙，既有传统文化崇尚的儒释道归一的淡泊宁静，又具有取舍自如、无私无我的胸襟和情怀。和高总认识近十年了，从最初不甚了解的仰视，到现在发自内心的钦佩，他始终是谦和、真诚、亲切的，没有一般成功人士身上那种高不可攀的距离感。所以，我和高总之间的交往，没有繁文缛节的虚浮，也摒弃了功利和客套，一切都是自然而然的，如泉流山涧，清澈简明；如春风暖阳，和煦温暖。

人与人之间的交往，是要讲缘分的，夫妻、朋友、同事、邻居，甚至父母子女，能在这世间万千人之中相遇乃至相伴，都是缘分。这话当然没有错，让人珍惜在苍茫的人世间遇到的每一个人。但现实很残酷的一点，是我们遇到的各种各样的人中，有很多是不堪走近的，真正的良师益友，并不是人人都能遇到。所以，能有高总这样越走近越钦佩的朋友，是我的福分。

电影《后会无期》中有这样一句话："懂得好多道理，却依然过不好这一生。"一语中的，说出了太多人的痛点。很多人终其一生，也过不上自己理想中的生活，哪怕一天。其中的原委固然千差万别，但不可否认的是，能把自己的人生过好的人，定有着常人不及的智慧和能力。无论是做生意，还是做学问，道理都是一样的。年龄越大，越深刻地理解了那句看似简单的歌词："没有人能随随便便成功。"高总也一样，他看起来总是风轻云淡、闲适恬淡，似乎把事业做那么大是一件很容易的事情。见多了喋喋不休的炫耀和诉说之后，我深信真正的智者，是不会把成就或者困苦挂在嘴上的。高总每每称呼我为老师，我都很是惭愧，与高总相比，写点儿小文章真是雕虫小技，真正的大学问是过好人生，在这山高路远的尘世间，一路上披荆斩棘，做自己的英雄，做亲人朋友的英雄。

儿女永远是父母的软肋，父母不一定始终是儿女的铠甲。虽然在每一个父亲心里，女儿都是独一无二的公主，但并不是每一个父亲都能让女儿过上公主一样的生活。年轻时心高气傲，天真地以为只要努力，就能过上理想中的生活。步入社会后，被生活所困，才幡然醒悟，"物质基础决定一切"是多么深刻的道理，没有被生活摔打过的人是不会真正读懂的。作为父亲，高总给予女儿的，是很多人所不及的，无论是优渥的物质条件，知行礼仪方面严苛的教育观念，还是潜移默化的家庭氛围熏陶，都是造就他女儿的重要因素。人的气质中其实包含的东西很多，相貌里藏着你的所有过往，不仅仅是读过的书，经历的世事，受到的爱与伤害，甚至连吃过的食物，也会在你的身上散发出独有的气息。所谓教养，是日积月累的缓慢渗透，绝非一蹴而就，就像是真金和镀金，明眼人一眼即可分辨。

初识高总，听他说起和年过八十的老母亲跳华尔兹，就心生羡慕；三年前看高总扶着年迈的岳父参加宝卷念唱（流行于甘肃河西地区的一种民间说唱艺术）活动，也让人感动万分。这都是我脑海中刻下的最温馨最美好的画面，毫不逊色于世界上最经典的影片。还有在好多次活动中，看到高总对嫂子举手投足间不自觉的关爱，这些看起来琐碎又细致的片段，正应了"细节彰显品质"这句话，做事、为人其实是情理相通的。这和我们看到高总对女儿上学、工作、成家、生子等人生重要环节细致入微的操心一样，贯穿始终的是人世间最质朴也最纯粹的情感，是没有掺杂任何世俗的侠骨柔肠。

再读这简短却感人至深的文字，不由得想起这些年来和高总的交往。每次聊到女儿，高总言语和神情中都洋溢着满满的幸福和骄傲，我看到的是父亲对女儿的款款柔情。今天读这些文字，我看到了女儿对父亲的感恩之心，也真切地感受到了女儿对父亲的骄傲之情。配图中，有一张是他女儿结婚时的合影，九年前的他，头发乌黑茂密，看上去比现在年轻许多。隔着三千三百多天的岁月和三千多公里的距离，远嫁的女儿深深地理解了父亲的情怀，也真切地感受到了父亲从未缺失的爱。这也许是父女之间必然要经历的一个过程吧。我想起自己大学刚刚毕业的女儿和离世不久的父亲。当年二十多岁的自己，活脱脱就是现在女儿的模样，对父母的爱浑然不觉，对父母的付出熟视无睹，甚至会反感父母的言行，有意无意地反抗父母。直到自己也为人母，才渐渐恢复了对父母之爱的触觉、嗅觉和味觉。等到自己的女儿也渐渐长大成人，回过头来才知道，原来父母才是这世间最值得敬仰的人。

年少时看《红楼梦》中探春远嫁的情节，并不让人觉得悲戚，甚至会心生向往，似乎离开了父母的目光，远离了熟悉的环境，就能逃离各种牵绊，获得自由，彻底解放。不知道从什么时候开始，只是看见或听到"远嫁"两个字，心里便百味杂陈，有时候甚至会泪湿眼眶。这种情感的变化，倒也不一定是经历了什么，而是一种回归。有人说，所谓父母子女之情，就是一场渐行渐远的离别。这悲情冷静的总结得到很多人无奈的认同，也包括曾经的我，但这些年随着年龄增长，对父母情感的依赖加深，让我改变了看法。陪伴父母，也被父母陪伴，绝不是单一的付出，而是相互的心理需要。作为父母，我们只能在子女身后看着他们的背影祝福，告诉自己不必追，更不会要求任何回报。但作为子女，人过中年后，对父母的认同和情感需要，似乎又回到了童年。心理学大师荣格认为，每个人心里都住着一个内在小孩，脆弱柔软，渴望被爱、关心和呵护。无论什么时候，待在父母身边的安心、自在、舒适，是在任何地方都不能相比的。

父母在，人生尚有来处。所以，父母子女之间，也许会逐渐分离，分别成为独立的个体，拥有属于自己的生活，但情感上，还是会回到原点，就像小时候一样，和父母相互依赖，相互需要。

2021年6月

唯有记得，才有意义

——父亲周年祭

时间倏然而逝，又是一年寒秋。

转眼间，父亲离开我们已经一年了。这一年，世界似乎依然是原来的样子，春天开花，秋天落叶。可是，没有了父亲，生活终归不是原来的滋味了。那种无法言说也无从言说的缺憾和哀伤，无迹可寻，却又如影随形，弥漫在每一个日子里。人世间最大的痛苦，莫过于生离死别。父亲骤然离世，让我们猝不及防地陷入了痛苦之中。

我清楚地记得，十多年前二叔因心脏病突发骤然离世，父亲对叔叔们说："好好的一个圆，掰了一个豁口！"他神情平淡，话语里却满是沉痛悲戚，让人不由得泪盈眼眶。现在，我们一家人也生生掰了一个豁口，再也不是一个圆满齐整的圆了！每念及此，我心疼得就像被硬生生地撕扯了一下。这种感觉，并没有随着时间的流逝而淡化，反而越来越浓烈。"离恨恰如春草，更行更远还生"，只有经历过亲人离世，才真正懂得，时间的流逝并不能带走悲伤和哀痛，那道结痂的伤口，永远不会愈合。在漫长的岁月里，会随时随地重新裂开，渗出新血，哀伤和难过就自心底一点儿一点儿渗出来，漫延整个身心。这一年，无数次想起父亲说过的这句话，无数次潸然泪下，无数次失魂落魄般木呆呆地定在原地瞬间失忆，茫然不知身在何处，不知道自己要做什么。

尽管知道父亲终究会离开我们，离开这个世界，内心也接受了无可改变的现实，但情感上却丝毫由不得自己。在最初的那段时间，我甚至还能安慰自己，安慰母亲：父亲走得突然，却也算得上平静安详，正如他自己希望的那样，干净利落，自己不受罪，也不拖累家人，算是没有留下遗憾。作为子女，我们只能坦然接受，我甚至还能和人谈笑，似乎父亲只是睡着了一样。

梁晓声曾写道："如果最亲的人去世了，最初你不会那么痛，因为你缓不过来，反而最难过的是在以后的时光里，会在某个不经意的瞬间想起他时，看见他曾经爱吃的美食、用过的杯子，鼻子一酸，泪流满面。"这正是我深切而真实的感受，最初被重拳击晕般的麻木过去之后，痛感神经渐渐苏醒。几乎是每一天，随时随地，我都会想起父亲。是的，真正的哀伤，是随着时间的流逝一点儿一点儿渗出心底的思念，是一天一天不断加剧的难过，是在日常生活中猝不及防的怀念和追忆，是在某一刻忽然涌出的泪水，是刹那间的黯然神伤。有时候提到与父亲有关的事情，以为自己是笑着说的，后来才感觉到自己早已经泪盈眼眶；更多的时候，是一个人默默地怀想，看见蓝天、树木、田野、大街上的人流，就会想起父亲已经看不到了，眼泪就不由自主地流下来……与父亲有关的点点滴滴的细节、场面、话语，实在是太多太多了，深深地刻在脑海里，随时浮现在眼前，根本由不得自己。

思念每时每刻，追忆随时随地。我不知道古人是怎么想到"音容笑貌"这个词语的，之前只是觉得好，并没有深刻的体会。这一年，每每想起父亲，脑海里都会清晰无比地浮现出他的神情样貌，他额头上的皱纹，他手上的老年斑；他说过的话，他的生活习惯，他爱吃的食物，他用过的物品，他仰头喝酒的样子，他骑着自行车下班回家的场景；大年三十晚上他带着我们守夜给我们讲故事，从新疆出差回来给我们带葡萄干，我坐在他自行车前梁上去医院打针，他给弟弟用刀削出一副木头乒乓球拍，鼓励我们天天练毛笔字时说"贵有恒，何必三更眠五更起"，我和大弟上初中时每逢周末他都站在门口等我们回家，我参加工作时他背着行李去送我，他用勺子喂孙女孙子吃苹果、梨……一幕一幕像电影片段一样浮现在眼前，这才真正领会了这个形象逼真的词语中蕴含的怀念和哀伤。这个哀伤的词语，让我每每想起父亲，看见相册里父亲的照片时，眼泪就止不住流下来。

日子从每天早上洗脸开始。最开始那些天，每一次洗脸，眼前都会浮现出父亲坐在沙发上用手搓脸、做面部保健操的模样，想起父亲说过"温水刷牙，凉水洗脸，热水烫脚"的话；想起退休后他为我收集祛斑的偏方，巴巴儿地抄下来给我，给我讲解用法的情景；想起小时候他给我梳头发，耐心细致地扎两个小辫子——父亲梳头发总是比母亲有耐心，时间宽裕的话，他会给我扎四股辫，让我在小伙伴面前很是骄傲。我们姐弟说过的话，在意的事情，父亲总是放在心上。有时我们随口说一声头疼脑热，父亲就赶紧找药；有时我们早都忘了这事，父亲还惦记着，打电话问好些了没有。

三餐时间，是想起父亲最多的时刻，不仅仅是想到他爱吃的食物，更多的是与父亲有关的记忆。"这是我爹爱吃的……""小时候爷爷带我们吃过……"这是饭桌上我和女儿常常脱口而出的话，每次说完，心里都会难过不已。小时候吃剩饭，父亲说"剩饭姓张，越吃越香；剩饭姓刘，越吃越稠"，我们姐弟就觉得吃剩饭是一件极为有趣的事。父亲老了，吃饭时总说："有肉的时候没牙，有牙的时候没肉！"类似这样充满人生哲理的感叹，从小到大一直伴随着、影响着、启迪着我们。切西瓜的时候，会想起父亲每次都要先在瓜蒂那儿切一片瓜皮擦拭刀刃。小时候不明白，大了才知道这样做可以去除刀上残留的异味，不知不觉中这个习惯被我传承了。我每一次切瓜，都要先切一片瓜皮擦拭刀刃，这几乎成了一种仪式。还有切洋芋丝，这可以说是父亲手把手传给我们姐弟仨的手艺。父亲刀工极好，面条、萝卜丝、洋芋丝切得又细又匀。小时候，父亲边切边耐心细致地给我们传授要领。直到现在，我依然清晰地记得父亲切洋芋丝时刀落在案板上当当当有节奏的响声。父亲一生不挑食，却极为讲究，一日三餐按时按点，精工细作，从不胡乱应付。诸如此类的生活习惯在潜移默化中被我们原模原样地继承。我们常常是一边吃饭，一边回忆，好像父亲就在我们身边，感觉幸福又暖心。蓦然回神，方觉日子过得飞快，父亲离开我们已经快一年了，不免黯然许久。

最让我难过愧疚的，是以前给父亲录门锁指纹时，我嫌他动作慢，态度极不好地和他说话。父亲人老了，耳背眼花，手也颤抖着，试了好几次都无法把手指准确按在锁上的指纹识别处，我有点儿急躁，就不耐烦地拿起他的手指按上去。为这事儿，女儿说过我好几次，我也自责愧疚，追悔莫及。可是，就算是肠子悔青了又有什么用呢？父亲走得那么突然，我们远隔千里，甚至没来得及见最后一面，更没来得及给他郑重地道歉请求原谅。

在超市里购物时，就想起小时候跟着父亲买东西的场景。父亲算盘打得极好，心算能力超强，诸如一斤菜2.38元，三斤二两总计多少钱的问题，卖菜的人还没算出来，他早已经算好了。

看电影、电视剧时，就想起父亲骑着自行车带我去看电影《梁山伯与祝英台》，想起他带着我们去看戏，想起他从城里回来给我们讲他在七一剧团看过的《五女拜寿》《火焰驹》《游西湖》，想起小时候他给我们买的连环画，带我们去乡上的图书室办借书证借书……

从秋冬到春夏，从清明节到中元节，从父亲的生日到祭日，一年来，这一桩桩往事总是浮现在眼前，一句句话犹在耳畔，一幕幕场景历历在目，可父亲已经与我们天人永隔一年了。

寒衣节过后，天气骤然转凉，几天前还葳蕤葱茏的草木，被深秋的寒风吹落凋零，落叶满地，一片萧瑟，一如心境。这些日子，好几次梦见父亲，醒来后回味梦境，总是怅然若失。一年来，总想为父亲写点儿什么，可每一次坐在电脑前，脑子里就一片空白，千言万语不知道从何说起，好多次枯坐半天一个字也写不出来，就恨自己无能，却不甘心。进入十一月，内心越发难过。这几日坐在电脑前敲下的这些文字，也是凌乱而肤浅的。但，唯有记得，才有意义，就以去年的记录作为结尾吧。

"失去父亲，是2021年，甚至是这一生，最大的痛。虽然知道这一天迟早都会来，但这一天真正到来，还是不能接受，不能止住眼泪，不能放下心里的伤痛。这一点儿也由不得自己，从十一月十四那天开始，生活忽然开了一个缺口，似乎一切都变得毫无意义了。我在最初的痛击中感觉麻木、反应迟钝，安葬了父亲之后，又在慢慢袭来的悲痛之中，变得更加颓废，不愿意见人，不愿意说话，甚至不想记录这琐碎而无趣的生活，有什么意义呢？时间和生活都成了一大段空白，所有的事情变得无足轻重。我想做点儿什么，却又无从做起。父亲一直说子女是他一生最大的骄傲，我们也欣然接受他一次次的肯定和夸赞，以为自己真的很优秀。父亲去世后，看到他获得的国家级荣誉，再一次回望他的人生经历，我才幡然明白，他也是我们子女的骄傲。只是这样的话没有当面说给他听，这是我最大的遗憾。整理东西的时候，不仅发现了他曾获得的荣誉证书，更让人难过的是，还发现他在夏天回来的时候，已提前交了家里的暖气费。这些年所有的票据，他都整整齐齐收在柜子里的一个盒子里。父亲不仅给了我们生命，给了我们温暖幸福的家庭和安然稳定的成长环境，而且给了我们良好的教育和安宁的生活。从出生到成年，一直到我们的孩子都长大成人，他都是我们坚强的后盾，从来都是他为我们考虑周全，我们却很少为他做些什么。即便到了生命的最后时刻，他也没有让我们付出什么。走得干净利索，连时间点都刚刚好在周末，不让我们稍有为难，这其实是他一直以来的做法。冥冥之中，似乎是他安排好了一切。一想到这些，更让人止不住泪流，止不住悲伤。从此以后，这个世界上，没有了我的父亲。没有父亲的世界，总归不是原来的世界了。"

2022年12月

在甘州自己

爱悦自己

在网上看到朋友发在论坛上的文章——《写作的理由》。不禁想到了自己，我为什么要写呢？

这样的话题也许并不适合我，因为我写的并不多，而且，我总是想得很多，写得很少，每每蠢蠢欲动，每每又偃旗息鼓。但我心里总是涌动着书写的激流，看到别人一篇一篇不断地写着文章，心里就有点儿着急，有种对自己的愧疚，似乎自己正在被生活的急流冲入深渊，有一种急于把自己从现在的日子中拽出来的感觉。

在这样一个日新月异、人们心态比较急躁的年代，能够真正静下心来读书的人已经很少了，在工作生活的圈子里，很少听到关于读书的话题，更不用说写文章了。一直在这样的环境里浸润着、挣扎着，心里的寂寞会不时泛上来，但又找不到自己的救命稻草，心里焦躁难安，觉得自己也粗糙不堪了。生活也好像缺了色彩，像是漏了光的胶片，模糊一片。

只有提笔书写，才会让我感到一种细腻润滑的快乐，一种能够安慰自己的快乐，一种让寂寞的心既灵动飞扬又平静安宁的快乐。

我喜欢文字。

无论是阅读还是书写，文字所带给我的快乐都是不可替代、无法言说的。我曾经学过音乐，也曾有一段时间兴致勃勃地学过国画，艺术的确是另一种形式的诉说和交流，但也许是我缺乏悟性和灵气，学得终是肤浅的缘故吧，总觉得那份快乐没有文字带给我的那么直接，那么长久，那么言已尽而意无穷。

对文字的这种热爱，源自很小的时候。

没有外婆怀里浪漫的故事，没有夏夜星空下欢乐的游戏，没有明媚阳光里轻风拂面的春游，年少时的我小小的心里装满了莫名的烦恼和忧伤，是个走不出自卑心理的丑小鸭，敏感而易伤。漫长而寂寞的童年生活里，书带给了我真实具体的快乐。

我仿佛找到了一个可以说话的朋友，找到了一个相信自己的理由。那份快乐一直珍藏在心底，不肯轻易示人。

上学的时候，我写的作文总是受到表扬，心里的自卑才渐渐少了。十几岁的时候，我甚至天真地以为，写作是一件很简单的事，脑子里整天构思着小说的情节，幻想着自己也能成为一个作家，写好多感人的故事。再看周围的人，全都成了俗物，心里便一直郁结着挥之不去的愁绪。只有面对文字，我才会感到一种超凡脱俗的愉悦。我喜欢书中的人，也喜欢那些承载着美好事物和美好灵魂的文字，使我看到完全不同于现实的、理想的生活和境界。

于是，我如痴如醉地读，没日没夜地读，只要是书，就会被我视为珍宝。书读了不少，却很杂乱。我的脑子里充斥着各种各样的思想和词句，还有一些过于理想化的对于自己未来的向往。

其间，也曾动过写作的念头，但总是想得多，写得少。真正铺开了纸坐下来，才知道什么叫年少张狂，才知道胸中涌动的万丈豪情不过只是落到纸上的几个平淡无奇的文字，才知道写作这件事并不是谁都可以的，也需要天赋，需要一种只可意会不可言传的感觉。好多时候，我没有这种感觉。

我对自己有点儿灰心，有点儿失望，不可名状的失落和怅然郁结在心头。有时候甚至有一点儿不知所措的茫然，觉得自己丢失了什么。

所幸的是，我的笔并没有因此而放下。书信这种现在看来已经很过时的交流形式曾是我和友人们交流的主要方式。这种用笔书写的倾诉和倾听是我们彼此都需要的安慰。它一直支撑着我走过了从学校到社会的那段铭心刻骨的青春岁月。

对于阅读的爱，也没有停止。书依然是我生活中不可或缺的部分，依然是我生活中最大的乐趣。相对于电影、电视剧，我更愿意把读书作为我的娱乐方式。我喜欢文字的宁静淡泊，喜欢文字的安静纯净，喜欢文字留给人的无限的想象空间和见仁见智的感悟。

后来，升学，毕业，走向社会。路越走越窄，生活越来越平淡，日子越来越琐碎，心情也越来越浮躁，一本一本精心挑选的日记本上，记下的全都不是心中的自己，全都不是心中的生活。于是狠下心，放弃十多年来不离不弃陪伴着我的伙伴。尽管心里很难过，但还是很坚决地放下了每当夜深人静时就拿起的笔。我不想我的笔记下的，只是琐碎难堪的生活、黯淡无光的心境、柴米油盐的具体、你是我非的计较。我不能让自己一味地沉浸在一种无法自拔的状态中，自觉不自觉地迁就生活，还去咀嚼回味。如果生活只能这样，那就让它了无痕迹地过去吧，又何必徒增伤心？

从此，只要一种平静安宁的生活，只要一种平和安静的心境，过所有人都在过的日子，走所有人都在走的路。守着一份爱，最世俗、最庸常的人生也会是美丽的。无数个不眠的长夜里，我静静在心里说服自己，直到枕上的泪慢慢蒸发了。

然后，女儿出生了。我的心又被牵动起来。我想用笔记下孩子成长的点点滴滴，记下心里的每一次感动和每一丝疼痛。提起笔来，在那洁白的纸上写下一行行字，我惊喜地发现我的文字并不像自己预想的那样艰涩，那些源源不断地涌向笔端的词句使我感到莫名的兴奋和快乐。郁闷的心忽然又有了长出一口气之后的舒畅。那真的是一次对自己的再发现，我有一种重见天日般的喜悦，仿佛是在黑漆漆的长夜里突然看见了一丝亮光，尽管微弱，但足以照亮灰暗的行程。我要的不多，我要的真的不多。

就这样，断断续续写给孩子的《成长札记》，又让我找回了自己，找回了那种倾诉自己的最佳方式，仿佛故友重逢，每当提笔书写的时候，我都有一种想流泪的冲动。

就这样，提起笔来的时候，我就会自心底生出对自己、对生活的爱；就不会再抱怨生活的平淡，人生的无味；就会知道自己并不是一无是处，还没有被生活的烟尘折腾得蓬头垢面、面目全非。

就这样，只为爱悦自己，找到了珍惜自己的理由，我也不会再放下手中的笔。尽管生活是那样平常，充满琐碎的事务，阅读和写作的时间是那样零碎，我还是会贪恋这种快乐，贪恋清闲的自在，贪恋亲情的欢悦。我想，我会坚持下去。

只为珍惜生命。

只为爱悦自己。

2004年11月

似水流年《十八春》

喜欢上张爱玲，是很早以前的事了。十几年前，我还在上学的时候，读三毛的书，三毛说她最爱的作家，一位是曹雪芹，一位是张爱玲，他们的书，是能够让她一遍遍去读的。那时，《红楼梦》是我放在枕边的书，已经读过好多遍了，总是爱不释手。每过一段时间，总要读一遍，平日里心烦，随手翻开读下去，心情也就渐渐静下来了。张爱玲却是我第一次听说，就去书店里找她的书，没有找到，但张爱玲的名字从此深深地留在了我的心里。那是1992年，我师范临近毕业。

三年后的一天，和最好的朋友逛书店，竟意外地在一个不起眼的角落里看到了张爱玲的名字，而且那是一套全集，厚厚的四本。我又惊又喜，迫不及待地翻开，立刻就被她独特的文字吸引，把书抱在怀里再也不肯放手，毫不犹豫地买下了。六十九元，是我当时半个多月的工资，可是我一点儿都没心疼钱。这意外的收获使我高兴了好多天，沉浸在一种无法言说的快乐中。

书买回去，人却生了一场病。那套书，我是在病床上读完的。读着读着，就深深沉迷进去；读着读着，便不忍再读，有一种生怕读完了再没得读的担忧——每每读到自己喜欢的文字，我总是有这种不忍再读却又不能不读的感慨和矛盾。唯一感到遗憾的是这套书是盗版的，有许多排版错误和错别字，读的时候感觉就像是吃米饭时咬到了碜牙的小石头，让人很不舒服。可能是我看见这套书时太兴奋了，居然没有发现。不过后来想想，即便当时就发现了，我也一定会买的，我向来不是一个很理性的人，总是冲动，不会因这样的瑕疵放弃这套书而让自己再等待一份或许会有的完美。后来，当年陪我买书的朋友成了我的老公，他也和我一样爱张爱玲，和我一样深恶盗版书。一次出差去兰州，他特意给我带了一套装帧朴实的正版《张爱玲全集》回来。

第一次读《十八春》，是在打完点滴后的一个夜晚。初春的空气中还有着深深的寒意，远处的山，被夕阳映得通红，有一种别样的美丽，我的心中也因此涌动着一种宋词般的伤绪。关闭了门窗，抱着热水袋，我蜷在医院洁白的被窝里翻开了新的一卷书，《十八春》就在那样的一个夜晚被我一口气读完了。淡淡的来苏水气味中，曼桢、世钧、叔惠、翠芝、曼璐、慕瑾，几个平凡人的平凡人生交织着感情纠葛的悲欢离合，在作者冷静而平淡的叙述中，像电影一样一幕一幕地展现在了我的面前。十八年，十八个春天，我的心随着人物的悲欢离合而快乐、痛苦、幸福、忧伤、郁闷、压抑、愤怒、欣喜、怅然……读完最后一页，已是第二日凌晨四点了，在迷迷糊糊中，梦里全是书中人物的影子和他们的喜怒哀乐。

清晨醒来，窗外明亮的阳光刺得人眼睛发痛，恍恍惚惚中，竟有过了一生一世的感觉。那发生在二十世纪四十年代的色调灰暗的故事，那些说着我所不熟悉的上海话和南京话的人物，久久地浮现在脑海里，像电影画面般清晰。而背景，正是我在许多电影里看到的那样，钟楼、弄堂、火车、洋楼，还有从留声机里隐隐约约飘出的属于那个时代的音乐……

喜欢曼桢，她不再是有着古墓般清凉的深宅大院里的少奶奶、姨太太，她是健康的、积极的，一直想靠自己的努力来支撑自己和家人生活的女子。喜欢世钧，他不是没落家族中玩世不恭、无所事事的公子哥儿，他一度试图走出家庭，想以自己的努力过一种属于自己的生活。喜欢他们之间的感情，那样温暖的、自然的情感在张爱玲的作品中是不多见的。而对于曼璐，并不仅仅是一个简单的"恨"字了得，更多的则是同情，是一种理解之后的悲凉。虽然曼桢和世钧的爱情是被她破坏的，她拿亲妹妹的幸福做筹码来挽回自己的所谓幸福，在今天看来也许是残忍的、不可理喻的，但毕竟也是那个社会加剧了她的不幸。

　　就这样，爱着张爱玲，爱着她的文字，一晃，便是几年过去了。1998年的一天，我无意中在电影频道看到了根据《十八春》改编的电影《半生缘》。其实，《半生缘》是张爱玲后来另起的名字，但我更喜欢《十八春》这个名字，给人一种流年似水却又平淡沧桑的感觉。那部电影真是拍得好，香港影星吴倩莲的淡然、沉静、内敛，夹杂在眉宇间似有若无的忧伤，让人感觉她真的就是从书中走出来的曼桢；梅艳芳眼神冷漠幽怨，红唇夸张，也将曼璐内心的痛苦和怨恨诠释得很到位，那张漂亮的面孔有一种狰狞的美丽，让人感到丝丝凉意；还有黎明饰演的世钧，葛优饰演的祝鸿才，黄磊饰演的叔惠，王志文饰演的张豫瑾（该电影中将"张慕瑾"改为"张豫瑾"），都活脱脱是原著中的人物，没有丝毫走样。我想，导演是成功的，他的电影恰似张爱玲小说本身，寥寥几笔，就活画出了人物的灵魂；导演是深刻的，也是聪明的，他用自己擅长的方法，使更多的人阅读到了另一种形式的文字。我喜欢这样的电影，喜欢这样的诠释。这时候，我就会感到，在这个世界上，人与人之间是可以有许多种交流方式的，对艺术的感觉是如此的相通，又是那样的不同；这时候，我就会有一种想要流泪的冲动；这时候，我的心里就会弥漫着一种长长久久的喜悦和感动。

几年后再读《十八春》，是在一个朋友的家里。她是我十多年来最好的朋友，相识的时候，我们只有十六岁，都有那种相见恨晚的感觉。我们都爱书，都爱《红楼梦》，都会在读书的时候泪流不止，都会在读到精彩之处的时候有一种诉说的冲动。于是，从相识的那一刻，我们便开始了将要持续一生的交往。我们需要彼此，需要对方的安慰和牵挂，需要彼此的诉说和倾听。那是在一个过完了年的假期里，我避开了所有的事务和人情，到远在另一个县城的她家寻找清静。这是什么也不用做、什么也不用想的一段时间，我们似乎又回到了一起上学的时候，又回到了当年那种开怀畅谈的感觉中。时空的相隔，并没有割断这些年来我们的交流，但隔着时间和空间的书信与电话，就像隔着一层玻璃的风景，虽然也美丽，虽然也能将一切尽收眼底，但总感觉不是那么尽兴、那么真实，缺少一种热气腾腾的真实感，快乐也不是那么真切痛快，不是触手可及的。相见的快乐淡淡地弥漫在我们的心底，我们躺在床上，我们蜷卧在沙发里，我们伫立在阳台上，我们在一起去买菜的路上，我们在厨房兴致勃勃包饺子，说张爱玲，说《十八春》，说曼桢、曼璐、世钧……说我们的生活，说彼此的茫然和困惑，说曾经的快乐和执着。冬日的阳光暖暖的，照在我们的身上，见证着我们的满足。我们常常庆幸，今生，有一个这样的朋友，是上天最大的恩赐。欢乐的时光总是很短暂，像是春日花开，但这样的时刻，真的如夜空中的星，照亮了我们的前路，照亮了行程中我们也许会疲惫、会厌倦、会烦躁的心。《十八春》就这样一次次被我读着，一次次让我沉迷其中，一次次给予我阅读的快乐和享受。

写毕业论文时，我选择以张爱玲身世与作品的关系为论题，其实还是希望能够更深地阅读她的作品。我没有高深的理论基础，所谓的研究，也只能是一点点自己的看法加上更多的对别人看法的认同而已。但借着这样的理由来读张爱玲，翻阅更多的相关资料，会让我更享受阅读和学习的快乐，感受到一种从未有过的自信和满足。

重读《十八春》，感觉还是像往昔一样，心情随着人物的命运而波动起伏，而人物的影子却更加清晰。印象最深的一个画面，就是曼桢和世钧经历了爱与痛交织的悲欢离合，十八年后重逢，在当年的小吃店里相对而坐的时候，忽然间两人却没有了言语。曼桢积聚在心里那么多要诉的苦，曾经设想了好多遍的在睡梦里都想要对世钧说的话，却突然间没有了，只剩了低微的沉默、平淡的语气、轻轻的叹息、简短的叙述，没有了欲语泪先流的悲戚，像是在说别人的、多年以前的故事，甚至连自己都有点儿不相信，这样的事，曾在自己的身上发生过，真是"相顾无言，惟有泪千行"——甚至连泪也没有。每读到这里，我的心都会生出莫名的悲凉。时间过得真快，十八年，好像只是指缝间滑过的流水，人经历的和正在经历的生老病死、悲欢离合，就在这亘古不变的水流中逝去和将要逝去了。人世间，还有什么是真实的、永恒的？

这种悲凉的感觉，只要读张爱玲的小说，就会自心底生出，久久地挥之不去。可我，还是会一次次地去读，一次次地沉迷于其中。也许，正是这样苍凉的美丽，这种独特的感觉，使我感到了一种深刻的快乐。我贪恋这种快乐，它使我更准确、更敏锐地感觉到生活的快乐与苦痛，从中品尝着并没有经历过的，也不会有机会经历的各种人生况味。我想，人生，不应该只是一杯淡而无味的白开水。

我一般很少看电视剧，前些年，偶尔在电视上看到了根据《十八春》改编的电视剧《半生缘》，就禁不住坐下来看了一会儿。正好看到的是在小吃店重逢的那一段，饰演曼桢的演员戴着假发、穿着华丽的洋装，用千篇一律的港台腔对饰演世钧的演员说："我们回不去了，我们再也回不去了。"两人都是满眼泪水，脸上的表情是浮在皮肤上的极度夸张的痛苦状——这和所有我以往不屑一顾的言情肥皂剧又有什么两样？我不禁笑了，笑自己仅凭一个相同的名字就轻易地对电视剧抱有一种不该有的希望。我明明早就知道，现在的电视剧编导都只是最末流的厨师，即便是一锅滋味上好、风格独特的浓汤，到了他们手里，也要兑上几百倍的水，再加上现代的万能调味剂——味精，才会上桌。然而，我还是有一点儿生气，这样的汤，就是拿白开水也能调出，干吗非得糟蹋了原来的那一锅浓汤，让它面目全非呢？

　　还是读书吧，回到原著，回到让我挚爱的文字，回到让我流泪、让我开怀、让我欢喜让我忧的文字中去吧。这种对于文字的爱是不能轻易割舍的，文字带给我的快乐和感动也是不可替代的。

　　屈指算来，从第一次读《十八春》到现在，已是十年时间了，真是流年似水啊！时间可以改变许多东西，但唯一没有变的，却是我最初的，也是最终的爱。

2004年3月

流泪的阅读

夜阑人静，万籁俱寂，一片温暖的灯光下，我常常捧着一本书静静地阅读，静静地流泪。

喜欢这种流泪的阅读，渴望这种流泪的阅读，享受这种流泪的阅读。

小时候读童话故事《海的女儿》，读到美人鱼为了所爱的人将鱼尾变成人腿后，走路像走在尖刀上时，我的眼泪便哗哗地流下来，似乎自己的脚也在经受刀割般的疼痛。那种受伤的感觉一直萦绕在心头，在小伙伴们快乐无比的欢声笑语中，我的眼里总是含着淡淡的忧郁。外婆总是说我是个心事很重的孩子，我不能辩白，也无法说出自己小小的心里装着别人的伤痛。《丑小鸭》里那个自卑的、被所有人看不起的小可怜，在我看来，简直就是我自己，我一边读，一边为自己流泪。想象着丑小鸭变成白天鹅的快乐，我更是莫名感动，泪流不止——欢乐的时候，喜悦的时候，也会有泪涌出。

十二岁的时候，我开始读整套的《红楼梦》——这之前，我能够看到的只是几本并不齐全的连环画。书拿到手中，就已经有流泪的冲动了。那时候就知道，有一种泪流，只是因为喜悦。砖一样厚的三本书，足以让我的快乐延续很长时间。虽然是生吞活咽、囫囵吞枣地读完的——诗词曲赋、亭台楼阁、医药食谱，都是跳过去不读的内容——但还是有一种从未有过的兴奋和快乐荡漾在心头。读到后四十回，也没有像张爱玲在八九岁时就能感觉到的"跌进了黑胡同"的感觉，只是沉迷在故事情节中。续书中黛玉死时的凄凉场景和那一声"宝玉，你好——"让我泪如泉涌，泣不成声。从此《红楼梦》就成了我的最爱，多年来一直放在枕边案前，一遍遍地读，一遍遍地伤怀流泪，一遍遍地感悟人情世态。我想，《红楼梦》可能是让我流泪最多的一本书了，每一次读，都会让我泪不自禁，凄凉满怀。年少时，只为黛玉、宝玉、湘云、探春以及大观园中的其他女儿流泪，只为生离死别流泪，只为悲凉凄美的爱情流泪，只为委屈难堪流泪，只为知音难得流泪。看到后来，相聚的欢乐、琐碎的俗务、机关算尽的狡诈、鸡毛蒜皮的计较，全都让我心生悲凉，泪流不止。年少时爱憎分明的我，绝不会想到，经过二十年的岁月之后，曾经最让我鄙夷生厌的赵姨娘，在探春远嫁的那一刻，也让我流下同情的泪；曾经那么不能容忍的圆滑世故的宝钗，也会让我在第N遍读的时候潸然泪下……生活让我懂得了生存的艰辛，也在我的心里种下了一颗需要以时间来理解的种子——悲悯。我想，是《红楼梦》，也是更多的阅读让我对这个词有了更深刻的、属于自己的理解。

这样的爱，总是让我对生活心生感激。我不知道别人是怎样的，对于我来说，有这样一份爱在心底长长久久地存在着，我就已经很满足了，它足以温暖我偶尔备感凄凉的心境，足以点亮我黯淡的人生旅程。

爱一个人可以爱到痴迷，爱一本书也一样。因为爱书，与《红楼梦》有关的一切都成了我的岁月珍藏。电视剧、电影、音乐、戏剧，甚至一个小小的图片，都是我看在眼里深深陷入的爱，只要有可能，总要买回家，才心安。书架上那一本本红学书籍是这么多年来陆陆续续有幸碰到的，它们是我最大的、最值得自豪的一笔财富。

初二的那一年，读到三毛的文字，一下子就陷进去不能自拔。那可是真正的沉迷啊。《雨季不再来》中那个自闭迷惘的少年，让我常常在课堂上不知不觉走神，等回过神来，才发现自己的脸上已有了泪痕。幸亏那时的自己学习成绩一向很好，老师同学才不至于认为我也是一个有毛病的人。等到后来，陆续看到她的更多文字，更是迷恋沉醉其中。一本本地买来，宝贝一样地珍藏，不肯借给别人看，生怕他们的不理解成为对自己深爱的人的亵渎——我觉得那不是书，不是文字，而是三毛自己，是真实地、具体地游走在白纸黑字间鲜活的灵魂。那份美丽，那份独有的气息，是需要懂得，需要怜惜的。我不肯，也不愿，让肤浅的赶时髦的流行，玷污了一份至纯至真的爱。

1991年1月4日，对我来说，是一个巨大的伤痛。那天晚上，宿舍的同学都在临阵磨刀，紧张地复习明天要考的数学，我却抱着一本费尽周折买来的旧书《梦里花落知多少》一直流泪到天明。我放不下、丢不开那份感人至深的爱。两天后，友人告诉我报纸上刊登了三毛离世的消息，我不相信，拉了她来到学校的报栏，真真切切地感受到了心的窒息。从此，我不敢再多读三毛的文字，读得多了，真有一种喘不过来气的哀伤。书架上那一整套全集，也只能偶尔看看了。我无法解释这样的感觉，但我真的喜欢这样被触痛，它让我更清楚地知道自己，认识自己，懂得自己，怜惜自己。直到十年以后看电影《滚滚红尘》，我仍然控制不住地泪流满面，感受到心底隐约而又清晰的疼痛。

张承志的《北方的河》是我在十七岁那一年读的。那时候，正值青春的迷茫期，对自己，对世界，对周围的一切，都充满了莫名的厌倦、无端的烦躁，孤独感和颓废感时时困扰着我，真不想走这样无趣无味的人生之路。那个假期，去一个亲戚家，百无聊赖的我在一堆废纸中找可以看的东西，就找到了一本已经没有封面的《小说月报》。《北方的河》就这样给了我前所未有的震撼，那真的是一种从来没有感受过的力量，像一股巨大的浪，冲走了我心头所有的忧郁和颓废。

那些描写黄河的感性的文字，慢慢地湿润了我的双眼，那个积极、乐观、坚忍的青年如一棵树，在我的心底牢牢地扎根。这么多年来，每当觉得心灰意冷，觉得疲惫，觉得厌倦的时候，总是会想起《北方的河》，总是这棵挺拔的树给我力量，让我乐观积极地面对生活，面对纷至沓来的尘事。

刚参加工作的那一年，因为环境的关系，心里又潜伏了许多无奈和不甘，不满足于已经拥有的一切，却又不能勇敢地放弃，只好远远地逃离。取舍两难、进退维谷的心境中，读到了史铁生的文集《我与地坛》。那本书，我也是流着泪读完的。生活的路，不止一条，但在我们面前，能让我们好好走下去的，也许只有一条。如同《命若琴弦》里那个小瞎子的师父那样，在自己的内心有一个坚定的信念。流着泪，一边读着那些有着深刻的思考和切身感悟的文字，一边想象史铁生独自摇着轮椅在地坛度过的那些时光和他曾经的挣扎，心就在这样的阅读中安静下来了。好好地走一条路，坚持走到底，会看到很美的风景。精彩的人生需要的是心的体验，而不是走怎样的路，还有走路的形式。

宽阔的是路，狭窄的也是路。

生活着，阅读着，感动着，快乐和忧伤如水一样流走。每每读到好书，读到精彩的文字，我总是会流泪，总是想与人分享这份深刻的喜悦。可是朋友在远方，周围的人多是近在咫尺而心在天涯。找不到可以倾诉的人，找不到可以沟通的桥梁，仿佛看不到阳光的原始森林，寂寞和孤独像野草一样荒芜了我的心。

生活就这样将我悬在了半空中。阅读让我的心飞上了蓝天，现实却让我从云端跌入凡尘。我想我会孤单，也许会一辈子孤单。守着我爱的书，守着让我感动让我流泪的文字，寂寞地生活在快乐的人群中，做一个落落寡合的红尘看客。也好。

那一年，我二十二岁。

打动了我的心，让我泪如泉涌的，是朋友送来的一本贾平凹的《白夜》。他说："这是特意为你买的，你就是书中那个女子，千年的狐精。"

朋友是多年的相知，读书是我们共同的爱好，贾平凹是我们都欣赏的作家，从《腊月·正月》《浮躁》《太白》《晚雨》到《废都》，他的书出一本，我们买一本。阅读的快乐和相知的喜悦使友情像陈年的老酒一样甘洌，闻闻，也要醉了的。

淡淡的忧郁、淡淡的哀伤弥漫在看似不经意的叙说中，我的心也随着那个叫虞白的寂寞而美丽的女子怅惘失落。缘到底是怎样的一种东西？原来这世间的悲欢离合，由不得自己的心。有一些人，注定要错过；有一种情，只能选择放弃！

虞白爱着的男子要结婚了，虞白的礼物是一副对联：

　　　　平平仄仄平平仄；
　　　　仄仄平平仄仄平。

读到这里，我的眼泪突然毫无防备地流了下来，说不清道不明的一种滋味在心里翻腾。我真的说不出打动了我的是什么，但泪水却是控制不住地流了满脸。也许，有一种感动，真是难以言说，也无法言说的。缘来缘散缘如水。无论我们怎样珍惜，怎样难以割舍，水都一样会流走。

最终，我没有像自己想象的那样一辈子孤单，也没有像书中的虞白那样错过相知相爱的人。我嫁给了相知相爱的人，成了一个幸福而快乐的小女人，守着一份爱，过一种凡俗琐碎的日子，继续读我爱的书，继续在感动的时候泪流不止。我想，有书可读，有文字能感动我，有相知相惜的知心爱人陪着，人生再怎样糟糕，也能心满意足，别无所求了。

生活的艰辛，人生的无奈，总是在有了一定的体验和感悟之后，才能在书中读出的。《贫嘴张大民的幸福生活》是我在自己撑起了小家以后读的，真正是哭也是泪，笑也是泪，涌动着无法抑制的心酸。我向来不喜欢话多饶舌的男子，但刘恒笔下那个在艰辛的生活中挣扎着的张大民，从不轻言放弃的乐观让我感动而惭愧。他让我懂得了生活的痛苦与快乐，其实很大程度上，它们来自我们的内心。

类似这样写平常人、平常生活的文字，越来越能打动我的心，让我在平淡的生活中受到感动。那些描写细致的一地鸡毛般琐碎、具体、真实、难堪的文字，让我在一个个平常的夜里重温阅读的忧伤和喜悦。这个世界上，有那么多的人，和我一样面对着这样平淡而艰辛的人生旅程。

今夜，捧着一本书，我又流泪了。一本写普通人生活和情感的普通小说，让我在别人都入睡的时候，心凄凄而泪潜潜。

我不是一个很理性的人，读书只为愉悦自己，所以很少去读名著，甚至有点儿有意无意地抗拒读名著。对于特别流行的畅销书，也避开不读，唯一的原则是自己喜欢。书籍浩如烟海，我知道自己读得很少，范围也很狭隘，但我不苛求自己，我只是希望，在平淡如水又沉重如山的日子里，能有一份打动我心让我流泪的感动，长长久久地存在心底；我只是希望，自己是一个静静地阅读、默默地流泪的女子，然后在太阳升起的时候，能给亲人，给朋友，给这个世界一张灿烂的笑脸。

2005年8月

露天的感动

当看电视成为每日生活里固定的内容，不知不觉间吞噬我们的时间，一点一点地麻木我们的感官的时候，我格外地怀念小时候在乡下看露天电影的时光。

整个童年时代，看露天电影，几乎是我唯一的梦想和企盼。每当有放电影的消息传来，我便高兴得吃不下饭，睡不着觉，一连兴奋好几天。等到了放电影的那一天，我更是早早地搬了小凳坐在最前面，然后和伙伴们在洁白的银幕下兴致勃勃地猜测即将要放映的电影的故事情节。那份快乐和激动是无法言说也无与伦比的，常常会让我在以后的好多天里慢慢地回味、咀嚼，和伙伴们争论当时的每一个场面、每一个细节。

然而，这种快乐，并不是常有的，十天半个月甚至是一两个月，才会有一次看电影的机会，而且大多数时候，是在离家很远的地方。小小的我，便和伙伴们随大人们跑很远的路去看电影。看完了电影，再深一脚浅一脚地走回来。漆黑的夜，长长的路，甚至刺骨的寒风，都不能使我割舍对电影的热爱。倒是那月光下的树影，长路上的跋涉，露天下的银幕，黑压压的人群，成了我记忆中美丽的、历久弥新的画面。

记忆中，每一次看电影，我都尽量坐或站在最前面。因为我知道，每逢电影里出现感人的场面，我总是会泪流满面、不能自己——那种无法言说的感动和莫名的悲伤常常会袭击年少的我，我无法解释自己怎么了，也无法止住汹涌的眼泪，更无法回答伙伴们担忧的询问。在别人都谈笑风生或是镇定自若的时候，我总是流着泪，说不出心底的感动和忧伤。至今，二十多年过去了，我仍清晰地记得让我莫名感动、泪流不止的那一个个画面。

七岁那一年的冬天，父亲带着我走很远的路去看《梁山伯与祝英台》，也不知道当时的自己看懂了没有，只记得当祝英台身着白裙在风雨交加中跳入梁山伯坟里时，那一声凄美的"梁兄啊……"让我幼小的心轻轻地一震，真切地感受到生离死别的滋味，心如刀割，泪早已悄悄地涌出了……很久很久，那份忧伤都一直笼罩着我，让我莫名感动。

记忆中越剧《红楼梦》里也有许多经典的画面，黛玉死后，宝玉在潇湘馆里一声声如泣如诉的拖腔"林妹妹……"真让我的心揪成了一团。再后来，宝玉结婚时那欢庆的喜乐，也全都做了哀声处理，让银幕下的我泣不成声。

还有《林冲》中雪夜山神庙里英雄落难的悲戚，《花木兰》中木兰凯旋时的飒爽英姿，《一江春水向东流》中留声机里沙沙的伴唱声，《林海雪原》中白雪皑皑的茫茫林海……那些放了一次又一次的电影，看了一遍又一遍的画面，总是让我一次又一次地热泪盈眶，莫名感动。小小的我，尽管不是太懂，却能清晰地记得喜欢的演员的每一句台词，说得出他们的每一个动作、眼神、表情的细微变化。露天电影，让我的童年充满了快乐和淡淡的忧伤，也让我从此爱上了电影，爱上了书，爱上了音乐。

电影《少林寺》上映的时候，乡里已有了电影院。夜晚，人们便又拥到那里去看电影。对于那部风靡一时的武打片，我的记忆却不再那样清晰明朗了。十一岁的时候，有了电视，露天电影便渐渐淡出我们的生活了。没有了成群结队跑很远的路去看电影的机会，也没有了和伙伴们争执的乐趣，面对很方便的电视，我却总觉得少了色彩，少了让人回味无穷的东西。

后来，在师范上学的时候，校园里的露天电影又让我重温了童年时的旧梦，只是记忆不再那么深刻了。《古今大战秦俑情》中巩俐身着红衣扑向熊熊烈火的唯美画面和那首主题曲《焚心似火》，又拨动了我敏感易伤的心弦，让我又一次泪如泉涌。还有一次，看了让所有观众都泪湿衣襟的电影《妈妈再爱我一次》，我更是从头哭到尾。那份感动，那种让人流泪的观看体验，真让人怀念啊！

如今，电视里的频道多得数不清，天天有变化，日日在翻新，都在争收视率，争观众的眼睛。露天电影几乎绝迹了。静静的夜里，如果能遇到一部渴望已久的好片，我便会关了灯，蜷卧在沙发里，让那份久违的感动慢慢地浸湿自己，任泪肆意地流。

2005年4月

针线情思

喜欢针线。

喜欢缝织。

喜欢用简单的一根针、一丝线缝织心中构思的美丽；喜欢用双手缓缓慢慢、一点一点地完成一份心愿；喜欢细细密密的飞针走线时心中淡定自若的感觉；喜欢在某个阳光灿烂的午后或寒风呼啸的冬夜，静静地在温暖的灯下感受自己身为女子的似水柔情。

学会针织，只是为了实现一份简单的心愿：用自己的双手给亲人一份温暖的关怀。那还是在上学的时候。那个冬天好冷啊，宿舍里的女孩子都兴致勃勃地买了毛线学着织围巾。窗外的北风呼呼地刮着，几个女孩子围在被窝里用几根竹签和一丝细线营造了一种别样的温馨，一向认为那太浪费时间的我忽然心动了，那是一种我不曾体验过的柔情，水一样地在我的心里弥漫开来。我也去买了毛线，加入了她们的行列。

我也要织一条围巾，给外婆。

我没有奶奶，从出生起，就由外婆一手带大。外婆和所有的奶奶一样善良而能干，带大了自己的七个孩子，又带大了儿女的十六个孩子。我们一天天长大了，外婆也一天天老了。外婆不识字，但她能记得一家大小三十几个人的生日，记得每个人爱吃的食物，记得每个孩子小时候的许多故事。

每逢谁生日，总能听到外婆前几天就念叨，有时候，连我们自己，甚至母亲都忘记了，她却总是能很清晰地记得，并提醒母亲给我们做好吃的。小时候家里没有日历，我常常想，不识字的外婆是靠什么来将一个个平凡的日子铭记在心的？每每听到外婆念叨过几天就是谁的生日了的时候，我总是很感动，这朴实无华的爱，令我永远心生感激。

长大之后的我，最爱坐在外婆家的火炉边，听自己小时候的故事。而外婆也总是记得那么清楚，我们小时候说过的每一句话，做过的每一件事，她都记得那样清楚，仿佛事情就发生在昨天。二十几个子孙，那些点点滴滴、琐碎的成长故事，一直在外婆的心里装着，那是怎样的一份情怀？外婆只是一个普通的家庭妇女，心里装着的那些她百讲不厌的光阴故事，永远是子孙们心中百听不厌、永不褪色的岁月珍藏。

冬天是农闲季节，年老的外婆可以在暖烘烘的热炕上或火炉边拉着家常过冬了，亲戚间的走动也会频繁起来。如果外婆的颈上多了一条孙女织的围巾为她抵挡寒风，那她感受到的又岂止是温暖？这样想着、织着，我的笑意渐渐自心底浮到脸上，我的手指就会更加灵动流畅。

就这样，边织边想，边回忆边感动，断断续续地，我完成了自己的第一件作品：一条灰色的围巾。我选用的是柔软而轻巧的长绒毛线。围巾戴在外婆脖子上的时候，外婆开心地笑了，泪水盈眶。这对于她来说，是一份意外的喜悦，一辈子都在为子孙们缝缝织织的外婆从没有想到过为自己织一条围巾。但温暖、美丽和关爱，真的是一个女人心中最柔软最真切的梦想——即便是外婆，即便她已经六十几岁了。一条小小的围巾，一条孙女一针一线织成的围巾，便打动了外婆早已被岁月、被生活磨砺得坚忍而刚强的心。

我也有泪悄悄滑落，湿了面颊，湿了心高气傲，湿了桀骜不驯的轻狂。

我的兴趣总是不能持久，做事也容易失去耐心。想象中的美丽和温馨会使我有立刻就动手的冲动，但编织工作的单调和机械重复，很快就让我心生厌倦疲惫。这样的矛盾使我的这份爱时断时续，走走停停。但总会有一些细节能打动我心，点燃我拿起针线的热情。

冬天最冷的时候，我们就放寒假了。每个假期，我们姐弟三人都会在母亲烧的热炕上睡足懒觉，然后围在火炉边享受家的温暖。等我们醒来，父亲早已经上班去了。无论寒冬还是酷暑，无论天气怎样恶劣，父亲都骑着一辆自行车上下班，这辆自行车，他骑了二十多年。我们已经习惯了整个假期都不出门，等着父亲下班后再绕道去街上买菜或是带我们需要的东西回来。

从家到父亲的单位虽然只有一公里的路程，但天冷的时候，父亲回到家时，还是会带着满身的寒气。小时候的我不觉得有什么，长大后，再看父亲午饭后从热气腾腾的屋里往外面走，心里就很疼。父亲是个不善言谈的人，只有喝醉了酒的时候才会一遍遍地说他平日里藏在心底的话："老爹再苦再累，也要供你们姐弟三个上学！"

这样的话总是让长大后的我泪流满面，我恨自己不够优秀、不够出色，辜负了父母，也恨自己不能减轻父母肩上沉沉的担子。心里总想着能为父母做一点点力所能及的事。

而我，又能做什么呢？只能用一条小小的围巾，来展示还在上学的我在努力学习之余一点点微不足道的孝心。

我知道父亲会高兴地围上它的，我也知道父亲其实也需要儿女表达的爱和心意。记得有一年元旦，在同学和朋友间贺卡满天飞的时候，我突发奇想，给父亲寄了一张，原以为他可能会骂我乱花钱，可回到家里，我看到的却是父亲发自内心的喜悦，父亲高兴地说："能记得老爹，说明我女儿没有忘本啊！"那张简单的贺卡，也一直被父亲压在他办公桌的玻璃台板下，直到退休。

我想，那可能是父亲收到的第一张贺卡，父亲的开心让我看到了一直潜藏在他心底的柔软的温情。我知道了，父母并不是坚强如钢的，也需要来自子女的爱和安慰。

虽然我喜欢做这些事，但并不是经常去做，所以我织毛线的水平很不专业，速度也很慢。母亲常说我做事是"三分钟热度"，不想着精益求精。但我要的只是一份心情，一份用细腻的心思和灵巧的双手编织的情意。只要心动了，就会行动，选我爱的，赠予我所爱的人。

给两个弟弟精心挑选他们喜欢的颜色和款式，在温暖安静的家里一边悠闲地织着毛线，一边和他们说说笑笑地度过一个个美好的午后和夜晚，和小时候三个人在一起游戏娱乐一样，这永远是我心中最美好最快乐的时光。

家里三个孩子，我是老大。小时候我们之间也有闹不完的矛盾，也是在吵吵闹闹中渐渐长大的。长大了以后的我们却最爱回味记忆中的一个个故事，这些故事就像是一坛坛陈年的老酒，越酿越香，越品越有味。

我参加工作的时候，大弟正好读高三，正是需要努力拼搏的时候。小弟才十二岁，却早已经离开了家人的呵护，在城里读初中，平时都住校，只有周末才回家。小弟年龄小，个子也小，我每次去学校看他，见他远远地从人群中走过来，那么小，那么无助，我眼里的泪就忍不住地掉下来。再想想他自己拿着饭盒打饭，被人挤过来挤过去的情景，我心里就更难过。他却很坚强，反而会安慰我，这让我心里更加酸涩。

有一次去看他，见他在宿舍里只啃干馒头，我的心有种被揪扯般的疼痛。带他出去吃饭，却见他脖子上多了一条黑白格子的围巾。问他时，他才吞吞吐吐地说是自己省钱买的，还解释说别人都有。我一下子火冒三丈，恨不得扇他一巴掌，狠狠地骂了他一顿，自己也泪流不止。弟弟哭着回学校去了，我也流着泪去了卖毛线的地方。我要选小弟最喜欢的颜色，为他织一条围巾，让他的虚荣心和自尊心都得到满足。

他只是一个十二岁的孩子啊。也许，我对他的要求太高了。现在想来，独自一人在外，他更需要的是一份温暖的关怀，一份来自亲人的理解。

亲情，是生命中最不能割舍、不能替代的温存。

家，是永远的大后方。

恋爱的时候，也给所爱的人织。那可真是针针线线都是情啊。

我们两个人是同学，也是相知多年的好友。那么多年的书信文字交往一直是淡如水的明净和清醇。他不承想一向心高气傲的我会织毛线。我也更不会想到有一天，我会织一条围巾送给他。可是，当情感发生了变化的时候，心中涌动的就是另一种情怀。我和周围所有女子表达爱的方式一样，要一针一线地为他织一件"温馨牌"的毛衣，要让他的身心都感受到我的浓浓爱意，要让他的身心都浸润在我深深的关爱中。

我心甘情愿地向被弟弟们嘲笑的"编织大军"靠拢，兴致勃勃地向有经验的人请教怎样加针收针、怎样变花样、怎样缝袖子、怎样织领边；心甘情愿地耗费那么多在以往看来最不能虚度的美好时光；

心甘情愿地放弃出去玩的机会，一个人静静地待在屋子里重复那机械简单的动作。那一份织了拆、拆了织的耐心和细致是往日的我从未有过的，更重要的是心里涌动着的喜悦和甜蜜，让我不再怀疑自己正在爱着，同时也被爱着。

竹签在我的手指间轻盈灵巧地飞动，我的心里一遍遍地回忆着我们从相识，到相知，再到相爱的一个个故事。一直飘在半空中的心就在织那件毛衣的最后一针时突然落下来了，那样踏实，那样安静，一直期盼的平和宽容忽然就在胸间了。我懂得了，胸中有爱，脚下才会有路。

我常常笑自己，完全是小女人的情怀，小女人的心思，小女人的样子。

可是，可是……

缘来缘去，情自难舍。这一切，又怎能由得了我呢？

我知道，这份对针线的热爱，来源于母亲。

母亲没有上过学，不识字。但奇怪的是，母亲自己摸索着学会了裁剪缝纫。好多人包括成年以后的我想不明白：这怎么可能？那么复杂的东西，怎么能自己学会？而且是没有上过学的人。可母亲的的确确会，而且做得很好。不但会缝纫，还会裁剪。直到现在，我仍然想不通，母亲是靠什么无师自通的。因为我曾亲眼看到身边有好多人参加了几个月的裁剪缝纫班，但仍然不能独立做衣服。

母亲的心灵手巧在亲友间是有口皆碑的。从我记事起，家里就有一台缝纫机，这在当时是不多见的。母亲只要有空，就会坐在缝纫机前忙碌。尤其在过年的时候，整个腊月，母亲都在替别人做新衣服。那时候，乡间没有裁缝店，也很少有人会做衣服。所以好多年来，母亲一直是亲友的义务裁缝，一直承包着他们全家大小一年到头的衣服。我有时候对那些人特别生气——凭什么这么使唤人啊？母亲总是说："快别这么说，他们都是亲戚朋友，我应该帮忙的。"

可是母亲这一帮忙，就得让我承担好多本不是我做的家务。小小的我被剥夺了许多自由的快乐，心里对母亲，对那些亲戚都有些愤恨。

有一年的腊月二十七，母亲还在给远方的一个表叔赶做衣服，我带着一腔的怨气收拾屋子，又一次对过年有了那个年龄不该有的厌烦和痛恨。中午的时候，表叔来取衣服了，我气冲冲地给他倒了水，趁母亲还在专心做活，没头没脑地说："每次都麻烦人家，还得让人伺候，好意思啊。"看着表叔的脸红一阵白一阵，在那里不停地搓手，我的心里有一丝快乐闪过，但随即我就后悔了，转过身来，我就看到了母亲生气的脸。

我知道自己做错了事。父母对我们的要求一直很严格，尤其是待人接物方面，更是要求我们厚道、实诚、谦恭、热忱，我这样做，太不厚道，让母亲很没有面子，所以母亲特别生气。

表叔走了以后，母亲狠狠骂了我一顿，见我委屈，还耐心地对我说："人家也是为了省几个钱。他家孩子多，日子过得很紧张，能帮就应该帮帮他。人不能光想着自己。"

母亲的话很朴实，但对我来说，确实感到了心的震动，仿佛一直沉睡在心底的一种东西忽然被唤醒了，融化了。长大以后的我知道，那种东西，叫善良。母亲一直以她的行动诠释着那两个字，同时也深深地影响着我们。

我想，我是承继了母亲热爱针线的情怀。但我从母亲身上得到的重要的东西，远远不只是这些……

女儿出生后，爱孩子的心让我觉得她的小衣服、小鞋子、小肚兜，甚至帽子、袜子，都是那样可爱。我常常产生为她亲手缝织衣服的冲动。但孩子需要的一切，母亲和婆婆都早已经准备好了。身为人母，自己什么也不做，心里总觉得有一些惭愧，更有一些遗憾。

孩子三个月的时候，母亲用大红的绸缎给她做了一双精致玲珑的小鞋子，白色的鞋底上又用红丝线绣了花，和鞋面遥相呼应，有一种诗一样押韵的美感，简直就是一件工艺品。我爱不释手，恨这一份古典的美丽不是出自自己的双手，便缠着母亲教我绣花。母亲说："其实很简单，但现在的人，早都不亲自做了，那些机绣的东西多么平整匀称啊。"话语间似乎有一丝不易觉察的失落和感伤。可我，真的很喜欢自己用手去做的感觉，也喜欢手工完成的东西，那份快乐，那份蕴藏在其中的感情是精美的机织品无法替代的。

在母亲的指导下，我真的拿起了绣花针，穿了彩色的丝线，在女儿一件白色的小衣服上绣了一朵朵迎春花。丝线穿过棉布的声音，让我有一种恍若隔世的感觉，仿佛自己真就是几百年前庭院深深的后花园中刺绣的女子——也许，这就是我对针线情有独钟的原因吧。这是一种别人不能理解的情怀。

学会了绣织，我便在女儿的许多衣物上，以自己独创的斜体字样式绣上了女儿的名字，再配以简单别致的图案。女儿也很早就知道了，妈妈绣在她帽子上、手套上、毛衣上、裙子上的图案里，有她的名字。做这些事的时候，我的心就异常宁静、平和、幸福。带女儿走在街上，常常会有人轻轻地读出女儿的名字，并和女儿说话，我便在一旁教女儿有礼貌地回话。

每当这样的时候，我就格外满意自己，珍惜自己。

因为，我看到了自己对生活的另一种热爱。

我是一个特别容易被感动的人。生活中，我总是会为别人的忧伤而忧伤，为别人的痛苦而痛苦，为别人的快乐而快乐，为别人的故事流自己的眼泪。

刚参加工作的时候，在异乡的夕阳下，为一个可爱又可怜的学生心动，便为她一针一线地织了一份温暖的爱，打动了她那颗幼小的心，也打动了年轻气盛的自己。那是一份纯真的爱，也是一份无私的付出，我为那个忧伤的女孩流泪，为她的不幸伤感。一针一线中寄托了我单纯善良的心愿：希望她能坚强、快乐！

十年以后，我得到了一份意外的喜悦，当年的小女孩已经上了大学，她在信中说："老师，是你给了我温暖，给了我胜于母爱的师爱！"

我的泪又流下来了，身为人师，还有什么比这更重要的慰藉呢？爱是一件温暖的衣裳。真情，原是心与心交流的最佳通行证。

就这样生活着，感动着，回味着，我的编织情怀总是被激发着。一句寻常的话语、一个关切的眼神、一种美丽的颜色、一幅别致的图画，甚至一段感人至深的文字，都会牵动我放下手头的正事拿起针线。

我会花一整晚的时间专注地缝了拆，拆了缝，用妈妈的包袱里的碎布头和旧毛线做一个在火车上见到的辫子娃娃。清晨的第一缕阳光照进我的窗口时，我满怀成功的喜悦把娃娃挂在床头，然后再带着这份喜悦去上班。

我会一直在心底惦记着某一天在大街上看到的一个小女孩挎着的俏皮狗图案的玩具包，我当然不会去买一个同样的回来，我要让那个可爱的俏皮狗来到我的小小的针线袋上。

看到书中喜欢的女子自己花心思做家里的小装饰，我也会将收藏的颜色艳丽、图案别致的花布做成蝴蝶结挂在窗帘上。

下雪的夜晚，我会突然心动，为朋友送的小笨熊玩偶织一件和女儿同款的小背心为它御寒，也让它更加美丽地装饰我的生活。

如果逛街，我最爱去的地方就是家居店，我总想在那样的温馨氛围中找到灵感，在别人的构思中得到启发。我知道我做得远没有店里卖的那样精致、那样完美，但我还是很少买现成的，我更喜欢体验实现美丽小心愿的过程。

我想，我是不会停止的，这份快乐，是无可替代的情怀。

2006年5月

一半烟火，一半清欢

每到岁末年初，总有一种惶恐之感，那感觉就像一个人站在河边，眼睁睁看着流水汤汤，内心焦急，却两手空空。回头看，纷乱忙碌的一年光阴，就这样转瞬即逝，倏忽而过了，心里忽然觉得难过而沮丧，这种一无所获的空虚感，就像丢失了辛苦所得的财物——甚至比丢失了财物更让人心灰意懒。而年终，总是各种忙，忙得顾不上伤感，顾不上梳理自己纷乱的思绪。在没完没了的忙碌过后，却又说不出自己到底都忙了什么，于是，更加鄙夷轻易被生活招安的自己。

那些年，年轻的自己一直被这样的执念困扰着，觉得被俗世生活困扰，既对不起自己，辜负了光阴，浪费了生命，也愧对年少时志荡天涯的人生理想。每每年末，回首来路，盘点岁月，总是自责众多的忙碌和大片的光阴无从记述，毫无痕迹，即使是侥幸记得清楚的那些大事件，也只有极少部分与"自己"有关。再细究，更多的事甚至是无任何意义的，禁不住悲从中来。痛定思痛，就暗下决心，新年到来，定要洗心革面，从头开始，做一个勤勉的、励志的、不随波逐流的自己，一定要有所收获，对得起自己。

可是，一眨眼的工夫，新日子又变成了旧日子，新的一年很快就变成身后不可追忆的过去，而我，依然还是那个旧的自己：懒散，松懈，简单，易感动，更易妥协。我不仅没有改变，而且越来越容易满足，越来越不放松自己，更不苛求曾经想远远逃离的俗世生活了。人至中年，随着年岁渐长，不但容易接纳包容，而且在不知不觉中开始热爱烟熏火燎的、纷至沓来的俗常生活。在一切都在提速的时代，我反而一直保持着从容且缓慢的脚步。

甚至，越来越慢。

是的，越来越慢，越来越散淡，越来越趋于俗常烟火。

生活也就越来越简单明了。生活简化到两点一线，生活的圈子也越来越小。某一天看到一档辩论节目，辩题是："我们终将会变成自己讨厌的那个人，这到底是幸还是不幸？"选手们从不同的角度解读辩题，陈述观点，举例辩证，似乎每个人说得都有道理。我在他们精彩的辩论中反思自己，发现自己的确变成了年少时讨厌的那种人。人至中年，曾因比别人多读了几本书就自诩与众不同的少年，早已泯然众人矣，非但没有成为年少时初读王小波时喜欢的"一头特立独行的猪"，反而越来越俗常，越来越坦然，越来越热爱烟火气息，甘心情愿沦陷在温软的海绵中，不挣扎，不自拔。

寒来暑往，岁月交替中，强大的生活不动声色地改变着每一个人，其实也是按我们自己的意愿和初心，重新塑造了我们。翻看旧时照片，我们总会在人群之中第一眼找到年少时的自己，将自己的照片按时间顺序排列，会发现，一个人从小到大，甚至到老，大体的模样并没有多少改变，真正改变的，是从内而外散发的气质——当然，如果生活发生了巨变，这另当别论。母亲一直保留着我的第一张照片，那是我一岁时的黑白照片，在我从小学到中学，再到参加工作之初，甚至是三十岁之前所有的照片中，我的眼神都是一样的抑郁忧伤，不快乐，让现在的自己看着揪心。反而是近些年来的照片上，尽管青春不再，皱纹增多，但眉眼舒展，嘴角上翘，眼神清澈，自己觉得比年轻的时候看着舒服多了。

相对于容颜，更重要的，是内心的变化。

人至中年，不再那么强烈地渴望远走天涯，遍游世界，也不再抱怨工作的繁忙琐碎无意义；不再如年轻的时候那样刻意摒弃热闹追求清欢，也不再为别人硕果累累自己却一无所获而焦虑。愿意去迎合父母亲人的迎来送往，也愿意遵守并传承曾经轻看的规矩和习俗；愿意为亲戚朋友花费时间和精力尽一份心意，也愿意和相爱的人一起虚度时光。更多的时候，就愿意宅在家里素衣素面做羹汤、擦地板，或者上网淘书、购物，在极度丰富的物质世界里，慢慢找寻并收纳符合自己心意的器物。

有一段时间，我迷上了手工刺绣，于是在无数个阳光晴好的午后，或者灯光温润的夜晚，索性将时间和心思都交给针线。在旧牛仔衣的肩头一针一线地绣出一朵紫色的山茶，在毛衫的污渍上绣出同色的牡丹以作修补，一针一线地织出曾看中的披肩……做这些的时候，心如深秋的湖面，越来越宁静澄澈，我能清晰地感受到自己内心泛起喜悦的涟漪——这极具烟火味的场景，我独享清欢，何尝不是生活的真滋味？可是，我真切地记得，上学的时候，我曾在内心暗暗鄙夷那些业余爱好是绣花的女同学，觉得她们不爱读书偏爱针线，浪费了大好光阴——多么肤浅而轻薄的想法啊！

女儿上大学以后，我每天中午回父母家里吃饭，是想能尽量多地陪伴父母，稍微弥补一下自女儿上初中后便很少陪伴父母的愧疚。哪怕只是每天中午匆忙吃一顿饭的时间，让他们能看到自己的女儿，听他们说些家长里短、亲戚间往来的琐事，和他们一起回忆往事，也能让他们的日子不再只是寂寞，我也觉得这是一种享受。还有什么是比岁月静好更为难得的呢？这看起来再平常不过的日子，曾是年少的自己迫切想要逃离的俗世烟火。我常常想，如果生活真的如我年少时设想的那样，远离这琐碎家常的温暖，人群之中的我，又会是什么模样？

喜欢这些，并不意味着自己完全变成了另外一个人。人至中年，我依然是自己。和所有人一样依赖手机，从强大的网络中获取更多信息；也依然爱书，保持着睡前阅读的习惯；不排斥开车代步，也依然喜欢步行；爱平和宽容的自己，也接受懒散拖沓的自己；依然喜欢安静，但不再强烈排斥热闹，甚至喜欢听街市间凡俗男女用最地道的乡音土语拉家常——这，曾是年少轻狂的自己最最憎恶的市声。

外出的时候，总是要带一本书，鉴于旅途中时间零碎，一般会选择读起来轻松有趣的文字。国庆长假期间去济南，带了王小波的杂文集《我的精神家园》，于是一个人的旅途因为这本书从孤单寂寞变得生动有趣了。有好几次，忍不住要笑出声来，就合上书，看看窗外的云海，回味书中的文字，觉得很是享受，就想起"世间第一乐事，仍是读书"这句话。

岁末年初，猪年将至，虽然不能如王小波笔下的"猪兄"那样特立独行，但在即将到来的猪年，做一头爱读书的猪，在一半烟火、一半清欢的中年，依然好好读书，享天下第一乐事，就算是我对自己的新年祝愿吧。

2018年1月

浮生一日

　　卧室的窗外，是小区里的车棚，每天从早上六点开始到晚上十二点，一直是车水马龙，人声鼎沸，吵得人烦躁难安，再加上我们这栋楼的设计不太合理，向阳的卧室窗户外侧是楼栋的三堵墙，刚好形成一个三角形的缺口，成为一个天然的聚音区，细微的声响都像被扩大了几倍似的，格外刺耳。一天到晚，摩托车的声音此起彼伏，突突突的像是从耳边开过一样；一帮闲人在车棚前的小卖部里聊天打麻将，说话声就像是从麦克风里传出来一样，清晰又嘈杂。换房是不可能的了，也只有换个密封性好一点的窗户缓解缓解了。这事说了好几年，一直没有行动。这个夏天，天气炎热，我经常失眠，实在受不了了，再这样下去，非疯了不可。于是下定决心要换。

　　老公一直忙于公务，经常加班，不能脱身，回到家时，已经累得不想动了。我放假在家，就想自己找人来做。折腾了两天，总算换了塑钢的双层玻璃，安装的人说这个已经是密封性最好的了，但不可能一点儿声音都没有。不过换完之后，似乎好了许多。

　　换完了窗户，我和杨陪着来自广东的一帮朋友去马蹄寺景区玩了一天。朋友是杨的老公的大学同学的朋友，从广州乘飞机到兰州，然后在兰州包了三辆越野车开过来。他们此次旅行的主要目的是看草原，让孩子们在草原的帐篷里住一晚上。杨打电话说他们是第一次到

155

西北，连方向都搞不清楚，所以她要从肃南赶过来陪着，做一次向导。在她过来之前，让我先和他们联系，带他们去大佛寺逛逛，然后我们再一起带他们去马蹄寺。后来才知道，我们对他们不熟悉路况的担忧多虑了——他们一行十二人，对出行做了非常充分的准备，手里有地图册，车上有卫星导航，每到一个地方都会请导游解说，我们的陪同也只能算是替杨的老公为同学尽了一份心意。我们建议他们下午去看丹霞地貌，第二天再去康乐草原，但下午他们从马蹄寺景区出来又改变了主意，想直接从马蹄寺景区去山丹军马场，还找好了车送我们回来。我送了朋友编写的一本《行游张掖》给他们，希望他们能对张掖有一个美好的印象。心底里羡慕他们这种上路旅行的状态，有足够的经济基础打底，也许更有助于实现自己的理想。

　　回来的车上，只有我和杨两人。这么多年了，也只有和杨在一起，才会说到深入心底的话。情感、生活、往事、工作、心态、孩子、家庭、婚姻、电影、音乐、周围的人情琐事、社会新闻，聊起来随意而轻松，也是直入人心的。表面柔弱的杨，在骨子里是有着一股侠气的，对这个世界上许多的人事，不肯轻易苟同，心底的愤懑与忧伤和我一样。我们也只有和彼此在一起的时候，才会言语激越，情不自禁，可是，也只能互相说说罢了。如果面对的是别人，也许会以为我们是有毛病的。

　　送走了杨，我去接珂丫。珂丫在假期要学琴，学完了回家还有作业等着她，还要抓紧背英语单词。不能再让她疯玩了。以前每次放假，我都想让孩子真正轻轻松松、痛痛快快地玩上几天。珂丫总是玩不够，而我也总是对她心怀愧疚——让她太早上学，对我来说真的是一个不可原谅的错误决定。说到底还是对当时幼儿园压制型教育不满，而且对小学教育期待过高。但事实看来是错的，根源还是对现实没有足够清醒的认识。珂丫和比她大一岁的孩子在一起，年龄特征很明显：贪玩，注意力不集中，没有学习意识，学得很不轻松。我想让孩子轻松一些，可现实残酷——所有的有形无形、有意无意的评比都让人气短胸闷，也让孩子心里难受。老公常说我是妇人之仁，不忍心孩子现在太辛苦，将来只会给孩子带来更大的伤害。我无言。细想之下，的确是这样。他很理智，不像我，总是感情用事。想想真是可笑，学了那么多的教育理论，那么多关于保护孩子创新能力、张扬个性、尊重个体差异等的教育理念，到头来唯一尊重的只能是现实，只能是一个沉重如山的分数。我仍然不清醒。珂丫学英语之前，我曾经给许多人建议，说其实没有必要让孩子参加什么英语培训班，学校里从小学三年级（有些地方甚至是一年级）就开设英语课，直到初中、高中、大学，这么多年一直要学，几乎和语文课占用的时间一样了，怎么会学不好？再说，为什么一定要花费那么大的精力学英语呢？这样的想法又有着理想主义的不切实际——书上这样的观点和言论看多了，自然就在心底扎了根，真以为过不了几年，英语就不再重要了。到了自己孩子学英语的时候才知道，英语真是轻视不得的。偏偏珂丫运气不好，学校里缺专业的英语老师，临时找了一直带数学课的魏老师兼任英语老师。魏老师很负责任，也很操心，但毕竟还要带毕业班的数学课，精力有限，再说也少了专业英语老师多年的经验。于是珂丫刚刚提起的英语兴趣一下子没有了，不听磁带，也不像刚开始那样兴致勃勃地给我说英语了，一学期下来，英语成绩出人意料地低。这个假期，我下定了决心，什么都不做，就看着珂丫写作业、背单词。老公说："你自己的孩子你都不操心，你指望谁给你操心呢？"是啊，这个世界上，只有孩子是自己的，是真实的、踏实的安慰。

2007年8月

中秋月

　　年少时，对苏东坡的《水调歌头·明月几时有》喜欢得不得了，尤其爱最后一句："但愿人长久，千里共婵娟。"每每吟诵，总会莫名感动，眼眶湿润，想象在这圣洁而清凉的月光之下，世间相知相爱的人即便天各一方，也心意相通的美好画面，就觉得周遭世界里无味的热闹和欢聚吃喝都是俗不可耐的、令人忍无可忍的。初中的时候，十四五岁，正是青春叛逆期，沉迷于文字世界的美好，内心深处自然充满了对眼前人事和整个世界的抗拒，看什么都是不完美的。中秋时，月亮比平日里看到的大且圆、明又亮，天气晴好时，当空朗月甚至是金黄的，如琥珀般晶莹明亮。但那时我却无心欣赏，满心向往书中描述的美好世界，为现实中一些细枝末节烦扰着，自以为是这糟糕的世界辜负了自己。那时候物资匮乏，父母整日忙碌，即便是中秋佳节，也绝不会如书中描绘的那样，准备满桌佳肴，一家人赏月品茗，其乐融融。顶多就是晚饭桌上多了月饼，那是唯一的节日氛围。所谓月饼其实就是平日里我们吃的馍，母亲特意做成了月亮的形状，上面用缝衣针的针尖勾勒出一棵树、一只兔子，以此代表月宫；或者做一只面狮子，用红色点了眼睛。家家都这样烙月饼过中秋，大同小异——传说中秋节的月饼放多久都不发霉、不变味，我很好奇，想存一块放到第二年看看是不是真的，但怎么可能会放很久呢？缺吃少穿的年月，就那么几块月饼，别无其他吃食，月饼很快就被吃完了，这节也就算是过去了。我耿耿于怀，心里责怨父母不懂得生活。

转眼几十年过去，中秋月依然是中秋月，宁静，清亮，皎洁。经历了岁月的打磨、消耗，我却不再是当年那个敏感易伤的无知少年。现在想来，分明是自己年少轻狂，为赋新词强说愁，生生辜负了良辰美景。

"这真的不是，你曾许诺过的世界……"至今，犹记得十七岁那一年，朋友的诗句击中了我，月光清凉的深夜里，我们剥开坚强冷漠的外表，向对方敞开脆弱的内心。那一年的中秋，是我第一次离开家。如愿以偿，我远离了热闹烦琐的庸常生活，独自一人，从班里的中秋晚会抽身而出，来到空旷的操场上。月光洁白清凉，如薄雾一般覆盖着安静的世界，还有我和我的影子。想起李白的"举杯邀明月，对影成三人"，忽然就无比难过，想家，想母亲烙的简易月饼，想家里碗筷交织的声音，想象家里父母和弟弟们一定在念叨独自在外的我……离家十几日，方觉得内心需要的其实并不是孤独。不觉中，竟然泪湿眼眶。泪眼蒙眬中，看到月光下，有一个人影慢慢靠近过来，长发长裙，步伐轻盈——正是早上语文课堂上朗读了诗歌的她。两颗孤傲的心，从此不再孤单寂寞。很多年以后，友情的涓流依然浇灌彼此的生活，那份情感也早已被岁月反复发酵，酿成了亲情，不再如初识那般炽热浓郁，而是愈发绵长甘醇。那晚的月光，也成为我脑海里历久弥新的画面。

柴米油盐的生活里，中秋月犹如每个人心里怀揣的梦想，美好，圣洁，远挂高空，无论斗转星移、时代变迁，都依然会照亮我们的生活。节日是情感的纽带，也是仪式的载体，每逢中秋月圆时，全家人聚在一起吃一顿饭，无论月光明亮还是朦胧，中秋月都是一年当中最大最美的。"人有悲欢离合，月有阴晴圆缺"，人到中年，再读苏东坡的词，自是与年少时截然不同的况味，"但愿人长久，千里共婵娟"，竟是世间最悲伤最无奈的诗行。世事艰辛，人生聚散无常，豁达通透如苏东坡，与亲人相隔千里，不能团聚，也只能安慰自己，无论天涯海角，只要心意相通，就能共享中秋明月。这悲凉的词，每逢中秋，常常被吟诵，倒也安慰了世间许多不能和亲人团聚的人。

仔细体味，人生正如中秋月，自缺至圆，从盈到亏，循环往复，周而复始。从享受家庭温馨的少年，到承担家庭责任的中年，是每个人都必须经历的角色转换，这个过程漫长而又短暂，个中滋味，人心自知。月到中秋人过半，到了不惑之年，再看中秋月，又别是一番滋味，说不清是换了人间还是换了心肠，世界似乎旷阔了许多，内心也不再为诸多不如意而纠结惆怅，懂得了随遇而安，也坦然接受了不完美的世界。不独爱清欢，也接受喧闹。被各种花色齐全、种类繁多、南北兼容的月饼包围，我却总会想起小时候母亲烙的月饼。随着生活条件的改善，母亲的月饼也增加了花样，用鸡蛋、清油和面，用姜黄、红曲、薄荷给夹层染色，把面卷成一朵鲜艳的大花朵，蒸熟后红黄绿白的颜色更加鲜艳好看。中秋节晚上，在院里葡萄架下的小圆桌上放一放，算是献月亮了。母亲小时候挨过饿，吃过树皮草根，过年也只是吃一顿白面面条而已，从来没有过中秋的记忆，她能在繁重的农活之后再挤出时间来做几个月饼过中秋，在当时已是最为隆重的庆祝仪式了。读了几本闲书就自以为是的少年，哪里懂得物质是所有仪式的基础和载体。

抱怨父母不懂生活的我，却又在很多年后，厌倦了热闹，甚至鄙夷各种繁缛的形式，想要简单而安静地过中秋。一年中秋，恰逢国庆，在额济纳旗金黄而绚烂的胡杨林地，我和同去额济纳旗的朋友们寄宿的农家小院格外安静。在裕固族朋友苍凉辽远的歌声中，中秋月升上来了，大家都觉得这轮圆月比此前任何时候看过的月亮都大，都明亮。微醺中，有人高声朗诵："明月几时有，把酒问青天……"有朋友接着吟诵有关月亮的诗词。一位写诗的朋友给友人发信息："我在额济纳旗，我想你……"额济纳旗的中秋月，也在多年以后被记忆镀了金，深蓝色的天空背景衬托着胡杨叶般金黄的圆月，宁静，皎洁，深邃，澄澈……

有人说，人生真是充满了讽刺意味，总有一天你会发现，不知道什么时候，你已经变成了自己当初厌恶的那种人。倒不是说自己变得面目可憎了，用辩证的方法分析，人在不同年龄阶段对人生、对世界的认识是不同的，无所谓对错是非，正如年少时嫌母亲做的中秋月饼太简单的我，几十年以后，最为怀念的，还是当年老家院子里，大而明亮的中秋月……

2012年9月

一日散记

　　醒来，已是艳阳高照了。初秋的天气，正是秋高气爽的时候，这几天老天却一直阴沉着脸，好像要提前入冬了，冷得让人直怀念乡间的热炕，今天看来是多云转晴了啊。十月的天，也是娃娃的脸啊，说变就变呢。

　　想想，已是国庆长假的第三日了，心情有点儿莫名的灰。没有打算、没有计划的宅家日子，时间已不是流水，而是"飞流直下三千尺"的瀑布，人还在愣神呢，水已倾泻而下，甚至连一刹那的跌落也了无痕迹。

　　遥远的宁夏，梦中的额济纳旗，此时一定游人如织。如果真出行了，在熙熙攘攘的人流中，我会不会怀念、渴望一份清静悠闲，会不会正好怀想阳光满床时还在被窝里的这份慵懒舒适？

　　那些美丽的地方，今生，我一定会去吗？还是只能凝成永远的向往？一切都是淡淡的，无论是渴望还是遗憾，再也没有年少时那般的强烈，岁月不知在什么时候已悄悄地改变了我。

　　淡淡的思绪，淡淡的心情，淡淡地说着昨晚的梦境。起床，洗漱，下楼，三个人去外面吃早餐。和每一个休息的日子一样，懒懒散散，时间不再是紧张的快节奏的进行曲，而变成任由我们慢悠悠行走的舒缓乐曲。

其实我更喜欢自己做早餐，在女儿和老公还睡着的时候，一个人系着围裙，在厨房熬黑米粥。然后，叫他们起床，在衣柜里找出干净的衣服让他们换上。一家人围成一个半圆，坐在餐桌旁，听女儿边吃边叽叽喳喳地说话。那样的时刻，快乐如涓涓的水流淌在心间，清澈绵长。

但女儿不喜欢待在家。她喜欢人多，喜欢热闹，喜欢吃外面的饭——和我小时候一样，喜欢一切浮华的东西。我们随她。她的快乐就是我的快乐呢。看到她的笑脸，我整个身心都流淌着一种叫幸福的感觉。我想，没有比这更真切、更纯粹的快乐了。

散步回来，老公去看书。我打开了电脑，上了论坛和QQ——这已经是习惯了，每次总是先看看论坛上有没有新帖子，再看看QQ上有没有朋友在线，大多时候，也不说话，就那么保持着在线状态。

孩子在身后问："妈妈，我做些什么呢？"这时我才觉得应该陪她做作业，便打开了新买的试卷，给她讲题。听她嗓子哑哑的，又去给她找药吃。

有人敲门，是昨天说好的量沙发套的人——四年多了，一直想要换一套沙发套，却一直没有行动。想想这长长的假期就这样什么也不做地过去，总是心有不甘，权当是换一份心情吧。老公虽然不太热心，但见我这样兴致勃勃，也就陪我逛了好几个地方，选了我喜欢的颜色和图案，完全顺着我的心意。

送走了来人，打算去父母家。平日里从来没有好好陪过他们，只是有事了，或者孩子没有地方去了，才过去一下，并且因被琐碎而具体的事情占满了时间和心情，即使过去了也是心不在焉，待一会儿后就匆匆离开，仿佛了无痕迹的云烟，可父母的寂寞和期待却是真切存在的，让人一想起来，心里就是沉沉的愧疚和自责。我能给父母的，还有什么？

量沙发套的时候，老公放下了书，来到电脑前在网上看新闻，看我进来了，他就起身退出来。我关机时他忽然在背后说："我看了你的聊天记录，你果然魅力无穷嘛！有人想你，有人爱你，还有人想给你送礼物呢！还说自己不聊天。"我一时愕然，真没有想到他会翻看这些东西，更没有想到他会这样说，一时竟不知道说什么。我知道我说什么都是多余的。他只相信自己的眼睛，只相信自己。

我知道他不喜欢聊天。但聊天对于我来说，只是一种对现实生活的补充。我需要交流，那种纯粹的、心灵的、精神的、文字的交流，免去了许多繁文缛节和世俗客套的交流。生活中，这样的人太少了，几乎是没有。长久的寂寞中，心几乎要窒息。面对周围一张张熟悉而又陌生的面孔，找不到一个可以说话的人，心灰暗得几乎要迷失自己。那一段时间，网络聊天仿佛给了我一丝光亮，带我走出了灰暗的过道。曾经有一段时间，网友真让我有过"酒逢知己千杯少"的激动，真的温暖过我灰暗的心，让我的心变得宽容、平和、宁静、从容。

关了电脑，下楼去父母家，两人都没有再提起这事，但我的心里总觉得有一些别扭，还有隐隐的感伤。在别人那里很轻松的话题，为什么在我们之间却是这般沉重？一颦一笑，一举一动，都与爱和不爱有关，或者都成了爱已不再的证据。这小心翼翼捧着的幸福，是不是又被我不小心洒出了一些？

打电话给家里，弟弟在家招待单位上的人，妈妈极力要我们过去，我却很坚决地说不去了。主要是为老公着想，休息的几天里，如果再喝酒，他会很累的。更何况，他天生厌恶应酬，厌恶酒场。后来，他却说陪我们娘儿俩去逛街。我知道，逛街也是他厌恶的事，但现在的他，不再像以往那样强调自己，只想着自己的好恶了——出去吧，出去走走，也许这明媚的阳光，真能让他有点儿晦暗的心境灿烂起来呢。

节日的街上，人流如潮。我们闲散地走着，闲散地说着话，孩子在中间不时插几句话，一种淡淡的、暖暖的快乐弥漫在心头，也弥漫在路上，真想就这样一直走着，走着……

放假的那天，他拿了一张面值一百元的购物券给我，说是写稿子挣的钱。我一看是专卖店的券，我知道那里的衣服很贵，也不是我喜欢的那种风格，就不太在意。可一看日期，过两天竟就要过期了呢。他说："我们到那里给你买件毛衫吧。"于是就去看了，可那里东西实在是有点儿贵，这一百元，只能是个引子而已。最主要的是，这里没有适合我穿的那种正统的、庄重的衣物。我没有看中，不想买，可又觉得不能拂了他的好意，就勉强挑了一件。他一直在旁边和孩子玩着，不置可否，只说："我不会看，你自己决定吧。"因此我决定买了，而且平时一般不上这里来的，不想再跑一趟了。付钱的时候，心里忽然就很难过，这艰难而卑微的生活，我们什么时候才能走到尽头？

买好衣服，穿着走出专卖店，心里一直怅怅的，不再说话。孩子肚子饿了，吵着要吃饭，就带着她去仿古街上吃文君砂锅。那种怅惘的心灰使得情绪很低落——好久都不这样了啊。

吃完了饭，往回走。心中的郁闷似乎被冲淡了，孩子的笑脸和话语是最柔软的春风，总能化解我心头所有的不快，那些明确的和不明确的感伤，烟一样被风吹散了。

不知道怎么就又提到了已经被我穿在身上的毛衫。他听我还在耿耿于怀，就说："我要是知道给你带来这样的不快乐，宁愿把那张东西扔了。你看看你，从出那个店到现在，一直不说话，倒好像我惹了你似的……"

泪一下子涌出了眼眶，我把脸别了过去，止不住地心酸落泪。伤了我的，同样伤了他，甚至更深。

慢慢走回来，心情也慢慢好了，回到了不悲不喜的淡然状态。路过市场时，买了一个拖把，他就那样扛在肩上走回来，路上还遇到了同样扛着一个拖把的另一家人——我们都是过最平常日子的平常夫妻。

晚饭后，他和孩子看电视，我觉得有点儿累，就一个人缩在被窝里看书。只有捧了书，我才又回到了自己——以往那个守着一份清静读书的女子，心里也是不为尘世所扰的宁静淡然。从什么时候起，这样的时刻越来越少、越来越难得了呢？夜静静的，窗外忽然有隐隐的哀乐传来，还以为是错觉，仔细一听，真是呢——在静静的夜空中，越来越清晰，越来越悲凉，那种沉沉的、深深的哀伤，像利剑一样瞬间穿透了我的心。泪忽然毫无防备地流了下来，静静地，从我的眼角流到耳边，又流进了我已经散开的长发里。

没有什么是不会被时间带走的，欢乐也罢，忧伤也罢，就这样活着吧。守着一份爱，愿意过最庸常、最平淡的日子，不是我曾经的心愿吗？

关了灯，就那样一直在黑暗中躺着，任由久违的泪肆意流着，心却是渐渐地宁静平和了。

2008年7月

寒假读书盘点

几乎每个寒假都过得忙碌而烦琐，总是有许多做不完的琐屑事情，总是有许多过后想都想不起来的事情理直气壮地侵占了大段大段的时光。加上要过年——这个中国人最隆重的节日是不能拒绝也无法拒绝的。节前节后的洗涮采购、走亲访友，不仅要耗费太多的金钱，而且耗费时间。再加上要看孩子的作业，要多陪陪父母亲人，要参加同学朋友间的各种聚会，属于自己的时间真的是少之又少了。许多时候，这样没有规律的假期生活让自己觉得身心俱疲、心境浮躁，反而没有按部就班上班的日子来得从容，能静下心来阅读的时间就更少了。好在多年来养成的习惯没有改变，每晚临睡前的那段时间，雷打不动地属于阅读，属于书籍，也就算是属于自己。

1

重新细读一遍《论语》的想法其实很早就有了。早在十几年前刚从师范学校毕业的时候，大弟在师专中文系读书，记忆力特别好，不仅记诵了许多诗词，《论语》也是滚瓜烂熟，几乎能将整部书都背诵下来。我属于那种贪恋阅读快乐的人，常引用陶渊明"好读书，不求甚解"的话自嘲，听弟弟大段大段熟练地背诵，方觉得自己的疏浅，觉得自己作为一个爱好语言文字的人，是应该很系统地读一遍《论语》的。师范学校的课程和高中的不一样，面广，但深度不够。毕业以后我就参加了汉语言文学专业的自学考试，这是当时大多数师范毕业生的共同选择。对别人来说可能就是为了那一张文凭，可当时的我真是因为喜欢。我从小就喜欢读书，喜欢在文字的世界里寻找属于自己的快乐。大弟倒背如流的《论语》句段让我再一次感受到了中国古典文学言简意赅的魅力，就暗下决心，自学考试之后，要静下心来读一遍《论语》，只为自己，只为喜欢。后来在大弟的书架上找到一本简装的《论语》，蓝色的封面，仿线装书的装帧，挺喜欢的，断断续续读了一段时间，却没有获得深刻的领悟和感受，再加上身处尘世的许多纷扰，这份热情渐渐也就淡了许多。后来，央视《百家讲坛》栏目的《〈论语〉心得》系列又一次点燃了我读《论语》的热情。但我没有立刻就读，我不愿跟风，对于媒体炒得太热的书总是本能地拒绝——哪怕这是我自己也爱的东西。今年"十一"假期逛书店时，看到装帧朴实的《论语》就买了一本——不喜欢太花哨的东西，无论是书的内容还是封面。这本《论语》是横排的，而且后面有注释和翻译，阅读起来就轻松了许多。开始读的时候，就对自己做了细致的要求，最主要的一点就是要先读原文，实在不能理解的再看注释，也不能贪多，不能像以往那样一目十行"不求甚解"。因为存了这样的心思，所以就读得很慢，读得从容平和。真正走近孔子，才发现孔子不是板着面孔的思想家、教育家，而是一个很有意思的人，一个有趣的人。他积极乐观、善良正直，语言充满了智慧，以前我们在课本中认识到的孔子只是他作为教育家的极少的言论和思想。"窥一斑"是不能"知全豹"的。对许多以前一知半解的句段和概念，通过这一次阅读才有了清晰明确的认识。所憾记忆力大不如从前，前一天反复记诵觉得再也不会忘记的句段，第二天却完全不记得，依稀能想起几个字来算是好的，能完整背诵出的还是上学的时候背下的那些句段。

2

贾平凹的书是我一直喜欢的。从上师范的时候开始到现在，他的书出一本，我买一本，从最开始的《浮躁》《商州》《太白》《晚雨》，到《废都》《白夜》《土门》《高老庄》《怀念狼》，以及好多散文集，书架上最多的可能就是贾平凹的作品。我总是能从他的文字中找到阅读的快乐，读出在别人的文字中没有的感觉。其实，阅读和世间所有的事情一样，喜欢与不喜欢，或者喜欢什么风格、不喜欢什么风格是没有道理可言的。就像我不喜欢甜腻的食物一样，并没有什么理由。《秦腔》《高兴》两部书读得很快，很久都没有这样酣畅淋漓地阅读了，又找到了多年前拿起一本书来放不下的感觉。贾平凹用自己的文字营造和还原了一个现实的农村世界，他的文字比以往更质朴也更生动，诙谐自如，读来流畅轻松。我在这样愉快的阅读中却能清晰地感受到文字背后作家思想的沉重和心底的茫然。能还原出真实的、无奈的现实，才是真正有意义、有价值的文学作品，毫无疑问，这又是两部厚重的作品，是一些快餐式读物无法比的。前一段时间曾听到有人骂《秦腔》，说是节奏太慢，叙述拖沓，没有曲折的故事情节。我不以为然，真实的生活本来就是这样的琐碎具体，一地的鸡毛蒜皮，每天都觉得忙碌紧张，过后思量才体会到什么也没有留下、什么也没有抓住的茫然虚空。在这个被快餐文化影响的时代，人们的生活节奏加快，功利和浮躁的情绪也有所增加，真正关心他人，尤其是关注弱势群体生存问题的人可能并不多。但贾平凹的心里装着。单从这一点看来，贾平凹是大家。更何况，他的文字功力有增无减。读完了这两部书，我还想重读前面读过的《高老庄》和《土门》，还有《怀念狼》《病相报告》，上一次读的时候，怎么会觉得节奏慢，没有以前那般吸引人了呢？是不是那段时间自己的心境不佳、心气浮躁了呢？

3

读池莉的散文集《熬至滴水成珠》，感觉真好。

文字的高度其实是思想认识的高度。没有这么多年的人生阅历打底，没有心里真正的热爱打底，没有这么多年大浪淘沙的历练，没有几十年的文字功底，是不会有这样深沉朴素、简洁厚实的文章出来的，用池莉自己的话就是"熬至滴水成珠"。想起前一段时间网络和媒体炒得特别火的安意如的书，也有朋友曾经推荐过，在书店里也翻着看了几页，文字是很轻灵，尤其是还借着纳兰性德的词平添了许多古典韵味，书的名字也很古典，封面清新淡雅，不是太花哨，但终究是没有读下去，最根本的一个原因就是作者太年轻了。我不读太年轻的人写的书，更不读炒得很火的书，早些年韩寒的书，后来郭敬明的书，再后来的许多热卖的书，我从骨子里是拒绝的。与表面的华丽高深相比，我更喜欢言简意赅，喜欢简单朴实。就像有人说喜欢文字的舞蹈，我则不以为然，说到底，文字就像是生活，我喜欢踏踏实实、一步一步地走路。就像贾平凹的书，是生活的翻版和提炼，而不是文字的舞蹈。不仅是文字，连电影也一样，最近看过的几部电影里面，喜欢《疯狂的石头》《三峡好人》，而不是《投名状》《集结号》《夜宴》《满城尽带黄金甲》《无极》等大片。

4

看完了《收获》上的几篇中短篇小说。王朔的那个长篇实在看不下去，就不看了——在这方面，我和李先生不一样，我没有他那样执着较真。这些天他一直坚持看屠格涅夫的书，说是不喜欢，读得很费力，却还是继续往下看。我不，我不读自己不喜欢的文字。我想，阅读至少应该是一件快乐的事情。

年终于过完了。今年的心态出奇地好，是真正的平和宁静。不生气，不计较，不为所有的琐屑俗务所干扰的宽容心境是往年所没有的。

读完《熬至滴水成珠》，意犹未尽，就在书柜里翻找以前读过的池莉的书，可惜只翻到一本《预谋杀人》——还是1992年的时候买的，在书架上放了十几年了。这些年读池莉的小说都是在《小说月报》上，没有买单行本。每年的《小说月报》看完了，李先生就装订成册放到阳台书架的最上面了，找起来很麻烦。等以后有大把的时间了，再回过头来慢慢读一遍吧。以前在书店里看到过《池莉文集》，却没有买，因为李先生以前对池莉的文字不是太喜欢，我买《预谋杀人》的时候他就没有表态——当然，囊中羞涩也是一个更重要的原因。

再读《预谋杀人》，读得很顺畅，很过瘾。不算太薄的一本书，几个晚上就又读完了。看池莉在《熬至滴水成珠》中的创作日记，感觉还有许多她的小说想再读。星期天去书店，却没有找到《池莉文集》，新出版的长篇《所以》也没有。在书架间看了一圈，抽出了一本装帧素淡的《王安忆读书笔记》。王安忆的文字风格也是我喜欢的，也想一读再读。

2008年8月

安静的一天

　　家搬到新区，最让人觉得舒服的就是环境安静。四周静悄悄的，一点儿声音都没有，从早到晚，一个人待在家里，偶尔走动，只听见自己噔噔噔的脚步声，反衬得世界更静了，仿佛这世间只有自己一个人。再细听，窗外隐约有风声，呼呼呼的，像是从遥远的地方传来的大提琴声，雄浑，低沉。向北面的窗外看过去，又想象这是来自内蒙古草原的马头琴长调，声音如同额济纳旗的胡杨林那般动人而辽阔。这安静，让人心安，也让人沉静。独享这安静，心底里渐渐泛起喜悦来，有一种想流泪的冲动。

　　多么难得的安静啊！真的，能享受这安静的时光，才算是享受了生活慷慨的馈赠。

　　不出门，也就不用换衣服，穿着家居服，身心都是最放松的状态。简单洗漱，早餐也是简单的水果、酸奶。然后，烧水，为自己泡一杯金骏眉，放一片柠檬，看褐色的茶叶在水中翻滚，然后慢慢地沉在杯底，和黄色的柠檬片安然相卧，就觉得这画面很美。这美，是安静的，需要在这样安静的早晨慢慢品味，连同茶水的甘醇。

　　餐桌上，是前两天参加活动带回来的一本《诗刊》，淡绿色的封面，也是安静的色彩。翻开，找到阿信的诗《黑陶罐》，又读了一遍——这期《诗刊》刊登了刚刚结束的陈子昂国际诗歌奖年度诗人获得者作品，《黑陶罐》便是其中之一。这样安宁清净的早晨，与诗歌更是相宜的，于是又将这首诗朗诵了一遍，在空荡荡的屋子里，听着自己的声音，心情似乎比以往更沉静了一些，想象着阿信写这首诗的场景，想起甘南草原那广阔无垠的绿。

一个人朗诵之后，开始收拾屋子。浇花，细心地摘掉枯黄的叶子，擦掉绿萝叶子上喷洒了花药的痕迹。换下床单，放进洗衣机。擦桌椅，把餐桌和茶几上的书本、药瓶归类整理，扔掉随手放在桌子上的不需要的购物小票等无用的纸张。擦地板。我一直不愿意用吸尘器，那巨大的声响会让人很快就心烦气躁，失去了耐心。我宁愿用最笨的最原始的方法跪在地板上擦，毛巾擦脏了，就去洗干净，然后再擦……两个小时的时光过去了，站在房间中央，看着干净的地板和桌子，心里也觉得清净透亮了，似乎内心也得到了清洗。阳光透过晾衣架上鹅黄色的床单照进来，竟然使得屋子里有了一种梦境般虚幻的感觉。这安静的时光，让人微醺。

午餐依然是水果，再加上从储物柜里翻出的几颗核桃。朋友说，新的一年，要让自己保持一点儿饥饿感。这想法真好。饥饿感，也是好久不曾体验过的了，年龄渐长，新陈代谢慢了，更主要的是现在食物的丰裕让人没有机会体验饥饿感。小侄儿四岁，每次吃饭，都要宣布他最讨厌的事情就是吃饭。过犹不及，过量的饮食、过多的关爱，让孩子没有机会体验饥饿感，食物对他来说，没有任何吸引力。这对现在的孩子来说，已是普遍现象。吃饭这件事越来越不简单，饥饿感也是越来越难有了。今天机会难得，且让我享受一次。

打算安静地午睡，居然没有睡着，想来是茶喝多了吧。躺在床上翻看新的一期《收获》，看完了一篇短篇小说，又看完了《纪念金庸》专栏里的几篇随笔。那篇小说写了一个配角演员的日常片段生活：为让自己更接近角色，演好一个杀手，找到感觉，他节食、跑步，买了玩具枪趴在阳台上，瞄准一个目标一盯就是几个小时。这样二十多天过去之后，他已经进入角色，台词已烂熟于心，到超市买东西条件反射地要找剧中人要买的烟和食物。就在这时候，他接到短信：导演死了，剧组解散。人生就是这样不确定，甚至充满了反讽意味，很多时候，我们的努力付出，会因为一个很偶然的因素变得毫无意义，如同铆足了劲儿练了好久长跑，却发现赛事早已经取消一般，让人怅然若失，却又无处可诉。

下午三点，开始做针线活——绣花，这几乎是从早上起床就开始期待的事情。新买了牛仔风衣，我要在上面绣上自己喜欢的花朵。昨天是女性的节日，下午放假半天，没去和朋友们庆祝，也不愿意在漫天的"女神节""女王节"的喧嚣中凑热闹逛街购物。一个人回到家里，找出针线，大略构图，配线，然后穿针，引线，构图，配色，看着一瓣一瓣的花瓣成形，内心如春雪初融，涌动着新生的喜悦。两个小时后，一朵淡绿色的花，在浅蓝的牛仔衣肩头绽放。这几年，越来越爱做针线活，也越来越喜欢宅在家里，不看电视，也不听音乐，就在单纯素净的静谧中，为自己织一件披肩，或者在旧衣服、旧丝巾上面手绘喜欢的图案，去年甚至兴致盎然地用一块老绸缎被面为自己缝制了一件长袍。做这些事的时候，心无旁骛，整个人都是宁静的，这宁静，真是生命中至真至纯的享受。今天天气晴好，午后的阳光更加明亮，照得屋子里暖洋洋的，我将衣服铺在沙发上，自己盘腿坐在蒲团上，开始绣第二朵花……一瓣花瓣又一瓣花瓣，一片叶子又一片叶子，绣着绣着，手法渐渐熟练，成品也越来越平整了。其实，做针线活和写字作文画画一样，既需要心里有底，又需要灵活变化，针起线落间，更需要因势而就，因材而就。也有灵感突现的时候，绣完一片叶子剩下的一点儿线，剪断了可惜，端详一会儿，就在叶子后面再伸出一枚嫩芽儿来……

六点，他打电话来，说要加班，让我自己吃点儿。我也不觉得饿，正在兴头上呢，吃点儿中午切好的水果，喝一杯酸奶，就接着绣。

天色渐渐暗下来，抬头看表，已经八点多了，不知不觉居然五个小时过去了，一根根淡绿浅绿深绿的绣线，变成了衣服上枝繁叶茂的春景，成就感掺杂着幸福感，不由得就从心底里咕嘟咕嘟冒出来，所谓的岁月静好，大抵就是如此吧。

2017年3月

我与图书馆的恋爱史

　　说起来，爱上图书馆，源于偶然的一次相遇，类似于一见钟情，但细究起来，这偶然也绝非"只是因为在人群中多看了你一眼"的那种怦然心动，而是必然之中的一次机遇。因为我无比坚定地相信此生爱书，所以爱上图书馆是迟早的事情。如果稍微夸张一点儿说，我对图书馆的感情，就像在西方的婚礼上常听到的那句话一样：无论是贫穷还是富有，无论是疾病还是健康，都会彼此相爱、珍惜，直到死亡才能将我们分开。

　　人的感情是一种很奇怪的东西，很多时候，我们无法用常理解释。直到今天，我依然清楚地记得第一次跟着父亲去乡图书室借书的情景，用"怦然心动"这样的词来形容我内心的感受还是不够准确的，应该说我内心是有一点儿震撼的，类似于触电般眩晕的幸福感瞬间袭击了我没见过世面的心脏——世界上，真有这么美好的地方吗？我甚至不敢相信，眼前架子上一排一排的书，不是梦中的幻景。二十世纪八十年代中期，我刚刚小学毕业，在狂热的文学青年——我大姨的影响下，囫囵吞枣地看了些书，对书籍如饥似渴。那时候许多人连肚子都吃不饱，读书真是一件奢侈的事情，我们能找到的书大多已被翻得破旧，好多书连书皮都没有了。大姨在城里上高中，她喜欢的《小说月报》《文学青年》《小小说选刊》也被我偷来生吞活咽地看，就连二舅母工作的村保健站订的《武林》《新村》杂志，我也如获至宝。用我妈的话说，只要是带字的纸，都是能让我疯癫的宝贝。好在父亲支持我读书，小学毕业那年，他带来一个让人欣喜若狂的好消息：乡上办了个图书室。这个消息对我来说真是天大的喜悦，父亲办了借书证，带我和弟弟去图书室借书，这就有了与图书馆的"一见钟情"。自那以后，我对图书馆的"爱恋"就在心底扎根，历经岁月变迁，从未改变，反而愈加浓厚，日渐深沉。

其实当时乡上的图书室很简陋，只是在一间不大的房间里沿着墙摆了一些简易书架，架子上摆的书也不是崭新的，但对于我来说，第一次见到这么多书时心里充满了之前从来不敢想象的狂喜，用现在的话来说就是"幸福感爆棚"。我伸出手，一本挨着一本抚摸书脊，内心充满了神圣感。最终我借了一套完整的《红楼梦》连环画。在这之前，我断断续续看过几本，不连贯、有头无尾的，尽管这样，也没有妨碍我对《红楼梦》的喜爱。那套连环画拿回家后，我真的爱不释手，吃饭睡觉都捧在手里。自那以后，《红楼梦》成为我放在枕边随时翻看的书，也是我此生最钟爱的书，不知道看了多少遍，真有"睡里梦里也忘不了你"的那种感觉。再后来，陆陆续续买了不同版本的很多套《红楼梦》，最奢侈的一套是影印版的，当时我每月工资四百多元，除吃穿用度之外，攒了几个月才攒够了八百元，最后将那套书买回家才心安——这虽然是后话，但与最初的爱恋还是有关的。

乡图书室的管理员姓张，是个头发花白的老人，他嗓音有点儿沙哑，但很亲切。每次还书再借，张老师都笑眯眯地一边登记，一边和我聊几句，我第一次听到"知识就是力量"这句话，就是张老师说的，当时的我只觉得有道理，却又说不出所以然，很长一段时间，我都在思考这句看似简单却很抽象的话，所以我对这句话和张老师都印象深刻。我很羡慕张老师的工作，觉得这是世界上最幸福的工作。在那个假期里，我一口气看完了《水浒传》《钢铁是怎样炼成的》《福尔摩斯探案集》《鲁滨逊漂流记》《骆驼祥子》等书，那种幸福的感觉至今记忆犹新。

与图书馆的热恋时光，是在上师范的时候。学校里的图书室是教学楼后面的一间平房教室，教室四周摆满了高高的书架，有些书需要踩着梯子才能取下来。屋子中间有十几套桌椅，收拾得很整洁。这个图书室虽然规模不大，但环境优雅温馨，满足了我当时对图书馆的所有幻想。无论啥时候去，无论人多人少，图书室里都安安静静的，大家都沉浸在文字世界里，让人心生敬意。负责图书室管理工作的王老师快退休了，他和蔼可亲，爱看书，也爱养花，图书室里弥漫着淡淡的书香和清新的花草味儿，每次去我都觉得如入仙境，在这样舒适幽雅的环境里捧读自己喜欢的书，真有飘然欲仙的感觉。尤其是冬天，室外寒气逼人，图书室内温暖如春、绿意融融，让人一有空就想往那跑。三年的师范时光，也是我读书最密集的一段时间，几乎是囫囵吞枣般地读完了《红与黑》《基督山伯爵》《复活》《安娜·卡列尼娜》《巴黎圣母院》《十日谈》《傲慢与偏见》《简·爱》等外国名著。很多个节假日，我在图书室里一待就是一整天，完全沉浸在书的世界里。直到王老师要下班了，我才从书中的世界回到现实，惊觉时间过得好快。隔两天不去图书室，就觉得少了什么，正是"一日不见，如隔三秋"。那时候的我，正是十七八岁的年纪，学校里的图书室给了我足够的精神食粮，让我在享受阅读的过程中，认识世界，重塑心灵，初步形成了自己的人生观、价值观。我想，这也是我们那一大批人共同的记忆吧。

三年的师范时光很快就过去了，我们毕业的时候，学校里修建了新教学楼，图书室搬到了新楼上，面积扩大了好几倍，图书也增加了许多。往新楼上搬运图书的时候，我和几个平时爱读书的同学在王老师的指挥下帮忙干活，心里既高兴，又有点儿说不出来的感伤。毕业离别的忧伤愁绪中，更多的是对图书室的难舍难分，王老师说我们可以随时回到母校的图书室里看书，让我们觉得感动和安慰。虽然后来基于各种原因再也没有回去过，但这暖心的话语到现在还言犹在耳。每每回忆师范时光，就会想起那段和图书馆不知晨昏的热恋时光，那真是生命中难得的情感慰藉。

参加工作之后，在农村学校当老师，最不适应的就是骤然与图书馆分离，总觉得生活中少了什么。周末，也曾和同事相约，到乡镇的图书室去借书，却是乘兴而去，失望而归。一方面，乡镇图书室冷冷清清的，并没有专人负责管理服务，因为读者很少，大多数时候，门上都挂着锁，书架上的书籍像是库房里的杂物一样被冷落，落满了灰尘，让人看着心里极不舒服。另一方面，图书室里的书籍已经不能满足我的阅读需要了，很多书我已经读过了，剩下的大都是针对乡村读者的普及读物和农业实用类工具书，加上时间长了不更新，书架上的书籍真变成了摆设。我失落的心不但没有在这里得到安慰，连我心底留存的对乡镇图书室的美好印象也被破坏了。这让人难过，就像无端地被恋人抛弃了一样，我仿佛体会到了失恋的滋味。好在手里有了工资，周末进城去书店逛，也能买几本新书，聊以安慰自己。转眼二三十年过去，家中书架上也算是有了一些存书，数量和当年乡镇图书室里的不相上下，算得上对阅读一往情深了。

自从爱上书，图书馆和书店就成为我每到一个地方必须去的地方，哪怕只是看一眼，也能满足心里的惦念。这似乎也和谈恋爱一样，心有所牵，就是一种幸福。我心里一直对大学的图书馆充满了向往，觉得在大学的图书馆里读书，周围是高高的书架和热爱读书的同道中人，那定是极致的幸福和享受。遗憾的是我只上了当时的张掖师范学校就参加工作了，对于大学校园和图书馆的向往就只能压在心底了。念念不忘，必有回响，确实如此。我参加工作的那一年，弟弟正好考上张掖师专中文系。一个周末，我去学校看他，他带我去了图书馆，很自豪地介绍说张掖师专的图书馆是当时张掖最大的藏书楼。我跟着他穿过校园里高大的林木，去参观让他引以为傲的图书馆，抑制不住内心的激动。那是1992年，我第一次见到了整栋楼都是藏书的图书馆，虽然只在那里待了两个小时，但也算是满足了一直以来的愿望，那种满足感，就像是终于见到了暗恋多年的人，无须太多要求，能近距离看一眼，就足以让自己心醉，值得回味一生。多年以后，张掖师专改建为河西学院，图书馆也不断升级，成为河西文化学术交流的中心，我也有幸数次在此参加活动，心里依然和当年一样，对这里充满爱恋。这爱恋之中，有发自心底的敬畏，也有引以为豪的骄傲。

刚参加工作时，在农村学校当老师，最爱的就是在课堂上引导孩子们读书，最喜欢的就是爱读书的孩子。但二十世纪九十年代，农村学校虽然有图书室，配备的书籍却较少，图书室没有专业的管理人员，大都是老师兼职，学生们在图书室借书看书的时间少得可怜，书籍更新几乎没有，这让人沮丧而无奈。条件所限，农村孩子的读书问题成为难题。到了1996年，张掖市图书馆流动图书车来到了农村学校，带来了一些适合孩子们看的图书。我被学校选为流动图书管理员，负责流动图书的管理借阅，还去张掖市图书馆接受了半天培训。这是一件让人高兴的事，流动图书车一个月来学校一次，收回上次送来的书，再给学校留下新书。我从一个喜欢读书的人，变成给孩子们借书的管理者。对孩子们的每一次借阅，我都会详细登记；对于还回来的书籍，我也会整理归类；有时候，还要修补孩子们不小心造成的书籍破损。对这份额外增加的工作，我没有任何怨言，反而满心欢喜，所谓"心中有爱，眼中有光，行中有善"，大致就是如此吧。

我是个生性懒散的人，兴趣爱好广泛，却不能持久，唯独对于书籍的热爱之情，从懵懂少年萌生爱意，到不惑之年爱之愈深，也算是历经了岁月的洗礼和生活的磨砺，从未改变。客观而公正地说，这份情感，也曾因为凡俗生活而有过变淡的时候，但在内心深处，爱自始至终都在，而且是很神圣的。爱屋及乌，对图书馆，我也始终保持着一份崇敬之情。可以说，图书馆在我的心里就是一块圣地，是烟熏火燎的凡俗生活中纯净的精神家园。随着时代发展，图书馆的面貌和功能也在不断改变和发展，当年在简陋的乡图书室里心动情牵的我，说什么也不会想到，只不过短短的几十年时光，图书馆会建成现在这样高端大气的场所，成为集阅读推广、社会教育、信息共享、文化休闲为一体的城市文化客厅。

阿根廷著名作家博尔赫斯曾经写道："天堂应该是图书馆的模样。"如今的甘州区图书馆，是"量身定做"的一整栋楼，从内到外面貌焕然一新，已成为张掖多功能、高层次、综合性的文化活动中心，以其优美的读书环境、完善的基础服务和丰富的文化活动，引领全民阅读进入全公益、无障碍、零门槛时代，让金张掖插上了书香的翅膀。每天早上，在图书馆门前排着长队的读者，成了这个城市里最亮丽的一道风景线，而我也每每被这样的场景感动，仿佛看到了当年怀揣爱恋的自己，禁不住泪盈眼眶。

人生最大的幸福，就是完成自己最初的梦想，做自己喜欢的事情。曾多次和朋友说起，我理想中的职业，就是坐拥书城，在书林中为喜欢读书的人服务。我还无数次设想过，如果哪一天上班厌倦了，就去开一间自己的书屋，有人来借书看书，自然心怀喜悦；没有人来的时候，就一个人静静地与书为伴。这样的生活，只想一想，就让人心醉。幸运的是，在当了二十多年老师后，我如愿以偿调入了图书馆，成为一名图书馆馆员，也算老天眷顾我始终不忘初心，成全我与图书馆的恋情，这也是"有情人终成眷属"吧。

2022年5月

味道

牛肉小饭

张掖的很多特色饮食都是独一无二的，比如小饭，出了张掖，在哪里都没有见到过小饭这样的饭食。

说起小饭，得先给外地人解释什么样的饭称为"小"。这可能是每个来张掖的外地人，尤其是南方人感兴趣的问题。我同事曾在张掖有名的"袁记小饭"店里，碰到一对来自南方的母子。小男孩问自己的妈妈，为什么把这样的面食称为"小饭"，妈妈解释说是因为西北人穷，吃不起米，所以就把面食做成了米的样子来吃。这话让同事听得非常愤慨，他为自己的家乡感到委屈和不平，也很看不惯这位母亲不了解情况就妄下结论的浅薄。我的这位同事是一个九〇后的年轻小伙子，在外地上完大学后，回到家乡参加工作。他酷爱传统文化，实在没忍住就给那位母亲普及了一番张掖自古以来就富庶的原因，讲了讲"丝路重镇金张掖"悠久厚重的历史文化和"塞上江南古甘州"鱼米之乡的地理优势。他还告诉那对母子，张掖人不是因为穷吃不起大米，而是因为西北人不喜欢吃米，我们的面食变着花样做，小饭只是其中的一种而已。同事在办公室里把这件事讲给我们听的时候，我们也为张掖小饭愤愤不平：张掖作为农业城市，怎么可能会穷得吃不起米而把面食做成米的样子呢？后来理性分析，才知道这种误解中也存在着南北文化差异。南方人将米饭称为"饭"，把面条就称为"面条"，而我们张掖人是将所有的主食都统称为"饭"的。

张掖人吃小饭已经习以为常了，很少有人追究小饭名称的由来。它的做法和叫法都是祖祖辈辈流传下来的，它是每个张掖人从小时候张口吃饭就开始吃的家常饭食。这些年，小饭作为张掖特色早餐，被越来越多的外地人品尝，获得了很多赞誉。有朋友曾告诉我，他接待外地朋友的一周时间里，本来计划将臊面、糊馎、小饭、羊肉粉汤、粉皮面筋作为特色早餐，每天体验一种，但那朋友吃了小饭之后赞不绝口，接下来的三天连续都要吃小饭，放弃了品尝其他美食的机会。临走的前一天晚上，他更是谢绝我朋友为他安排的精美大餐，表示就想吃一碗小饭，说一碗肉菜面俱全、做工精细的小饭足以代表张掖的深情厚谊，也更加符合肠胃朴素真实的需求，比吃大餐更有益于身心。

好在小饭在张掖，既是普通人家一日三餐都可以饱腹的家常饭，更是酒店里压轴的特色主食。朋友恭敬不如从命，省去了菜单上的很多高端大气上档次的菜品，单点了一大盆小饭，配几样新鲜时令素菜，几个人吃得舒服又畅快，还经济实惠。朋友感叹说，真正的美食，其实就是小饭这样朴素的家常饭食，能长久地占据普通人家的饭桌，也能登上高档酒店的大雅之堂。

张掖小饭说白了就是一碗内容丰富扎实且兼收并蓄的牛肉汤面，独特之处在于将所有的食材都精工细作，和面揉面后将面擀开切成面条再切成小丁，蔬菜和牛肉也切成小丁，所有的食材都是一样的小巧，一样的精致，一样的细碎，一样的整齐。等这些食材在牛肉汤中煮熟了，烩入煮得绵软的红豆，再烩入粉皮和面筋，出锅的时候撒点儿香菜、葱花，看着就养眼舒心。一碗小饭，既体现了做饭的人慢工出细活的耐心，也反映出了此人出神入化的刀工，所谓慢工出细活，细致均匀的食材不是初学者想切就能切成的，是需要时间和精力练就的。从那些细碎精致的食材上，能看出这道看似寻常的汤面的讲究和排场——这也许就是小饭得名的由来吧。对家里牙口不好、肠胃虚弱的老人小孩来说，小饭是最合适也最体贴的饭食，好吃，易消化，菜面肉的搭配丰富又合理，既满足了食客挑剔的味蕾，又提供了足够的营养。所以，小饭无疑是老少咸宜的家常饭食，滋养了一代又一代张掖人的肠胃，还有心灵。从这个意义上来说，张掖小饭是有菩萨心肠的，这也体现了淳朴善良的张掖人尊老爱幼、体恤弱小的慈悲心。

餐馆里的小饭有少许改变，是将面和汤分开煮的，这是为了让每一个食客吃到的都是刚出锅的面。虽然面切得如大米那般细小，但不能失了筋道。张掖人吃面，讲究的就是一个筋道，煮好的面放的时间长了，就不筋道了。食客进了餐馆，后厨才往锅里下面，面煮好了，端出来直接烩入热腾腾的牛肉汤里。汤锅一般都放在门口，一直坐在炉火上，里面早已烩入了煮好的红豆、粉皮，熟牛肉和香菜、葱花分别放在锅旁边，掌勺的师傅将手里的勺子在锅里上下翻飞几次，一碗色香味俱全的小饭就递到了食客手里。

虽然称之为"小饭"，却是用大海碗来盛的，张掖人厚道实诚、热情大方，这满满当当的一大碗小饭已经足够扎实了，要是你吃了一半想再去添点儿汤，掌勺的师傅准会给你连汤带面添得满满的，这当然是免费的。掌勺的大师傅一般都是胖乎乎的，稳稳地站在大锅的后面，手里的勺子上下翻飞，就好像招待自己家的亲戚一般，乐呵呵的。

2020年3月

臊　面

对于很多张掖人来说，美好的一天，是从吃一碗臊面开始的。尤其是冬天，一大碗热乎、筋道的臊面吸溜吸溜下肚，整个人才算是满血复活，浑身通泰，身心舒畅。张掖人习惯了吃这一口面，几天不吃，就感觉浑身不舒服。要是出差在外时间长了，对家的想念，就具体到了想吃一碗臊面。即便是面对着珍馐美味也吃得不顺口，嘴里念叨着，回去第一件事，就是要美美吃一碗臊面。从外地回来，吃的第一顿饭，必然是臊面，吃过了臊面，才算是真正回到了家。据说人的肠胃是有深刻记忆的，一种饮食习惯一旦养成，就很难改变。可以偶尔换换口味，尝试其他的饮食，但要是让张掖人早餐不吃臊面，那恐怕是有一点儿难度的，夸张一点儿说，相当于让老烟客戒烟一样，意志坚定一点儿，也就戒了，但总会觉得生活缺了点儿意味，再好的糖果、糕点也不能安慰心中的失落。

张掖人对臊面的热爱，和兰州人对牛肉面的依恋是一样的。朋友的父亲六十多岁了，一碗臊面从两角吃到现在的七元，记得每一次张掖臊面涨价的时间，也能说出每一家臊面馆汤的独特之处，以及浇面师傅的特色——在张掖人的心中，臊面涨价无疑是一件大事，哪家的臊面好吃也是一件大事。这是很多老张掖人共同的记忆和爱好，他们坐在一起聊天，有时话题一转就说到了臊面，还会挨个儿给人气旺生意火的臊面馆打分排序，为各自不同的口味争论半天。张掖城里，臊面馆都是各有特色的，也有各自固定的食客群。老字号"菜根香"的面更筋道，"老魏家"的面更家常，"一家人"的汤味道醇厚，"袁记臊面""和顺园""粮贸餐厅"……各有长处。城市扩建以后，很多人住得远了，但还会专程开车去吃一碗自己喜欢的臊面。到现在，这已经是普遍现象了，不过，去新开的臊面馆，一定要考虑周围是否方便停车。每天早上，各家臊面馆门前都是车满为患，很多人都有过为吃一碗臊面而违章停车被罚款的经历，大家都笑着调侃自己吃了一碗"天价臊面"，但并不后悔。

我听说过的最热爱张掖臊面的人，是一个臊面馆里的浇面师傅，他自己开面馆近二十年了，对臊面百吃不厌，每天都要吃一碗臊面才开始一天的工作，有时候早上吃过，中午接着再吃，也依然吃得津津有味。偶尔兴起，他还要早早起床，到别家的臊面馆里买一碗臊面吃了，再回到自己的面馆掌勺浇面。有一段时间他腿受伤在家休息，对臊面念念不忘，他家里人就天天从面馆打包带回家。他在家里吃不过瘾，刚能下地走路，就拄着拐杖迫不及待地去面馆。他还让家里人特意定制了一把椅子，他便坐在汤锅后面浇面，拐杖就放在身后，腿上还缠着绷带，也算是面馆里独特一景。源自骨髓深处的热爱让一碗普通的臊面有了故事，也赋予了它令人回味的深意。

浇面是最后一道工序，通俗地来讲，就是将切好的臊子和调好的汤浇到煮熟的面上。浇完面撒上葱花、香菜等，就可以递到食客手里了。张掖的臊面馆里，调汤、切臊子、煮面等准备工序都是在后堂里完成的，唯有浇面，要当着食客的面完成。像是一种表演，可能也通过这种公开透明的方式展示吃食的安全。我小时候，每家臊面馆门口都有一座土灶，灶上支一口硕大的铁锅，锅里是冒着热气的臊面汤，炉子里的火不能太旺，起保温作用即可，因为臊面的汤是加了水淀粉勾芡出的糊汤，火太大会煳锅。浇面师傅就站在大锅后面，一手掌勺，一手接过食客手里的餐票，扫一眼，插在面前的计票器上，顺手接过挑面师傅手里的面碗，将面倒回笊篱，在汤锅旁边的开水锅里再过一遍。张掖人称这个步骤为"冒面"，因为后堂里煮熟的面为了防止坨是过了一遍凉水的，有点儿凉，面上也带了生水，浇汤之前再回锅用开水"冒"一下，面吃起来既筋道又热乎，更符合张掖人一向讲究和挑剔的口味。浇面师傅对这一套动作早已烂熟于心，冒好的面倒回碗里，一大勺汤紧跟着就浇上来，勺子也跟进碗里，上下翻飞，将碗里的面和汤翻搅几下，手里的碗也随着勺子上下晃动，让每一根面条上都挂上汤汁，这才接着浇第二勺汤。这也是有讲究的，要是没经验的人直接浇汤，汤和面是融合不到一起的。浇好了汤，再将切好的葱花、香菜、卤肉、卷钱子（张掖地方美食）等抓一把放在汤上，顺手抓起锅台上的毛巾将碗的外沿擦干净，把面递给客人。浇面师傅的一整套动作娴熟流畅，如行云流水，着实好看，让人惊叹，绝对称得上张掖独有的景致。有些浇面师傅干这行时间长了，就将手里日复一日的机械活干成了艺术，一把长柄的勺子，在他手里上下翻飞，锅里的汤在空中划出一道优美的弧线，就款款落到了碗里。更具特色的是浇面师傅的吆喝。以前浇面一般是在面馆门口，现在虽然挪到了店里，但还是与后堂隔得很远，门口进来客人，浇面师傅就要冲后堂吆喝"下三个面——""下一个面——"，这一声声吆喝，也算是张掖臊面的特色吧。

初来乍到的外地人，被推荐的第一顿早餐，十有八九都是臊面。臊面其他地方也有，比如岐山臊子面就很有名气，有些地方还称为哨面。但张掖臊面和这些都不一样，最明显的特点就是糊汤。外地人会诧异，也不太习惯。我曾在一本外地游客的游记中读到对张掖臊面的印象，形容它是"一种浆糊状的食物"。其实他们不懂，张掖臊面的糊汤，是有讲究的。老张掖人吃臊面，第一步要拿筷子搅拌，像北京人搅拌炸酱面那样，将面、汤、菜、肉翻搅均匀，面上挂汤，汤中有面，吃得快一点儿，面吃完，碗里的汤也见底。不会吃的人，或者吃得太慢了，汤和面就会分离，如岐山臊子面那样，捞完了面，碗里的汤还在。

张掖臊面的汤用淀粉勾芡，充分体现了张掖人的厚道和实诚。据说是因为在贫困岁月里，主妇待客时，怕怠慢了客人，急中生智，用家里仅存的淀粉勾芡，让清汤寡水的一碗汤面变得黏稠扎实，主客双方都觉得舒服，穷困的人也不至于太尴尬，俗话说就是"里子面子都有了"。于是这糊汤臊面就这么流传下来了。

我曾见过一个婆婆给远在省城兰州的儿媳妇带臊面，给浇汤师傅解释说儿媳妇怀孕了，就馋一口家乡的臊面，而且点名要吃这一家的，她大清早拿了保鲜饭盒，将臊面的汤和面分开装好，然后托人带到兰州去。从张掖到兰州，再快也得四五个小时。这儿媳妇对张掖臊面的热爱也是无人可及了，被妈妈这样"胎教"，她肚子里宝宝的血液中也会流淌着对张掖臊面的热爱吧。

我一个年轻同事怀孕期间，也对臊面有过超乎平常的钟爱，有天早上胃口大开，吃了一大碗臊面还想再吃，实在不好意思，就换了一家面馆又吃了一碗。和那个身在兰州想吃家乡臊面的小媳妇一样，她们对臊面的感情是基因决定的，正是应了"一方水土养一方人"那句老话。

小时候，我一直以为"臊面"只是张掖方言，其他地方是没有这种叫法的。后来看《水浒传》，才知道鲁智深拳打镇关西之前，让他亲手切三种不同的猪肉，称为"臊子"。张掖臊面臊子的主料是炸豆腐，也放洋芋、胡萝卜、茄子等时令蔬菜和木耳、蘑菇、金针菜等干菜，以及猪肉，将它们全部切成细碎均匀的小丁。汤以鸡汤或牛、猪骨汤为佳，浇面时再放入卤肉、卷钱子、鸡丝，一碗营养丰富、兼容并包的张掖臊面才能递到食客手中。

臊面作为张掖独具特色的面食，面也是很讲究的，一般用的都是菠菜面，以前把晾干后的菠菜磨成粉末和入面中，现在有了榨汁机，那就更方便了。菠菜面微微泛绿，煮熟了看上去就像绿玉般晶莹，吃起来筋道又爽滑。尤其是在酒店里，一小碗臊面用精致讲究的定制细瓷碗盛着，看着简直就是一件精美的艺术品。

2020年4月

糊饽

　　在张掖，很多人的平常日子，是从早晨的一碗糊饽开启的。一大碗热气腾腾的糊饽下肚，肠胃激活了，身体温暖了，心情也随之畅快，元气满满的一天算是正式开始。尤其是张掖的老年人，这一碗热糊饽最对他们的口味。还有前一晚喝多了酒的中年大叔，也需一碗热乎乎的糊饽来慰藉脏腑，缓解宿醉。很多外地来的人不太理解，看着这满满当当一碗浆糊状的糊饽，不知用筷子还是用勺，待吃过几次之后，方才慢慢体味到糊饽醇厚的滋味对肠胃的熨帖。

　　糊饽是传统的张掖家常饭食。它是张掖独具特色的早餐之一，和张掖臊面、张掖小饭三足鼎立。近些年来，又被很多餐厅、酒店纳入特色美食行列，成为颇受欢迎的主食。张掖人爱好美食，讲究生活品质，食物讲求色香味俱全，尤其是登堂入室进入餐厅的饮食，大都是品相、味道两全其美的。唯有糊饽，看上去似乎不是那么清爽美观，但实实在在是张掖人餐桌上的宠儿。家庭聚会，一定要为老人点一锅糊饽；招待外地朋友，也一定要点一锅糊饽。早餐吃糊饽，晚餐也要吃糊饽。糊饽是小餐馆里的主打饭食，也是大酒店里的餐后点缀。老张掖人在家里会自己做糊饽，外地人在张掖住久了，也会入乡随俗，爱上这一碗热气腾腾的糊饽。

　　邻近的城市酒泉有一种叫糊锅的饭食，类似张掖的糊饽，但没有张掖糊饽内容丰富；西安的肉丸糊辣汤也和张掖糊饽有相似之处，虽然汤里多了丸子，但食材仍比张掖糊饽单一，作为早餐，常常还得再搭配一份主食。张掖的糊饽将粮食、蔬菜、肉类融汇于一体，既能作为主食饱腹，又能满足人们日常所需的营养，并让人获得味蕾的享受。

张掖地处北纬38度，优越的地理位置使它自古以来就是农业生产基地，是物产丰富的"西北粮仓"，张掖人对饮食是讲究而挑剔的。仅从食材品种的丰富多样、做法的烦琐复杂上，就充分体现了"金张掖"的富足和大气。一碗看似普通的饭食里汇集了牛肉、甘蓝、辣椒、粉皮、面筋、麻花等，这些食材每一样拿出来，都是"硬菜"，并且做工复杂，用料讲究，还得下功夫，费时间。单说做粉皮面筋吧，工序就很复杂，还得讲究用每年夏天的新麦磨的面粉做。

我小时候，每年夏收时节外婆都要做粉皮面筋，大人们白天还要干活，只有早晚能搭把手，我们这些半大孩子就成了给外婆跑前跑后的帮手。新麦磨成面粉之后，先用淡盐水和成面团，饧几个小时后，加入清水洗面。洗面就是用手反复搓揉面团，类似洗衣服，将面团里的淀粉洗到水里，换过几盆清水后，手里剩下的部分就是我们所说的面筋，如橡皮筋一样极有弹性。将洗好的面筋放一段时间发酵，再加入适量的食用碱，揉进新的面粉，反复揉成面团，然后擀成面饼，最后烙成一寸厚的饼。外婆烙面筋饼用的是麦草柴火，火候掌握很关键，外婆不看表，她心里有数，隔几分钟添一把柴火。烙好的饼酥软绵甜，外面裹一层金黄的壳，新麦的清香被麦草柴火充分激发，实在诱人。将烙好的饼切成两指宽、十五厘米长的薄片，晾干后存放在箱子里，这是用来招待客人的。切面筋也是个功夫活，面筋有韧劲，得用刚磨过的快刀，还得是刀工好的人，才能切出薄厚均匀的片。上初中的小姨学习成绩好，回到家就帮着外婆干家务，外婆每次切面筋时她都站在旁边跃跃欲试。后来她渐渐掌握了要领，切面筋这件事，就非她莫属，她也切得越来越快、越来越好。我们将小姨切好的面筋用半干的马莲扎成小捆，一个挨着一个晾在院子里的铁丝上，两三天就晾干了，再一捆一捆取下来，放在箱子里贮存。要是家里来客人，来不及和面做饭，就赶紧下一把粉皮面筋端上桌，在农村，这是最好的招待，也是女主人贤惠能干的标志。

在烙面筋饼之前，等着面筋发酵的时间里，外婆会先用一口大锅搅粉，开始做粉皮。将从大大小小的盆里"洗"出来的淀粉再次用清水漂洗过后，掺水倒入大锅里，用麦草柴火加热。外婆手里拿一把勺子不疾不徐地搅锅里的水淀粉，随着温度上升，水淀粉逐渐由生变熟，也逐渐变得黏稠，颜色由白变青，直到变成半透明胶状，这样就完全熟了，水淀粉也就变成了真正的"粉"。将一大锅热气腾腾的粉盛到盆子里，放一夜，凝固后，就是张掖人爱吃的"凉粉"。外婆搅的凉粉很筋道，我们可以往饱吃，这是小时候夏天最难忘的记忆之一。外婆不识字，一生勤劳操持家务，却把日子过得很讲究，即便在最困难的时候，也要想方设法按节气做传统饭食，端午、中秋，夏至、冬至，每个节日或节气都做特殊的食物。每年最热的夏收时节，大人们忙着抢收庄稼，外婆负责带孙子，还有一大家人的三餐饭食等家务。那时候没有钢磨，没有轧面机，做什么全靠手工，耗时费力，但再苦再累，外婆还是要做工序繁杂的粉皮面筋。能给她搭把手的，也只有我们几个七八岁的孙子。

搅好粉的第二天早上，要"晒粉"。这是一个巨大的工程，需要耐心，需要巧手，需要更多的人手。

一大早，外婆将盆里的凉粉倒在案板上，用自制的分割器（用四块木板钉出一个长方形框，包上布，再缝上用来切割的间隔均匀的线），将冷却的粉切成和面筋一样规格的薄片。我们的任务就是一只手端盆，一只手扶着梯子，将切好的粉运到房顶，再一片一片将粉分开晾到房顶上铺好的马莲上。这是个细致活，考验耐心，也耗费时间，天刚亮就开始，一直到早上九点多，几个房顶上都晒满了晶莹剔透的粉，看上去很是壮观。天气晴好太阳炽烈的话，晒一整天，下午就能干成粉皮，太阳落山的时候，要将房顶上的粉皮一片一片从马莲上拾起来，捆成小捆，再放到院子里晾两三天，等彻底干了以后收存在柜子里。

做粉皮面筋须提前预测天气，须等到连续几日大晴天才能一气呵成做好。要是遇到天气变化有阴雨，晾晒在院子里的粉皮面筋就得迅速转移到屋子里，要是还在房顶上晾着，那就更麻烦了。总之，同"樱桃好吃树难栽"一样，做粉皮面筋不是一件容易的事情。这烦琐、细致、耗时费力的做法，真正体现出外婆这样的普通农家妇女勤劳、善良、贤惠的本色和朴素的智慧。

粉皮面筋使张掖糊饽有别于其他地方美食，也是使糊饽能长久地吸引张掖人味蕾的重要原因。除了粉皮面筋，油炸麻花也是张掖糊饽里必不可少的内容，虽然对于已经内容丰富的糊饽来说，有点儿锦上添花的意味，但毫无疑问，糊饽本来就是一道花团锦簇的美食：牛骨头熬成的浓汤里，加入甘蓝、青椒，加入大块的牛肉，加入粉皮面筋，再加入麻花，这些都是实实在在的美味，再加入水淀粉勾芡，使各种食材相互融合、相互影响，也相互成就，营养丰富，滋味醇厚。既有岁月的沉淀，也有淳朴的情感。

所以，糊饽是最能体现老张掖人厚道、朴实、勤劳、智慧的一种饭食。常常能在张掖饭馆里看到这样的场景：买一碗糊饽，吃一半想再添点儿汤，掌勺的师傅会爽快地拿起勺子从锅里舀满一大勺糊饽盛到碗里，因为糊饽的汤和里面的麻花、面筋、牛肉是融为一体的，更重要的是，张掖的传统早餐，都是免费加餐管饱的。

2020年3月

父亲的油糕

在张掖众多的特色小吃中，油糕算是比较小众的一种，会吃和会做的人都不多。倒不是油糕不好吃，究其原因，一方面可能是做油糕耗油多，在过去的艰苦岁月里一般人家很少有条件做，一年半载吃一次也就罢了，天天吃，那肯定是不行的，连肚子都吃不饱的年月，哪里有那么多油和糖来炸油糕呢？另一方面，可能也是油糕做起来费时费力，做一次油糕，耗四五个小时，确实有点儿奢侈的意味，得有闲工夫的时候才能慢慢做着吃这一口，普通人哪有这闲工夫呢？

油糕的面，既不同于喧软的发面，也不同于筋道的普通面团。我不太了解其他地方的油糕是怎么做的。张掖的油糕用的是烫面，也就用刚烧开的滚水烫过的面。烫面时一只手拿水瓢往面上浇滚水，一只手不停地用筷子搅拌，搅拌的力度和浇水的量都要掌握好，全凭个人的经验。水和面的比例要刚刚好，才能使面软硬适中，水太多了面太软，水少了更不行。这样用开水就把面烫"死"了，面就失去了原有的筋道，炸出来的油糕才软糯可口，带有小麦粉特有的甜味。所以，张掖油糕更适合老年人食用。估计，油糕最初的来源，也是为了孝敬家里牙口不好、喜食甜软食物的长者吧。在张掖，向来有这样尊老的良好民风——家里有老人的，都要想方设法让老人吃点儿好吃的。

198

烫完面，这才是完成了第一步，做油糕最关键的环节是"打面"，其实就是将烫好的面用一根木棍不停地搅拌，这是决定油糕是否好吃的关键，也是最费力的一步。打面的人一手扶着盛面的瓷盆，一手用木棍顺一个方向搅拌，烫好的面也因此有了黏性，如糨糊一般。搅拌起来虽然不用费大力气，但得持续不断地搅拌，也不轻松。我们小时候每逢过年炸油果子，我爹才会给我们做一回油糕，平时就是想吃，也不会专门做，因为做起来真的很麻烦。每次打面，我爹总会脱了外套，卷起袖子，搅得满头大汗，我们觉得搅了很长时间了，他看看面，说还不行，只有搅得非常均匀，面看上去才透亮光滑，炸出来的油糕才好吃。

打好了面，这才算是做好了炸油糕的准备工作。油糕好吃的另一个因素是白糖玫瑰馅儿。白糖里面掺了春天采摘的玫瑰花，晾干碾碎的花瓣还是紫色的，再加上自己用橘皮做的红绿丝，这就够了，又甜又香。也可以在白糖里加上芝麻、花生碎，那就更加好吃了。

油糕是现做现炸的，不像其他油炸食物可以事先做好。油糕面是软面，做好后只有直接下油锅才能定型。人就站在油锅边上，手上蘸一点儿油，手指并拢，从面盆里抄起一团面来，两手交错，在手心里团成团，再用手指在面团中间轻轻压一个小窝，然后将白糖玫瑰馅儿放进去，将面团封口，再团成一个团，轻轻压扁，才可以放进油锅。整个过程不到一分钟，看起来似乎很简单，但真要做，也不是那么容易的。因为面被烫死后经过无数遍搅拌，变得很有黏性，初学者往往被黏了两手面，忙乎好半天也无法将面团成一个光滑的团。小时候看我爹做得那样轻松，变戏法一样，眨眼的工夫一个就做好了，我觉得有趣，也跃跃欲试，想自己亲手做，就在我爹的指导下满怀信心地伸手团面。谁知道这面也"认生"，任我一遍遍往手上沾油，面还是成不了团。看来，这也是需要认真揣摩、慢慢锤炼的功夫。因为不常做，直到现在，我也没有学会。

炸油糕的油温不能太高，还得用慢火慢炸。因为油糕面是用开水烫过的，凉了以后才能用，所以得用油温从外往里慢慢加热至熟。油糕入锅后，表层被炸得金黄酥脆，里面的面还是原有的白色，白糖玫瑰馅儿被热气蒸腾化成了糖浆，真是软糯香甜。因为油糕面的特殊性，油糕出锅后不会迅速变凉，而是会保持油锅里的高温几分钟，要是嘴急的人不会吃，咬一口刚出锅的油糕，会被烫伤的。

会吃的张掖人吃热油糕自有办法，用筷子将有些膨胀的面皮压一压再吃，这样一压，油糕里的热气就散发了，温度刚好入口，油糕馅儿里的玫瑰白糖浆和油糕表层的胡麻香油也被均匀贴合在油糕上，用张掖话来说是真正的"又甜又面又香"。很多老年人都馋这一口，这是他们小时候最珍贵香甜的记忆。我记得我爷爷奶奶就爱吃油糕，他们每次进城，都要专门到市场里买两个油糕吃，算是犒劳一下辛苦忙碌的自己。我婆婆也爱吃油糕，因为她常年生病吃药，嘴里没味，有时候会念叨起油糕。我有一次在中医院门口碰到卖油糕的，就买了几个。路上碰见熟人，一脸诧异问我："你买这个谁吃啊？你难道爱吃油糕？"这话让人无语，好像爱吃油糕是很土很落伍的事情一样。

在物资匮乏的年代，油糕对普通人来说是难得享受的美味，也是心底里的一个念想。我爹炸好了油糕，看我们吃得满嘴流油，就会心满意足地给我们讲一个关于吃油糕的故事。张掖人讲究"原汤化原食"，就是吃完了面，要喝一碗面汤；吃完了饺子，要喝一碗饺子汤，这才算是吃舒服了。有一个人买了油糕吃，吃完了油糕，也要讲究"原汤化原食"，问卖油糕的老板要一碗油糕汤喝。这老板还真就从油锅里舀了半碗热油端给他，倒要看看他怎么开口喝这滚烫的油糕原汤。谁料这食客早有准备，从兜里掏出两个馒头，蘸着热油慢条斯理地吃，吃完一抹嘴，走了。

这是流传在张掖的一个故事，不知道是否真有其事，却真实地反映了当年人们物资的匮乏，以及对油水的渴望。随着时代的变迁和物资的极大丰富，油糕对现在的年轻人来说，已经变成众多食物中的普通选项了。且因为油多、糖多，普遍被"三高"人群所摒弃，偶有喜欢吃传统特色饮食的中年人，也是浅尝辄止，不敢多吃。吃油糕的人少了，市面上卖油糕的摊点也就越来越少了。好在这几年随着旅游产业的发展，很多人开始注重传统特色饮食的挖掘和开发，张掖油糕作为地方特色美食，也被很多酒店餐厅列入菜单，闪亮登场，价格翻番，进入更多人的美食清单了。

2020年1月

酿糕油饼子

　　和全国大多数地方的人要在端午节吃粽子一样，张掖人在端午节会很隆重地吃酿糕油饼子，它是张掖人端午节的重要美食。做酿糕所用的食材和粽子大致一样，主料是糯米，配料是红枣、豆沙、五仁等，做法也大同小异，都用苇叶包裹后蒸煮几个小时，将米的软糯、枣的甜香和苇叶的清香完美融合，色香味俱全，好吃又好看。但因为做法稍有不同，酿糕与粽子的口感和味道还是不大一样。与种类繁多的粽子相比，张掖人更喜欢吃传统的红枣糯米酿糕。这里的"酿"，以及酿皮子、酿饭中的"酿"字，在张掖话里都读"ràng"。如果用标准的普通话读出来，就失了原味——张掖方言中有一些普通话不能取代的词，只有地道的老张掖人才能意会，很难准确地向外地人解释，其中就有这"酿糕"。我曾听过有人叫"凉糕"，估计是取其放凉了再吃的意思。还有人称为"米糕"，虽然也能说得过去，但总归不如"酿糕"那样形象准确地概括出食物的特色和精髓。还有人称为"年糕"，那就更不是一回事了，也许是张掖方言不分前后鼻音所导致的误称吧。

　　张掖俗语说"嗨嗨又嗨嗨，酿糕油饼子端上来"。这欢呼雀跃的劲儿，非常形象地道出了酿糕油饼子的受欢迎程度。在以面食为主的张掖，用糯米做的酿糕通常在每年端午节才会隆重地出现在餐桌上，

202

节日的仪式感重于对食物的享受。端午节是重要的传统节日，人们很早就开始念叨，提前做准备——家家户户都要买糯米，打苇叶，挑红枣。酿糕是要前一天就蒸煮好的，一方面是蒸煮酿糕需要较长的时间，文火几个小时才能将米的黏糯和枣的甜香完美地结合；另一方面是除了酿糕，在端午节还要准备其他食物，如卤肉、油饼、包子……程序的复杂彰显了节日的隆重。尤其是农村，节日的氛围更为浓厚，也更为朴素，家家户户都有一个用芨芨草编的小筐，将苇叶一片压一片依次铺在筐底，然后在上面铺一层米、铺一层枣，如此交叉反复，待筐铺满后款款压下苇叶梢，将米和枣包严、压实，再用竹筷别紧，或用麻绳绑紧，将整个筐放入装满水的锅中，用柴火大锅连煮带蒸一晚上，睡梦里都氤氲着酿糕特有的甜香。第二天早上，满院飘香，节日的氛围其实就是热气腾腾的食物的味道。

我们小时候，端午节的早上，母亲还要炸油饼，刚出锅的油饼卷着酿糕，和过年的饺子一样，是端午节的标准配置，很少有单吃酿糕的。为什么这么搭配？不知道，反正一辈一辈人就是这么吃的。小时候听大人说单吃酿糕胃里"挖挠"得很，"挖挠"的意思就是不舒服、反酸。我不相信，结果吃了以后果然不舒服，后来就按照大人说的，就着油饼子一起吃，果然不会"挖挠"了。一方水土养一方人，一个地方的饮食传统，是从古至今生活在这里的人们摸索积累出来的经验。

油饼子是张掖人如今的日常面食，用发面揉成团擀成饼，放油锅里炸熟。但在物资匮乏生活困难的时期，油饼属于奢侈的食物，过年过节或者家里来亲戚才能做一回，平日里难得吃到。张掖人有一句俗语"有福不能重受，油饼子不能卷肉"，是把油饼子和肉看作同等地位的。油饼子还是走亲访友的贵重礼物。普通百姓人家，十天半个月能吃一顿肉，算是好生活了，哪能再就着油饼子呢？张掖有一个流传很广的故事：两个叫花子在一起想象当上皇帝后的理想生活，就是一天三顿都吃油饼子。这个故事中，油饼子就是他们心中世间最好吃的食物，正如现在流行语所说的"贫穷限制了想象"，但也充分说明了油饼子在张掖人心目中的地位。在粮食缺乏的年代，填饱肚子都很困难，需要"瓜菜代"，油自然是少之又少的，因而格外金贵，属于奢侈品，炸油饼子需要两三斤油。从滚油里面捞出来的热油饼子，外皮焦脆，内里酥软，能香掉大牙。在贫寒的岁月里，能放开肚皮吃一顿油饼子，就是享福，那种快乐不亚于吃肉。还有一个笑话，讲兄弟两个人分五块油饼子，弟弟让哥哥先吃，哥哥在心里一盘算，先吃的人可以多吃一块，以为弟弟让着自己，哪知道自己拿了一块之后，弟弟一下子拿起两块油饼子并在一起说："我吃个双塔儿！"弟弟心里的小算盘是哥哥吃完再吃一块，自己就可以多吃一块了，哥哥不动声色，很快吃完一块，把剩下的两块都拿起来，说："我也吃个双塔儿！"这个笑话的笑点是"吃双塔儿"，在张掖几乎妇孺皆知，但油饼子作为"助演"，也再一次显示了它在张掖饮食中的普遍性。

我们小时候，母亲炸油饼子是很讲究仪式的，第一锅油饼子我们就是再馋，也不能吃，定要放在盘子里端到桌上敬献，接下来炸的才能吃。小时候不明白，现在想来，这看似有点儿迷信的敬献仪式其实蕴含着传统文化影响下老百姓为人处世的原则：敬畏神灵，尊老孝亲。油饼子是家里难得一做的好饭食，既然"动了油锅"，就要先敬献给神灵先人，之后自己才能享用。母亲不识字，她只是看到外婆炸油饼子的时候这么做，她也就这么做，事实上，一个地方的民俗和风情就是这么一代一代传下来的。

说实话，我不爱吃油饼子，从有记忆的时候开始就不爱。母亲说是因为我小时候有一次发高烧，从医院打针回来，外婆特意拿出一块油饼子安慰揉了疼眼泪还没有擦干的我，谁知道我吃了不一会儿就因为生病不舒服而全吐了。自那以后，我就再也不爱吃油饼子了，用张掖话说是"得下了"，就是落下了毛病的意思。母亲每次说起来，都有点儿遗憾，她爱吃油饼子，就觉得我不吃油饼子有点儿亏。现在，日子越过越好，食物的品种也越来越多，油饼子对于现在的孩子来说早就不能称之为"好吃的"了，但母亲还是觉得油饼子比外面那些花样繁多的蛋糕、面包等好吃，年近七十的她，时不时就炸一回油饼子，说自己家里炸的油饼子能吃出面和油本身的味道。遗憾的是我没有跟母亲学会炸油饼子，偶尔自己试着炸一次，炸出来的油饼子"鼻塌嘴歪"的，远没有母亲做得那样好吃又好看。

张掖还有一种叫作"飞沙油饼子"的地方名吃，在各大餐馆都很受欢迎，其实就是烫面油饼子，不用发面，直接用滚烫的开水将面烫"死"，再擀成薄饼油炸出锅，撒上白糖，一张张摞在一起，口感甜香，松软柔韧，很有嚼头。因为用开水和面，几乎将面烫熟了，所以入油锅稍炸即可，并不需要上"火色"，不知道的人搞不清楚这是怎么做熟的，到底是蒸的还是烙的。这种油饼子薄如纸，迎着光线看几近透明，又柔韧筋道，最适合将酿糕包在里面做成糕卷儿，好吃自不必说，携带也方便。现在，随着行业分工的细化，饮食服务做得越来越走心，"糕卷儿"也成了张掖超市里开盖即食的特色小吃。因此除了端午节，寻常日子也能吃到酿糕油饼子了。

2020年8月

榆钱儿麦饭

　　每到春天，柳枝儿吐绿、榆钱儿发芽的时候，张掖人就会吃到一种清新而质朴的美食——榆钱儿麦饭。外婆在世的时候最爱说"常吃新物件，多活三十年"，这"新物件"就是随着季节交替和气候变化而更新的时令蔬菜和水果等食物。在反季节蔬菜还没有面世的那些年月，漫长的冬天，人们以容易储存的大白菜、洋芋、萝卜为主要蔬菜，因为粮食短缺，几乎常年处于饥饿状态，开春时节的一把韭黄、一些榆钱儿或者苜蓿芽之类的"新物件"，可是稀罕得很。我小时候听外婆讲过一个真实的故事，说亲戚家的一位老奶奶病了一个冬天，眼看着要开春了，但身体却越来越差，儿女们守在炕前伺候。老奶奶什么也吃不下了，唯有小儿媳记得婆婆曾念叨过想吃一口榆钱儿麦饭，就跑遍了各村社找向阳处的榆树。功夫不负有心人，找了好几天，终于在邻村找到一棵长在南墙根儿的榆树。小媳妇央告主人摘下刚刚展开眉眼的榆钱儿，回来给婆婆蒸了一小碗麦饭，让婆婆在临终前吃上了心里念想的食物，这孝顺儿媳的美名也就传开了。

　　外婆给我们讲这个故事的时候，手里正择着榆钱儿，准备蒸麦饭。她说这榆钱儿麦饭是世界上最好吃也最难得的吃食。外婆小时候挨饿时吃过榆树皮，吃过野草根，这榆钱儿和那些相比，带着甜味儿，真是好吃极了，她在我们这么大的时候最大的愿望就是顿顿都能吃榆钱儿麦饭。外婆边说边利索地择掉嫩绿色的榆钱儿里黑褐色种子，说到小时候的苦日子，还忍不住擦一把眼泪。外婆讲的故事让我对榆钱儿麦饭有了非常美好的印象，那个孝顺媳妇爬到榆树上给临终的婆婆摘榆钱儿的画面，也深深地印在了我的脑海里，每次吃榆钱儿麦饭，我都会想起来。

榆钱儿麦饭是最为纯正的春天的味道。西北的春天，脚步原本缓慢犹疑，春的讯息欲语还休，眼看着连续几日晴空丽日，柳枝儿吐绿了，忽然又有寒流袭来，倒春寒丝丝入骨，感觉比寒冬腊月还要冷上几分。人们缩手缩脚地挨过这乍暖还寒的料峭春寒，一抬眼，忽然发现树上的榆钱儿已经熙熙攘攘地结满了枝丫，似乎一点儿也没受这寒流影响，就感叹树木花草没有人那么娇气，春夏秋冬，寒来暑往，不管天气如何变化，都会踏着节气的点准时发芽开花结果。榆钱儿是满目萧瑟的寒冬之后，春回大地的第一份厚礼，果实赶在树叶发芽儿之前就一簇簇一团团挨挨挤挤地堆叠在一起，集中了春阳的和煦温暖和春风的欣欣向荣。于是人们欣然将其采摘回来，不厌其烦耐心细致地拣择、清洗、晾干，然后拌上适量的面粉，上蒸笼蒸二十分钟，榆钱儿麦饭就热气腾腾地出锅了，清香四溢、鲜嫩爽口，没有人不爱吃。

榆钱儿麦饭是地道的乡土美食，从采摘拣择到清洗蒸制，过程并不复杂，却是需要十二分耐心的。单说拣择夹在榆钱儿里的黑褐色种子，就需要一个个从手里过一遍，一点儿不费力气，却极考验人的耐心，怕麻烦的急性子是不愿意做的。所以，即便是大自然的馈赠，也不是所有的人都能有福享受。我是有福的，小时候外婆总会按照节气变换做相应的食物，春天的榆钱儿麦饭、艾叶麦饭、芽面包子，五月端午的酿糕油饼子，以及新麦打下时的粉皮面筋等，让我在享受美食的同时记住了这些特殊的节气。外婆生于二十世纪二十年代，一双小脚是裹了之后又"解放"的，大拇指压在脚底，走路很慢很慢，但心灵手巧，勤快能干。她不识字，也从不看日历，却清楚地记得大大小小的每一个节日，把贫苦艰辛的日子过得有滋有味。单说这麦饭，开春最早时做的是榆钱儿麦饭，过几天，又会从田埂上采了艾蒿来做麦饭——艾蒿是一味中药，刚冒出头的嫩芽儿香味浓郁芬芳，蒸熟了又是另一种风味；到了仲春，葫芦花开了，外婆又会起个大早，摘下刚开的葫芦花做麦饭，清热解暑；到了秋天，甜菜成熟了，又做糖萝卜麦饭，又甜又香又面。我妈爱吃甜食，对糖萝卜麦饭念念不忘，只是现在农村里很少有人种甜菜了。

外婆蒸好了榆钱儿麦饭，还要炝些油拌匀，才更好吃。后来，日子越过越好了，好吃的东西也越来越多，外婆却老了，儿孙们如长大的鸟儿一般飞向更远的天空，再也没有人围在她的身边陪她择榆钱儿，巴巴地等着吃麦饭了。再后来，外婆去世了，她做的麦饭也变成了我心底里难以取代的美好记忆。每到春天，偶尔在哪个地方看到满树的榆钱儿，就会想起小时候外婆蒸麦饭的情景，再想到过不了几日这结满枝丫的"新物件"就白白地干枯了，心里就怅然若失。

外婆说，榆钱儿麦饭之所以稀罕，是因为每年只能享受一次。榆钱儿比不得其他蔬菜，一年可以种几茬，这次吃不上，下次可以补上。无论天气冷暖，榆钱儿从结满枝丫到干枯败落，前后也就三四天的时间，错过了这几天就得等到下一年春天才能吃到。

"日长处处莺声美，岁乐家家麦饭香"，这是陆游《戏咏村居》中对麦饭的描写。原本我以为这只是张掖人在困难年代发明的一种独有的吃食，后来才知道远在古代人们就已经这样吃了，原来麦饭是传统食物，在全国各地都有，用料各有不同，做法大致相同，很受人们的喜爱。苏轼也有诗："城西忽报故人来，急扫风轩炊麦饭。"麦饭还是招待友人的食物，可见诗人苏轼也是极喜欢这样的吃法，只是不知道他的麦饭食材用的是野菜还是槐花。

岁月的更替带来生活的变化，我工作成家以后，城市的生活匆忙单调，看不到田野里树木花草的发芽儿吐绿，常常会忽略了季节的变换。每到春天，在乡下的姨娘就会蒸榆钱儿麦饭给婆婆送来，我又能不劳而获地享用这春天的味道了。榆钱儿麦饭还是那么清香爽口，那感觉就像与久别的亲人重逢，我比年迈的婆婆还要热切一些。姨娘质朴善良，总是惦记着生病日久不能出门的我的婆婆，农活再忙，也要抽空摘榆钱儿做麦饭，用这难得的"新物件"表达情意。

和我小时候听外婆讲过的那个故事一样，这份朴实而真挚的感情让人感动。经历了岁月的磨砺和洗涤之后，我们终会懂得，虽然食物的滋味可能会随着时间、空间的变化而变化，但蕴含在其中的人与人之间的滋味，却是永恒不变的。

古往今来，莫不如此。

2021年3月

麻腐包子

　　从小到大，每年到了农历十月初一寒衣节，家里总要做麻腐包子，主要是为了祭奠先人。民间传统的三大"鬼节"里，祭奠的食物各有不同，除了寒衣节，清明节扫墓时要带芽面包子，中元节时用的是西葫芦包子。芽面就是把小麦捂在潮湿的麦草里让其发芽，然后再磨成的面。这面是甜的，用来做馅儿，包子要捏成三角形的。我没有考证过张掖人的芽面包子是不是就是别处所说的"糖三角"，但无论从外形，还是味道上来说，二者相差无几，只不过张掖人的叫法更为直白，直奔根源。就像麻腐包子一样，明白准确地以馅儿的主料为名。

　　麻腐是用麻籽做成的一种食物。麻这种农作物在张掖并没有大面积种植，只是散见于田间地头。我们小时候，母亲用来纳鞋底的麻线，就是用麻秆加工而成的。麻籽不大，如绿豆大小，外壳薄而脆，灰色，泡水后磨成粉，再用做豆腐的方法制作，就做成了麻腐。张掖这边做的麻腐，只用来做包子、饺子馅儿，而且只有在农历十月初一前后才吃一回，平时很少吃，也没见过其他的吃法。在兰州、天水，乃至陕西等地，人们是将麻籽炒熟了作为瓜子一样的零食吃的。我曾在天水的夜市上买过一次，虽然麻籽有点儿小，吃起来有点儿费事，但确实很香，作为无聊时打发时间的小零食，还是挺不错的。

因为麻籽含油量高，香味浓郁，所以麻腐虽然外观不好看，味道却独特而醇香。用来做馅儿时，只需再加入适当的素菜就好，放肉反而会影响口感，这实际上也再一次印证了"有福不能重受"这句老话，也有点儿"一山不容二虎"的意思。这些流传在民间的俗语民谚，看起来也许只是一点儿小经验，其实包含着人生的大智慧，小到饮食，大到为人处世，似乎都适宜。

母亲做麻腐包子时，除了葱蒜，配菜一直用胡萝卜和菠菜，调料也很少放，更不用味精，她说麻腐包子吃的就是麻腐独有的香味。我小时候特别不喜欢吃菠菜和胡萝卜，即便和滋味醇香的麻腐掺在一起，也不能改变菠菜的那种甜而涩的味道。每年母亲蒸了麻腐包子，我都不大爱吃。但从记事起，母亲每年入冬都会很隆重地做，于是麻腐包子在我心中，祭祀先祖的象征意义远远大于享受美食的味蕾快乐。

现在日子越过越好了，大家都比较赞同一种观点——生活要有仪式感。仪式感其实就是在日复一日的平常日子里，让某一天、某一个时刻，因为特殊的意义，变得和其他日子不大一样。这样看来，父母数十年如一日地在十月初一蒸麻腐包子，就是在遵循、传承一种仪式，也是通过言传身教，给我们传递积极而热情的生活态度。小时候，因为不爱吃，我从来不关心家里的麻腐是从哪里来的，只知道吃麻腐包子时，就是要立冬了，要烧纸，要给逝去的先人送寒衣。后来自己也成为家庭主妇，母亲总会在十月初一之前就蒸好麻腐包子，让我们带回家吃，还反复叮嘱烧纸祭奠的事。再后来父母也搬到了城里，他们每年都会提前在市场买麻腐，非常郑重地蒸麻腐包子。他们总说，一年就这一回，错过了，平时是吃不到的。

也不知道为什么，一年到头市场里就没有卖麻腐的，但十月初前几天，卖麻腐的小摊儿忽然之间就冒出来了。一大盆灰绿色的麻腐，看着就像混凝土一样，着实不好看，但就是有人买，即使一斤十五元也买。买的人中老头老太太多，也有中年人，一斤半斤地用塑料袋装上，宝贝一样拿回家，郑重其事地蒸包子，郑重其事地烧纸，给已逝的亲人送寒衣。这是代代相传的习俗，也是生者对逝者怀念的具体表达。从这种意义上来说，麻腐包子就不仅仅是一种简单的食品了。

岁月不居，时节如流。倏忽之间，我亦年近半百，饮食喜好和脾性想法都和年少时大为不同。尤其是小时候不喜欢吃的很多传统食物，不知道从啥时候开始也爱吃了，如榆钱儿麦饭、西葫芦包子、黑面饼、凉拌野菜、糁子面条、小米粥，这些曾经"深恶痛绝"的食物，居然变成了日常的最爱。近几年，每每到了清明、端午、中秋、重阳这些传统节日，我倒是比父母记得清楚，也会像他们当年一样，早早地做准备，觉得这是家里的头等大事，远比曾经非常向往的"诗和远方"更为重要。

寒衣节一大早，我和老公就去市场里买麻腐。市场里熙来攘往，热闹依旧，卖麻腐的小摊儿很显然是临时支起来的，跟前围了好多人，一大盆灰泥一样的麻腐已经见底了——传统文化习俗的影响力可见一斑。我们买了胡萝卜、菠菜、红薯、南瓜，满载而归，开始边发面蒸麻腐包子，边聊些小时候吃麻腐包子的回忆。晚上，远在大连上大学的女儿在我们仨的微信群里问："你们忙啥呢？"

我们回复："今天是寒衣节，我们给爷爷奶奶送寒衣去了。"还给她发了麻腐包子的照片。

2021年10月

搓鱼子

张掖人对面食的偏爱是与生俱来的，即使山珍海味摆在面前，两三个小时的吃饭时间，只要没上面食，就还是觉得自己没吃饭，非得一碗拉条子或者搓鱼子、香头面下了肚，才算是吃过饭了。别人问："吃的啥饭啊？"答曰："搓鱼子！""拉条子！""汤面条！"完全忽略这一碗面之前吃下的所有菜品。甚至有很多人在赴宴吃酒席之前，先找个面馆呼噜呼噜吃一大碗面再去，在他们看来，满桌子花样繁多七荤八素的菜品，远没有一碗搓鱼子吃起来舒适畅快。

张掖人对于面食的偏爱，不仅由于肠胃的需要，而且是心理上的依赖。这是得天独厚的地理条件赋予张掖人的底气，也是张掖人对这片土地深入骨髓的认同和热爱。作为农业城市，张掖自古以来得益于祁连山黑河水的庇护滋润，盛产粮食和蔬菜，被誉为"西北粮仓"。地处北纬38度的高原，昼夜温差大，日照时间长，这些绝对优势使农副产品的高质量发展得到天然保证。乌江、靖安等地种植的稻米香甜滑润，曾一度作为皇家贡米，张掖也因之被誉为"塞上江南"。但性格粗犷豪放的张掖人就是喜欢吃面食，喜欢面食有韧性、有嚼头的筋道口感，喜欢面食扎实抗饿，喜欢面食带给五脏六腑的熨帖和踏实的感觉。

张掖的面食花样繁杂，品类多元，搓鱼子就是其中最具张掖地方特色的面食之一。张掖人喜欢吃并引以为傲的搓鱼子，不像其他地方美食那样普及，这不仅与地方饮食习惯有关，最根本的原因还是做起来麻烦。

单从字面上来看，外地人很难明白搓鱼子到底是什么。是一种鱼的名字？就像草鱼、鲤鱼、鲇鱼一样？是一种鱼的做法？蒸煮煎炖，炸炒焖烩，鱼还有"搓"这种做法？很难想到这会是一种很普遍的面食。张掖人说话爱带一个后缀字"子"，"搓鱼子""拉条子""香头子""拨鱼子"，听起来亲昵又可爱，其实都是普通家常饭。一样的小麦面粉，每天换着不同的花样做，寻常日子也就有了不同的滋味，不那么单调重复、千篇一律了。这是祖祖辈辈薪火相传的手艺，也是千百年来世代绵延的生活智慧。用心耕耘，也用心享受，一碗搓鱼子，体现了富足安康的张掖人自古以来对生活的精致追求。

搓鱼子是用软硬适中的面手工搓制而成，长度大约三厘米，两头尖，中间略粗，从外形来看，犹如一条精巧玲珑的小鱼，因此而得名。煮熟后吃到嘴里滑溜、绵软，却又筋道耐嚼，充分展现了张掖面粉韧劲儿大的特点，加之在做的过程中反复用手按压搓揉而使面鱼更添了瓷实，吃了格外抗饿，深受青壮年男士喜爱。一般农忙时节是吃不上搓鱼子的，毕竟一条条小鱼搓起来费时耗力。抢收庄稼的时候，赶急图快，张掖人一般吃的是手擀刀切的"香头子"。搓鱼子是人闲下来才慢慢做着吃的精致面食。我们小时候，家里几乎没有吃过搓鱼子，我妈一个人带着三个孩子，还要干农活，根本就没有工夫做任何"劳道饭"（张掖话里形容做工复杂、耗时费事的饭食），一般都是年头节下或者招呼客人的时候才吃上的。我初中毕业的那个暑假，主动承担家里一日三餐买菜做饭的家务，每天兴致勃勃地学着做饭，变着花样展示自己的心灵手巧，馒头花卷包子饺子这些工序繁杂有难度的饭我全都能独立完成了，得到父母夸赞，自己也颇为得意，就想着要更上一层楼。有一天中午，想给家人一个惊喜，就决定做一顿搓鱼子。我知道搓鱼子做起来很费事，特意在往常做饭时间前半个小时和好了面，哪想到一个人站在案板前弓着腰搓了一个多小时，手掌都搓麻了，才完成了一个人吃的量。我心里不由得想起"台上一分钟，台下十年功"这句话。虽然说的不是一个事情，但道理是一样的，这好看又好吃的搓鱼子，既需要熟练的技术，又需要十二分耐心。即便是动作熟练、手脚麻利的主妇，也得花费做其他面食两倍的时间，才能将一条条小鱼搓得均匀又齐整。婆婆搓鱼子做得好，前些年身体还好的时候，经常给我们做搓鱼子吃。我中午下班回家，案板上早已经挤满了精致小巧的小鱼。通常都是炒个茄辣西等家常菜相配，一家人吃得爽口又舒服，胃口一向不好的女儿也能比平时多吃半碗。

做搓鱼子看着简单，其实是需要经验和技巧的。面要和得软硬适中，比手擀面要软一些，比拉条面稍硬，面太硬了搓不出鱼的柔美线条，太软了又会难以成型。这软硬度的把握全凭个人做饭的经验，就像菜谱上的"少许"调料，"少许"二字正是大厨的功夫所在，是只可意会不可言传的。和好的面还需要饧一会儿，使它变得软和柔韧，然后擀成一指厚的面饼，再切成条状，左手大拇指和食指握紧贴着案板上的面条使其快速往下移，右手手掌贴着面条往上搓。两手交错而过的瞬间，左手拇指和食指指尖上分出来的一小团面交接到右手手掌，右手手掌稍稍用力贴着案板顺势就将面搓出去，这一小团面就变成了一条滑溜的小鱼。两只手配合默契，反复交错，小面鱼就从手掌下顺势而出，整个过程行云流水，非常好看。且不说这搓鱼子好吃，单看搓的过程，就是一种美的享受，这个过程是技巧与经验的完美结合，也是心灵又手巧的精彩呈现。都说劳动者是最美的，如果谁不赞同这话，那就来张掖看看制作搓鱼子的过程吧。

张掖搓鱼子的主要用料除了精白面，还有荞麦面。精白面的搓鱼子光滑如玉，好吃又好看；荞麦面是粗粮，没筋骨，得掺点儿白面粉才能搓成型，但荞麦面营养丰富，有益健康，口感也好，在越来越讲究健康饮食的今天，比白面搓鱼子更受欢迎。这些年来，随着旅游经济的发展，搓鱼子又被心灵手巧的张掖人翻出了新花样，在集中了张掖特色小吃的甘州巷子里，"七彩搓鱼"引人注目，其实就是在面粉里掺了南瓜粉、菠菜粉、胡萝卜粉、紫薯粉、西红柿汁等天然"颜料"。这彩色的小面鱼好吃又好看，既满足了生活富足之后人们食不厌精的心理需求，也更符合现代人科学营养的搭配理念。要不怎么说张掖人会吃呢？

张掖搓鱼子是主食，可以搭配各色炒菜，再简单些就搭配卤肉；还有炒搓鱼子，就是将煮熟的搓鱼子和炒好的菜一起翻炒；如果喜欢连汤带水吃，就吃汤搓鱼子。临县山丹有拨鱼子、剪鱼子，也是特色面食，和搓鱼子略有不同。

2020年6月

炒　炮

"东拉西炮"，这是流传在张掖城里的一句顺口溜，说的是张掖城里做得最好、最地道、最受欢迎的两家特色饮食品牌店，有点儿头牌、极品的意思。外人听得一头雾水，不知所云，但张掖人一听就明白，甚至只要在张掖城里生活过一段时间的外地人，也知晓这极其凝练简洁的一句话，其实是生活在这座城市里的老百姓对于张掖美食品牌的总结和评价。

这一句话，真不简单。

所谓"金杯银杯，不如老百姓的口碑"，这老百姓的口碑，可不是一时兴起，也不是一天两天就能得到的，更不是三五个食客随口一说，或者官方指定、商家运营就能轻易得来的。它是长年累月数年如一日用心经营赢得的肯定，是老百姓共同的味蕾认同。

先来说说这句顺口溜里包含的丰富内涵吧。"东拉"指的是"东街拉面"，张掖城里的老字号饭馆，主营卤肉拉面，因为店面地处东街，店名也直截了当叫作"东街拉面"。"西炮"是"孙记炒炮"，老字号，刚刚好地处西街十字，与"东拉"非常对仗。这句话之后有时还会加上"南小饭，北糊馎"，当然是指地处南城巷的"袁记牛肉小饭"和地处北环路的"流泉面筋糊馎"。这几样，都是张掖城里人们交口称赞的金字招牌。

花开两朵，各表一枝。且让我们先来表一表这"炒炮"。单从字面上看，这两个火字旁的字让外地人很难理解。什么样的食物能称之为"炮"？且要"炒"了吃？我曾在小区门口一家"吴记炒炮"面馆里，碰到一个拉着拉杆箱的外地青年男子，看着挂在墙上的菜单满脸疑惑，嘴里念叨："啥是个炮？"作为老张掖人，我当然有义务给人家解释："炮就是炮仗，是一种面食，用饧面拉成长条再揪成小段，大小形状都类似鞭炮，所以称为炮仗面。炒炮就是将炮仗面煮熟了和菜炒在一起……"

　　那人似乎明白了，点了一份。但很显然，他并不能完全理解，为什么要用这样刚硬的字眼给食物命名。我相信所有的外地人都会有这样的疑惑，甚至不解，因为"炒炮"两个字实在不像是一种食物。但这实实在在就是张掖老百姓爱吃的家常饭食。说白了，炒炮就是炒面片，不过是将面片做成了鞭炮的形状。一方水土养一方人，地处西北的张掖，素有"塞上江南"的美誉，虽然也产大米，但面食才是每家每户顿顿离不开的主食。蒸花馍、烙锅盔、炸油饼、摊煎饼、手擀面、搓鱼面、揪面片、炒拉条……在花样繁多的张掖面食中，炒炮是比较受普通老百姓欢迎的，尤其是从事体力劳动的人，一大碗炒炮里菜肉面俱全，既方便又快捷，关键还抗饿。张掖的大街小巷有很多专门做炒炮的饭馆，一到饭点，都是人满为患，座无虚席。一碗热气腾腾的炒炮，上面放几块肥瘦相间的卤肉，再加上两碟精致的时令小菜，是张掖炒炮的标配。据说周边市区的人到张掖办事，首选就是一碗西大街的炒炮，炒炮俨然已成为张掖的一种标志。

　　炒炮之所以大受欢迎，是因为这鞭炮模样的面，口感细腻顺滑，既软乎，又筋道，非常符合张掖人的脾性和口味。一个地方的饮食习惯形成，与当地的气候、物产有关，也与当地人的性格脾性有关。西北人性格大多豪爽刚硬，属于"大碗喝酒，大块吃肉"的类型，做事干脆利落，说话直来直去，不会也不喜欢弯弯绕，吃面也不喜欢绵软甜烂，觉得"没筋骨，没嚼头"。菜可以不讲究，白菜炖粉条吃一个冬天也不觉得厌烦，但对于面食，却十分讲究，一定要筋道。

面食的筋道离不开反反复复的"揉"和"饧"。炮仗面是用饧面做的，和面时用温水加少许盐搅拌，和成软硬适中的面团，将面团揉匀之后饧一阵子，再揉，再饧，如此反复几次，面就变得十分暄软柔韧，然后再分成圆柱形小剂子，刷上清油，再饧半个小时，算是完成了第一步。下面时捏住剂子两头，轻轻地抻长，拉至筷子粗细，然后再揪成一寸长短的"小鞭炮"下入锅中。这个过程其实比较复杂烦琐，不仅需要十足的耐心，而且需要丰富的经验。和面时水的温度、食盐与水的比例、面的软硬程度、饧面的时间，都会影响面的口感。但凡事熟能生巧，对于经常"鼓捣"面食的张掖主妇来说，饧面就是易如反掌的事儿。尤其是揪面下锅的场面，堪称精彩：人站在锅前，左手轻轻捏住已拉成长条的面，食指和拇指轻轻向后一挤，手里的面就向前伸出来一寸左右，右手迅疾一揪，面顺势就下到锅里了，如此反复，动作麻利，速度飞快，整个过程一气呵成，如行云流水，干净利落。不一会儿，一锅炮仗面就揪好了。这和揪面片是一样的手法，不同之处在于炮仗面是搓成圆柱形的，更有嚼头。

炮仗面筋道、顺滑、口感好，得益于饧面的功夫到家，更在于手指间力度恰当的一挤一揪，这其实是一次再加工，和刀切面是完全不同的口感。张掖有名的老字号炒炮面馆里，十几个人围着一口大锅揪面的场景，曾一度成为一道独特的风景线，吸引了更多的食客前来。一米多口径的大铁锅翻滚着热水，十几个人前后左右层次错落地站在锅边十指翻飞地揪面，站得里三层外三层，最远的人距离锅一米五开外，但依然能熟练地掌握角度，手指间的面在瞬间被拉、挤、揪、抛出去，在空中划出优美的弧线，避开前面的人头，准确无误地落在锅里，如一个个鞭炮炸开，让人惊叹。离锅近的就更不用说了，揪面的动作又快又准，如同车间里设置好的机器。十几个人动作交错反复，有条不紊，在氤氲的蒸汽中热火朝天地揪面，这场面确实壮观，也成了张掖坊间流传的一段佳话。

曾有段时间，面馆为了节省成本，将人工揪面换成了刀切面。刀切的炮仗面形状变化不大，但口感却大有不同，窗口不见了揪面的壮观场面，面馆食客很快就减少了，挑剔的人们宁愿多花点儿钱，也要吃手工揪面。于是面馆很快就恢复了人工揪面，生意也就越来越火，越做越大。张掖炒炮作为地方名吃，还上了央视节目，这下可是名扬四海了。外地人来张掖，吃一碗炒炮才觉得不虚此行。就在前些天，我在一家臊面馆里见到几个外地游客，大清早就要点张掖炒炮，服务员笑着解释炒炮是午餐，早晨吃的是臊面……

炒炮的面固然重要，配菜也不能马虎。煮面的大锅里，热汤沸腾，一个个小炮仗翻滚着、跳跃着，面煮熟后，再放一把甘蓝和芹菜在锅里一滚，就焯得刚刚好，无论口感和营养都恰到好处。用大笊篱连面带菜一起捞出来，迅速过水，使炮仗面更加滑溜，再加入调好的汤汁一起翻炒，出锅装碗，上面配几片肥瘦相间的卤肉，色味俱佳的炒炮就完成了。肉的浓香、面的醇香和菜的清香交织融合，诱惑着味蕾，也蛊惑着肠胃，让人迫不及待地要大快朵颐。男人们自不必说，早就剥好了几瓣生蒜，吸溜吸溜几大口面，就一口蒜，嚼一片卤肉，那种满足，感觉比吃满汉全席还过瘾。平日里嚷着要减肥的女士们，也会被这家常饭食轻易俘获，要一份小碗面，在细嚼慢咽中回味某种记忆……

　　人世间的好味道，都是既丰富又简单的，沉浸在烟火中，也流转在口齿间。张掖炒炮，正是如此。

2020年10月

行走

在甘州

青海散章

花　海

青海湖，是我一直想去的地方。

在藏语中，青海湖意为"青蓝色的海"，因为有了这片青蓝色的海，整个青海才变得美丽而有诗意。在辽阔无边的雪域高原上，这一片烟波浩渺的阔大水域更显得神奇而珍贵。

看过许多有关青海湖的图片和诗篇，也曾和朋友们多次相约去青海湖，但总是不能成行。也许，一个人与一个地方的相遇也是讲究缘分的吧，于是对于青海湖，我不再急切地渴望，我要耐心地等待，等待着和青海湖的美丽相逢。

但在我心底多少还是留存着浪漫的理想，希望能和相投相爱的人一起，相依相伴自助去青海湖旅行。我想象那样一个清澈明丽的地方，不应该是熙熙攘攘、嘈杂拥挤的，但理想是需要时间和金钱打底的，我们没有这些。后来有了一次随团的机会——这对我，也算是意外的喜悦了。那天早上老公发短信说单位要组织他们去青海湖，我知道单位的事情都是统一安排好的，一般也不能带人，就有点儿失落，回信说："想和你一起去的地方你和别人去了，那我和谁一起去？"中午的时候，老公打来电话说车上还有空位，问我是否想去。我知道他问的意思不是我愿不愿意去青海湖，而是我愿不愿意和那么多人一起，他知道这不是我想要的方式。我想了想后说："去吧。"越来越懂得这个世界上所有的事情都是由不得自己的，谁知道什么时候我才能再有去青海湖的机会呢？于是带上了珂丫一起去。学会迁就生活，只是为了不太委屈自己。

一路上，透过车窗极目望去，大片大片金黄的油菜花扑入眼帘，漫山遍野都是金色的海洋，望不到边的花海让人惊叹，也让人震撼。青海门源油菜花的颜色最是明丽纯净，那种亮黄，在阳光下美得让人心醉。我想这里的人们的精神世界一定是单纯而富足的。这里视野开阔，空气清新，生活简单而宁静，所以他们的心境一定是平和安静的。想起一个朋友，去年八月份的时候，她一个人带着相机来这里拍油菜花，其实更深的理由是感情受挫，来这里疗伤。这里的确是一个适合治愈的地方，整个世界只有三种明丽的颜色：天蓝、金黄、碧绿。在这样大气、开阔、单纯的世界里，还有什么样的忧伤不能化解呢？

西宁印象

西宁这个城市和它的名字一样是朴实而慵懒的。

大巴穿城而过，我们只是透过车窗浏览了西宁的一条街。街上的行人步履缓慢，神情悠闲，并不像大城市那样行色匆匆，这多少让人多了点儿亲切感。街两旁的建筑也是陈旧而简单的，只有几幢高楼大厦显示了省会城市的风貌。我们住的地方在城郊，导游介绍说市里的公交车晚上八点就不再跑了，我们就决定打车去市里的广场逛逛。路不远，司机也很热心，向我们介绍路过的地方，还耐心地教我们怎么打车回去。心底对西宁又多了几分好感。

广场并不大，唯一的特色是上下两层。在灯光的映照下，远远看去，下面一层像是一个湖，波光粼粼。广场里的人不是太多，许多孩子在玩荧光棒，我就给珂丫也买了两个，她玩得兴致勃勃，西宁对于她来说也是没有陌生感的。一个小女孩骑着滑板车追过来问我："这荧光棒在哪里买的？"我指给她看，她滑着滑板车就过去了，看来我们对于西宁也不是外米人。简单的对话，却让我感受到一种超越地域的自在和亲切。

正是盛夏，夜晚的西宁却有点儿凉，这样的清凉比起我们平日里面对的酷热，真是难得了。回宾馆的时候，我们沿街步行了一段路。其实，我们更喜欢这样的旅行，在一个陌生的城市的街道上慢慢行走，是散步的状态，而不是赶路，这样才能感受另一个地方真实的气息。晚上十点，大城市的夜生活也许刚刚开始，西宁却已经开始入睡了，许多店铺都已经关门，我们找了好久，才找到一家卖酸奶的店，但并没有找到我想要的那种瓶装的正宗的西宁酸奶。街上还开着的店铺，大多是卖玉器和土特产的，想必是专为游客们开着的吧。还想就在这清凉的夜色里散漫地走一走，可惜我的方向感不是太好，老是认错路，老公也不能确定该向哪面走，走了一段路，只好打的回宾馆。

第二天早上，我们吃完早餐收拾好行装出发时，街上的店铺还是没有开，看看表，已经快八点了，西宁像是一个闲散的妇人，还在酣睡中。我想西宁是一个适宜居住生活的地方，自在而悠然，不必那么紧张，也不会有太大的压力。这样的生活何尝不是一种幸福？

随团的另一个不如意之处是只能吃团餐，没有时间也没有机会品尝西宁的特色小吃。老公说西宁的特色食品主要是羊肠面、烤羊肉、尕面片，这都是我不爱吃的，也就没有什么遗憾。可能是海拔高的缘故，我感觉西宁的面食都不是很筋道，米饭和馒头吃到嘴里还有点儿黏糊糊的，幸好我们都不是挑剔的人，有蔬菜可吃，就已经很满足了。

夜宿青海湖

从鸟岛回来再来到青海湖边，已经是下午了。金红色的太阳挂在西边的天上，光芒耀眼，给目之所及的所有景、所有物都镀上了一层柔和的金光，异常美丽。漫山遍野金黄的油菜花，美得让人不敢相信，不敢走近。远处的青海湖像蓝缎子一样发出耀眼的光，又似乎是和蓝天连在一起的。远处近处，大大小小的帐篷和随风飘动的经幡，更让人感到梦幻般迷醉。

我们一家三口租了两匹高大的白马去青海湖边。马的主人是一个看上去五十多岁的藏族老妇人，皮肤黝黑，脸庞泛着标志性的高原红，和我们以前在照片上看到的藏族妇女并无二致。相比之下，她的马倒是毛色白净，配了红色的马鞍和辔头，非常漂亮。骑着马，穿过金黄的油菜花地，几分钟就到了湖边。我想，这真是很独特的体验，也只有在青海湖，才可以"骑着马儿去看海"吧！

近处的青海湖没有那么蓝了，夕阳给湖水披了一层柔美的轻纱，微波荡漾下，湖水闪着金色的光，像扭着腰肢的美人鱼的鳞片。湖边的沙滩也是金色的，沙粒很粗，很干净，湖水漫过来，白色的浪花打湿了我们的鞋袜。我们蹲下身来撩起湖水，快乐如水一般弥漫心底。我们像孩子一样，面对着湖水大声喊着："青海湖，我来了！"深藏在心底这么多年的梦想终于实现，我的眼里几乎要有泪涌出。青蓝色的湖，青海湖，我终于走近了你，像一粒沙，接受了你的抚摸和浸润。

晚饭后，有篝火晚会。在湖边的帐篷前，燃起篝火，藏族姑娘和小伙子弹琴，唱歌，跳锅庄舞，吃青稞面，吃烧壳子，喝青稞酒。主持人是一个脸庞黑红、身材粗壮的中年妇女，说话时带着明显的青海口音，但说话非常流利，声音洪亮，语调激昂。在她充满激情的语言渲染下，晚会的气氛非常热烈，先是几个藏族姑娘和小伙子唱歌表演，后来我们团里的年轻人也按捺不住了，有的人拿起了话筒唱歌，大多数人都围着篝火跟着他们跳起了锅庄舞。七月的青海，白天光照强烈，但太阳一落山，凉意马上袭来。我穿了薄毛衫还是有点儿冷，从包里找出围巾围上，算是增加了一丝暖意。我喜欢这样热情奔放、情感激越的锅庄舞，就跟在人群中随着前面藏族小伙子的舞步跳起来。珂丫更感兴趣的是帐篷，早就钻到帐篷里面去了。

我们这边热闹的气氛引来了许多游客，有几个背着旅行包的南方人似乎没有经历过这样的场面，拿起手里的相机不断拍照，跟在我们身后跳锅庄舞，看上去很激动。这几个来自上海和苏杭的年轻小伙子告诉我，他们生在南方长在南方，从来没有到过北方。在网上约好来青海湖自助游，看到这里的蓝天和广袤无垠的旷野，感觉非常震撼。无边无际的金黄的油菜花和蓝得像被水洗过一样的天空，以及天空中洁白如玉的云朵都是他们无法想象的美景。来到这里，他们才感觉到自己生活的空间是狭小而局促的，也就理解了北方人的豪迈和大气，生活在这样开阔的天地间的人，是幸福的。

在熊熊燃烧的篝火旁，我们，藏族的姑娘小伙子，还有那几个南方游客的脸庞被火炙烤得渐渐黑红，在火光中，每个人的眼睛里都闪耀着星星一样的光芒。有人唱着，有人跳着，也有人甩开了膀子高声划拳斗酒，直到那堆篝火渐渐熄灭，还有人兴致不减，钻进帐篷接着唱歌喝酒……

我一直想住一晚帐篷，但负责带队的领导说帐篷里非常潮湿，而且可能有蚊虫，便安排男同志住帐篷，女同志带着孩子住在附近的招待所。我就只好带着同样不情愿的女儿在招待所住下了。虽然多少有点儿遗憾，但想着已经住在美丽的青海湖边了，也就不再苛求。

晚上空气清寒，周围安静得没有一丝声响。一夜好睡。对于常常失眠的我来说，真是难得。

2008年8月

青海祁连行

　　也许，旅途和人生一样，有一些时间，只能用来等待。五月一日早上八点四十，我们就开始等待从张掖去祁连的长途汽车。我们在张掖南关的一个路口集合——柯英说，上午九点，去祁连的汽车会准时经过这里，去年"五一"的时候他就是坐这趟车去的。

　　青海祁连——这个美丽的、充满诗意的名字，很多年来，一直是我暗藏在心底的向往和渴望。我不知道自己什么时候能走近她，看见她真实的容颜，就像我不知道自己什么时候能够真正决定自己的生活方式一样——我只是在等待，等待一个机缘，等待一次毫无征兆的意外获得。这些年，岁月和生活已经教会了我平和与从容，于是不再苛求，不再等待，或者只是等待，而不再渴望。

　　时间一分分过去，车也一辆辆驶过，但没有一辆是我们等待的那趟。我们开始开玩笑地责怪柯英，经验是那样靠不住，更何况是一年前的。在这个什么都瞬息万变的时代，一年时间，该有多少面目全非的变化啊，也只有他能固执地相信人世，相信自己，这可爱的执着也许正是我们都聚集在他身边的原因吧。柯英不断地打电话联系，终于得知车改时间了，最早的一趟七点就走了，我们只能坐十一点的车了。于是，我们决定打车去车站坐车。陪几位外地过来的朋友以旅人的身份穿行在这个我从小就生活的城市，我竟觉得有一点儿陌生了。

对那些店铺、街道、车辆，甚至穿行在其间的人流，以及他们脸上的神情，都有了奇异的、略显陌生的感觉。

等到车真正驶出张掖，已经是中午十二点了。太阳白花花的，透过车窗照在脸上，车厢里有一点儿燥热。我开始想象祁连的阳光，离雪山那么近，会不会还带着冬日的清寒？

中午两点，车到民乐。这个离我们不远的小城对于我来说是陌生的，有许多朋友生活在这里，但我也只在多年以前来过。匆忙的岁月里，朋友只能是压在心底温暖自己的一簇火苗，互相安慰，各自存活，欢聚的时光少而又少，专程的探望早已经是尘封的历史了。想想这时间过得好快啊，不觉间，十几年的光阴就水一样流过了，那些年少的青春往事，像梦境一样，时而清晰，时而模糊。曾经的疼痛和迷惘、忧伤与泪水都随着时间流走了。留下的，只是额上的皱纹，只是眼底的漠然，只是不再轻易感伤而日渐世俗、日渐冷漠的心。

车在民乐停了十几分钟，我们等来了刘垠。这样，我们同行去祁连的七个人就齐了：柯英、麻雀、我、刘垠、来自酒泉的倪长录、杨献平、杨的文友——来自武威的鲁青。

下午四点半，我们到达祁连——一个被青山环抱的小城。街上的行人很少，他们步履悠闲，神情自在。有风轻轻吹着，太阳也暖暖的，没有我想象中的寒意。四周的山上都矗立着青海云杉——一种挺拔碧绿的乔木。祁连县旅游局的小张带着我们向河边走，边走边向我们介绍："这是云杉，那是龙鳞大白杨，那是沙棘，还有向西流去的八宝河……"我对这些完全外行，不能完整地记得那些植物和河流的名字，但我记住了小张，记住了她腼腆而大方的笑容。小张还告诉我，她刚从外面纷繁的世界回到家乡，外面的世界很精彩很美丽，但正像歌里面唱的那样："外面的世界很精彩，外面的世界很无奈……"在外面的几年里,她从来没有享受过真正的安静、真正的悠闲。以前生活在祁连十几年,从来没有发现,自己的家乡其实很美很美。她还说,回来以后,她才觉得,其实生活在祁连是很幸福的,吃牛羊肉,喝青稞酒,和家人一起吃早餐、看电视。我笑了,这个二十三岁的姑娘说的,是她真实的认识还是一时的心绪?我想起十年前的自己,从来没有出去过,也就从来没有跳出生活的圈子思考过自己,面对生活,只是那样郁闷着,只是那样苦苦地挣扎着,只是那样为自己所困。幸亏有书,也幸亏有爱,拯救自己,感动自己,才能安心地生活在这个世间。其实我们每个人面对的生活和所处的环境都是不一样的,无论是身在祁连、张掖,还是更宁静的乡村或繁华的都市,最重要的是有一颗安宁平和的心。生活在祁连是幸福的,祁连的美,宁静质朴、不张扬,让人平和,让心宁静。

从八宝河回来,一路上我们看了山下从东往西流的河水、山上红褐色的土石,还有周围的树木。这里没有张掖那样多的柳树,五月的祁连便少了许多鲜嫩的绿意。在一棵被烧空了半边树心的古槐旁,我们停下了脚步。大家都把它当成菩提树,双手合十在树下留影。柯英说是胡杨树,杨献平说不是,而我觉得它是古槐,因为它像极了我们学校里那棵风姿绰约的古槐——在五月的张掖,它已经是一树蓬蓬勃勃的新绿了。眼前的这棵,依然静默着,似乎还沉醉在祁连漫长的冰雪冬季。我、刘垠、麻雀,还有长录,我们四个人才能将它环抱。

晚饭时有酒,是鲁青从很远的青岛带给朋友的葡萄陈酿,很醇,很香。因为这醇香的美酒,我们这些原本不太熟悉的人,才渐渐放松了自己。没有距离感,大家方显出真实的面目。我总觉得自己在文字中比在现实中更真实一些,也更自如一些。酒,也许更能让人很快地接近甚至回到真实。长录不再是远远的让人敬畏的诗人编辑,献平也不再是高高的让人敬仰的散文大家，我们都只是同行的旅人。献平说："酒是话媒人。"有酒才会有诉说，有表达，有交流，可以一起聊文学、祁连、情感、旅行、往事、青春、家乡、音乐、电影、风俗……

从一个话题到另一个话题，从一杯酒到又一杯酒，从黄昏到深夜，安静的祁连，在我们的歌声和笑语中沉沉入睡。

我希望自己是和祁连一样安静的女子，守着所有的心事和秘密沉沉睡去。曾经是那么渴望理解、爱、怜惜、欣赏、呵护、珍藏……所有这些可望而不可即的念想，现在早已不再心存幻想。我知道，这个世界上，只能自己承担自己。

可是，除了在祁连，除了在这样远离既定生活的夜晚，除了在这沉沉的夜色中，除了身边同样为夜色和安静沉醉的友人，还能有什么机缘、什么人能让我分享那些积压在心底的甜蜜的忧伤和沉沉的心事？

在祁连的夜色中，我忽然有泪流出，忽然有了诉说的冲动。

在叽叽喳喳的鸟鸣声中醒来，我有点儿恍惚，一时竟不知身在何处，有多久没有听到过这样清纯干净的声音，有多久不再有过这样沉沉的睡眠。祁连的早晨，没有风，阳光清冷而柔和，空气中飘散着牛羊肉的浓郁香气。在张掖，远远地闻到羊肉的气味我就难以忍受，但在这里，我没有觉得不舒服，似乎和小张一样已经习惯了这里的生活。从东往西，只有一条街，我们从一家家店铺前走过，鲜肉店、蔬菜瓜果店、小卖部、馒头店，很快就找到了柯英所说的一家饭馆，是张掖人开的，他说这里的饭食还可口一些——当然这是对我们张掖人来说的。但我们又往前走了走，试图找到更好的，却是徒劳，只好再走回来，看来柯英的经验在这里有用，从去年到今年，祁连县城没有太大的变化，这里的蔬菜和粮食大多是从张掖运来的。等餐的时候，我在小饭馆简陋的桌椅旁给他们朗诵《星星》诗刊里一首写河西的诗。周围静悄悄的，我听到自己的声音，有一种沉静干净的美丽。

早饭后，我们租车去黄藏寺——这只是一个村庄的名字，并没有什么寺庙。村庄不大，房屋像树木一样坐落在高处，庄稼在低一点儿的田里探头或者安睡。村前的小树林里，一股清澈的水流静静地在碎石间流淌。我们很快就穿过，来到了比田地更低的八宝河旁。红褐色的河水像日子一样混浊，滔滔向前奔流，发出很大的声响，激越而温和。站在河边，看水那么从容而急切地向前流着，一时竟忘了所有思绪。柯英说这里就是八宝河和黑河的交汇处，我们往前看，果然看到两条河流汇成一股。不知道这水这样流了多少年。我想起了柯英写过的一篇文章——《河流是一棵树》。河流也是有生命的吗？河流也会老去吗？河流会一直奔流不息吗？以前常常听到"时间如流水"这样的话，直到此刻站在这里看着水流，才对这句话有了更深刻真切的理解感悟。

柯英说特别喜欢这里，去年是和一个画画的朋友来这里的，他坐在河边的石头上看书，朋友在远处画画，八宝河在他们身边安静地流过。我曾看到过他们在祁连的照片，还有文章和画。诗意的画面，诗意的人生。

献平诗兴大发，提议我们每个人在这里即兴写一首诗，给大家朗诵。大家虽然都有点儿兴奋，但只有献平一人诗情澎湃，诗意汹涌，他拿出随身带的小本子边写边朗诵。长录说旁边有人的时候，他什么也写不出，只有安静时才能文思泉涌。麻雀和刘垠都说还没有找到感觉，我对诗并不是很擅长，更不用说面对这么多诗人作诗了。柯英更醉心于在河滩里捡石头，在他看来，每一块石头都是被埋没的美玉，都能给他带来莫大的快乐。

等车的时候，我们望见了远处的青山和灰绿色的云杉，远远的几根电线，连接了祁连和世界。一对红嘴鸦在天空中飞过，在银蓝色的天空划出两道优美的黑色弧线。

下午去冰沟，柯英说那里可以看见雪山、石林。车顺着东南方向走，路况特别好，热情的司机介绍说这就是去西宁的路。路边的山上，青海云杉依然整齐地排列在山腰。山顶有积雪，像藏族姑娘的哈达一样洁白。已经是五月了，积雪还那样坚守着自己，不为骄阳所动，不燃烧，也不融化。很多时候，我希望自己也能像多年前的一首歌中所唱的那样，成为"一颗拒绝融化的冰"。可尘世间烟熏火燎的日子早已经磨钝了曾经的豪情和锐气，我还能拿什么拒绝这个混浊而喧闹的世界呢？阴面的山坡上，偶尔也能看见冰雪，隐隐约约地夹杂在大片苍黄的枯草间，直刺人的眼睛。

司机很热情，是地道的祁连人，却说着一口标准的普通话，让我们对祁连的好感又多了几分。他也没有来过这里，他告诉我们，去过的朋友给他说，我们要去的地方步行至少要四个小时才能到达。但我们并没有感到沮丧，去哪里、看什么景也许并不重要，重要的是在路上走着的状态。我们决定往前走两个小时再走回来。上坡的时候，大家都有点儿高原反应，直喘气。身体不舒服，再美丽的景色也失去了诱惑力，我有点儿累，想一个人停下来，在原地等他们回来，就想起大家昨天说到"沉重的肉身"。真正决定人行动的，到底是轻灵虚无的思想还是沉重真实的肉身？他们都往前走了，似乎只是一个瞬间，就忽然都不见了踪影，其实我知道，隔开我们的只是一个小小的山坡。于是，我又往前走，慢慢追上了他们。在这样空旷而巨大的静寂中，我们听见自己踩在祁连山上的脚步声，是那样清晰而明朗，有着坚忍的意味。坚持走了一段路后，天气忽然变了，大滴大滴的雨夹杂着冰雹劈头盖脸地砸了下来，并肩而行的七个人缩在山脚的大石头下躲避，互相说一些打趣的玩笑话，心情就和天气一样，忽然转晴了，太阳又高高地挂在了乌云散尽的天空。

> 在祁连，做一头牦牛是幸福的，
>
> 做一只羔羊，太过脆弱……

在峨堡镇的小酒馆里，献平又为我们朗诵他刚刚在汽车上写的诗。

峨堡是一个小镇，是出扁都口后进入青海的第一个地方，我们回来的时候，在此停留。几家不大的商铺和古城一起驻留在风中，周围是已经枯黄了一个冬季的草原。在风中，我的头发和城墙上守望历史的茇茇草一样飞舞。柯英说这里在古代曾经很繁华，卫青、霍去病都曾从这里经过。我不太懂历史，也没有感受到这里曾经的辉煌，我只看到穿红衣服的藏民弯着腰在路边走动，或者和我们一样在等车。

一个叫红利来的小酒馆给了我们片刻的温馨。一个火炉，温暖了我们的行程；二两青稞酒，点燃了诗人的激情；一盘卤肉，缓解了旅途劳顿。我知道，在峨堡，在祁连，在青海，我们也会成为历史，写在我们自己心中，然后被我们阅读、回忆，甚至美化，最后和我们一起老去，在这个世间消逝，被风带走。

2005年5月

我和草原有个约定

去草原，是十年前和杨的约定。

对草原的向往，已远远不止十年。

进山的汽车颠簸在霏霏的细雨中，我的心也在这样的雨丝中渐渐清凉平静了，连日的燥热真让人有点儿浮躁难安，杨打电话来说："和我们到深山之中去吧！那里凉爽。"杨的老公是裕固族，老家在裕固草原上。十年前，他们结婚的时候，杨就和我约定了，一定要到深山之中真正的草原上去看看——没有想到的是，这个约定竟等了十年。身在尘世，人总是会被各种各样的缘由牵绊。

放下一切，一个人上路。这一次，我要做一只自由的鸟，在草原的天空中飞翔一次，哪怕是低飞，哪怕只是一次。

杨一家三口在肃南县城等我。下午三点，我们坐上了通往大河乡的班车。车上的人很多，大都是要赶着去参加祭鄂博盛典的裕固族人，也有像我一样和朋友一起来的外乡人，从穿着上可以看出，有几个还是在外上学的学生。想起和杨一起上学的时候，大概也是他们那个年龄吧。一晃十几年过去了，岁月已经老去了我们青春的容颜，此时我们才实现青春的梦想。想想这生活真是很无奈，左右我们的到底是什么呢？杨他们进山也是为了这个活动。杨说，过些天天气一凉，牧民就要迁到很远的秋场上去，去秋场参加一次活动可不容易了。这次我们去的是夏场，是离固定居住点最近的。

　　雨一直下着，从县城通往大河的山路满是泥泞，车走得很慢，摇摇晃晃的，像是喝醉了酒。好久没有这样挤过车了，我夹在过道的人群中，随着车摇晃着，心中有片刻莫名的茫然。车窗外的景几乎看不到，只是偶尔能看到雨还在下，还有雨中静默的青山。车里，几个裕固族人兴致勃勃地说着玩笑话，引得车内的人发出阵阵笑声。我不禁随着他们笑了。心渐渐地快乐起来，看着他们黝黑中透着黝红的皮肤和快乐的神情，我突然想到了平日里公交车上一张张漠然而深沉的面孔，是什么使这些生活在草原上的人拥有这样容易被快乐感染的心灵？

　　车走了一个多小时，到了大河乡政府所在地的一个居民点。下了车，雨还在下，一条泥泞的马路旁边是两排低矮的房子，房后的大山在如丝的细雨中静默着，那样安详静谧。我以为这就到了，暗自奇怪怎么和汉族的居民点一个样呢？杨解释说，这只是一个中转站，是牧民的固定居住点，不常住，但得常年有人留守。我们得在这里住一晚，明天才能到牧区。留守在这里的是他们的伯父，一个七十多岁的裕固族老人。一个干净而空旷的小院，一条黑色的狗卧在棚里躲雨。老人守着一个火炉正在抽水烟，见我们来了，忙起身让我们坐在炉子跟前。我已经冷得有点儿发抖了，山里的气温就是低，出发的时候，我还按杨的叮嘱脱了坎肩加了长袖外套，没有想到会这么冷。杨的老公补充说，这里一年四季都得生炉子。火炉温暖的感觉可真好啊，手里捧一杯热气腾腾的奶茶和大家围着火炉相对而坐，忽然就想起了那首古诗：

绿蚁新醅酒，红泥小火炉。

晚来天欲雪，能饮一杯无？

这样想着，就有一种酒意在心中荡漾开来。

傍晚的时候，我们走出院子，站在细雨中看远山。雨一直飘着，似有若无。一直喜欢这样的雨，如丝一样地飘着，那样轻柔，让人几乎感觉不到雨滴，只是空气湿湿的、润润的，像要将人融化了一样。远处的山笼罩在暮霭之中，朦胧中灵动地变换着颜色，有一种别样的风韵。四周静悄悄的，没有一丝声响，面对这样巨大的安静，我有一种流泪的冲动，常年生活在闹市中，耳闻目睹喧嚣浮躁的尘世，常常有一种失聪的渴望，常常幻想，为什么人不能有一种将耳朵随时关闭的功能呢？我想，生活在这样的环境里的人应该是幸福的，至少，不会听到许多不愿意听到的嘈杂声。

夜里，雨一直在下。我和杨躺在一张床上听外面的雨声，雨似乎越来越大了，哗啦哗啦、哗啦哗啦，如我们的聊天，热烈而酣畅。多久了，没有再和杨这样畅谈过？生活是沙，岁月如流水，淘尽了浮尘，留在身边的，才是真正志趣相投的朋友。十几年了，每当快乐的时候，每当悲伤的时候，每当孤单寂寞的时候，每当累了倦了心灰意冷的时候，总是这份友情，总是杨，安慰着我，支撑着我，陪我走过一个个平淡如水却又沉重如山的日子。脆弱如我，在这喧嚣的世间，是需要倾诉和倾听的。

杨担心雨一直不停，会冲坏了路，明天进不了山，让我空跑一趟。我的心却很平和，我不苛求。雨停了，就进山实现多年前的愿望；雨一直下，就这样和杨说着话，这样的夜晚也会让我的心清凉一夏。古人访友，乘兴而来，兴尽而归，甚至并不在意是否见到了友人，要的只是一种好的心境。我想，雨也许会阻碍我们上山的路，但不会影响我们快乐的心境。生活已经让我深刻地理解了"计划不如变化"，懂得随遇而安，才会真正快乐。

天明醒来，雨已经停了，我不记得自己是什么时候睡着的，也不知道雨是什么时候停的——这好久都不曾有的沉沉的睡眠，竟在这里意外地获得了。外面已经聚集了好多人，都是要进山的，很是热闹。一辆蓝色的大卡车停在门口，是拉货的那种，我们就是要坐着这辆车到深山处的牧区。现在的牧民早已经换了交通工具，以车代马了，摩托车和卡车载着他们在草原上驰骋。我以为到了草原就有马骑呢，可他们说养马很麻烦，还是现代的交通工具用起来方便，还不用人伺候。我多少有点儿失望，有点儿怅然。路还是泥泞的，车厢里早已经被先上去的人踩得满是泥了。我被一双陌生而热情的大手拉了上去，半跪着，紧紧地抓住车厢栏杆不敢松手。车一路走，一路晃，比昨天颠簸得更厉害，仿佛要将人甩出去，我觉得自己的五脏六腑都要从胸腔里面颠出来了，哪里还能顾得上看越来越近的青山绿水。

车颠簸了一个多小时，路才渐渐平坦了。转过最后一个山头，视野一下子开阔了，空旷而辽阔的草原展现在眼前。远远地，一幅很美的画悄然出现，那宛如绿色的地毯上绣着形色各异的图案，走近一看，只见襟飘带舞的人群聚集在一起，有声音隐隐约约飘过来，一派热闹的景象。杨说，在草原上，很少有这么多人聚集在一起，除非是特殊的节日。祭祀活动像一根牢固的丝线，串起了散落在草原上的一颗颗珍珠。抬头望去，周围的高山上，经幡一直挂到了人群聚集的地方，在用石头筑起的台子上，挂满了各色的哈达。

这就是鄂博台子——我们的目的地。

但是此时祭祀活动已经结束了，只看到有轻烟不断地从残存的木柴中升起，徐徐地飘向天空，像是一段回忆，回味曾经的繁华辉煌。因为天雨路滑，我们来迟了，错过了这对我来说完全陌生的活动，多少感觉有点儿遗憾。我不是喜欢看热闹，我只是对民俗，对另一种我所不了解的生活方式感兴趣，越来越觉得以前看似简单的风俗习惯中包蕴着一种深刻而久远的历史，还有文化背景。

裕固族男女老少都穿着崭新的民族服装，来回走动，兴高采烈。有许多商贩从山下运来了各种商品在这里摆摊，平日里安静的一方草地忽然变成了一个热闹的集市，从四面八方赶来的牧民在各个摊点之间来来往往。许多人围在鄂博台子下看节目演出，有县民族歌舞团的姑娘和小伙子们带来的专业的歌舞表演，也有草原上放牧的姑娘们自编自演的节目。几个脸庞晒得黑红的裕固族小姑娘大方地走到台子中央唱歌，完全没有一丝扭捏。平常也听过的歌，听她们唱来却让人感到一种更真实、更质朴、更纯粹的草原风味，没有技巧的歌唱，其实更能打动人心。一个藏族的男歌手——可能是草原上的明星吧——在热烈的掌声中走上台，粗犷豪迈的歌声引起了所有人的共鸣，大家都跟着他唱了起来：

> 总想看看你的笑脸，
>
> 总想听听你的声音，
>
> 总想住住你的毡房，
>
> 总想举举你的酒樽。
>
> 我和草原有个约定，
>
> 相约去寻找共同的根。
>
> 如今踏上这归乡的路，
>
> 走进了阳光迎来了春……

歌声中，我的眼渐渐湿润了，心中涌动着难以言说的感动和震撼。这歌，仿佛就是从我的心里流淌出来的。我一直在想，为什么总是有一些音乐，说的都是我们的心事？

　　雨后的草原，辽阔清新，一碧千里而并不茫茫。山的线条是柔和舒缓的，像是在宣纸上逐渐晕染开的一大滴绿色的颜料，有起伏有层次，却无明显的线条。羊群像是开在山腰的白花丛，只是随风摇曳，并不见移动，那样安详而平静。盘旋在半空的鹰，这一次忽然让我有了别样的感觉，那是一种怎样孤独而寂寞的翱翔啊，双翼的划动是那样优美而忧郁，忽然间，就触动了我内心深处潜伏的忧伤。这美丽无边的绿色，这有着淡淡的青草气息和牛羊膻气，还有蘑菇和许多无名花的气息交织在一起的草原，是我十几年前梦中神往的广袤丰美、充满诗意的草原吗？我不能确定此刻的自己走在草原上的心情，淡淡地潜流在心底的，是一种复杂而简单的感觉，不是心愿终于了却的欣喜，也不是多少有点儿落差的失落。时间改变我们的，不仅是容颜，还有我们面对世界的心情。从什么时候起，心情不再是大喜大悲、大恨大爱了呢？一切都那么淡淡的，像是笼罩在暮色中的草原，美还是美的，却不是那么清晰明了，不是那么强烈地冲击视觉和内心。纷纷扰扰的尘世像暮色一样遮掩了我们真实的内心，剩下的，只是一团血肉模糊、面目全非、世俗功利的需求。

　　在单纯明净的草原上，天空离我们是那样近，暮色更加弱化了天地的界线，我的心忽然又变得如年少时那样敏感了，一丝疼痛隐约而又清晰地渗出心底，很快就渗透了每一寸肌肤。久违了，那种凉丝丝的痛快的感觉。

　　草原上早已经没有了帐篷，这多少影响了草原的诗意。想象中帐篷是草原必不可少的，一个个圆顶的红色或白色的帐篷像蘑菇一样长在水草肥美的天地间，帐篷前穿着艳丽民族服装的女子正在挤牛奶，不远处，一条明亮的河静静地流着，远处是洁白的羊群和云朵，天蓝得像被水洗过一样……这美丽的、让人心醉的草原！无数次在梦里出现的草原！也许是有关草原的风光片或油画看多了的缘故吧，想象总是依附在一张张定格的画面上，甚至没有动感，只有马头琴声，只有牧歌飘扬在画面之外的天空。

代替了帐篷的是一个个小而简单的土房子，像一个个木桩，立在风中。门前的风力发电机的叶轮不停地转着，像风扇一样，转动中带着一份沉静，与草原的沉静美相呼应。屋子里只有一铺大土炕和一个特制的炉子，这就是牧民夏天的家。

房前有河，清澈冰凉的水在石间流着，夜晚的时候，水流声哗哗地响着，声音回响在寂静的草原夜空，衬得夜更加静谧空旷。我们就睡在牛粪烧热的土炕上，听这安静的世界里唯一的声响，清晰地感觉到心脏跳动的声音，和河流的轰鸣一样在胸腔回响，让人意识到自己在这个世间存在着。这是一种完全不同于以往的感觉，是处在熙来攘往的人流中的我早已没有的感觉。身下，是暖和的土炕，真好。

酥油奶茶、手抓羊肉，一杯又一杯甘醇的美酒，一首又一首祝福酒歌，是牧民最质朴、最纯真、最热烈的情感表达，每一个来到草原的人都会受到这样浓得化不开的款待。豪放热情爽朗的裕固族人端起酒杯一唱歌，我的心就已经醉了。这是个被歌声滋养的民族，歌声是他们感知世界的方式，是他们对生活的诠释，是对草原的爱，也是对自己的表达。歌词和旋律总是热情而又忧郁的，带着或浓或淡的感伤，打动人心，也融化人心。

看到你笑脸如此纯真，

听到你声音如此动人，

住在你毡房如此温暖，

尝到你奶酒如此甘醇……

这样的歌声，真能让人忘记所有纷纷扰扰的琐务，化解萦绕在心头或浓或淡的忧伤，谁的心头还会有解不开的死结？谁的眼神还能不是澄澈明净的清泉？在这样的歌声中，我一次次醉去，一次次被征服，我是那样地迷醉于这悠扬舒畅的旋律和优美动人的歌词，我强烈而迫切地想学会，也想拥有那样澄澈明净的眸子，那样婉转深情的歌喉，那样简单而深挚的情怀！

但我知道我不能。就像早上我借了别人新做的裕固族服装穿上，也装扮不成裕固族女子。我就算学会了他们唱过的所有的歌，也唱不出草原的味道。那是渗透在他们骨子里、融入他们血液中的。我只能被感染、被陶醉、被征服。除非我在这个草原上出生，在这里成长，像这里的一棵草一样，从头至尾沐浴的是草原上的阳光，呼吸的是草原上的空气，头上顶着的是草原上纯净无瑕的天空。

而时间，就这么快地流过了。四天的日子，没有用手机，没有上网，甚至没有看书，却并没有感到与世隔绝的着急和难耐。如果可能，我倒是想在这里常住的，这样散淡的生活，也许真适合有一些散淡的我。但我知道不能，世界已经定格，这是个不属于我的地方。坐在出山的摩托车上，一再地回头看身后苍苍茫茫没有边际的草原，我想，会不会我也和路边河里流淌的水一样，再也没有回到草原的机会了呢？一念之间，我体验了永别的悲凉。

摩托车行驶了四十多分钟，才到了有公共汽车的地方。一条简陌的马路通向山外，然后还要换乘，才能回家。因为杨留在了草原上的婆家，这一次，我得一个人回市区，走的也不是来时的路。站在路口等车，看看手机，居然有信号，忽然就想和人说话，告诉亲友，我此刻身在何处。拨出了熟悉的号码的那刻，心中闪过一个念头，就又挂断了。一个人，在一个完全陌生的地方，静静地等一辆车来，带自己回到原来的生活。

我想，有一些快乐，其实只能一个人体验。

上午十点半，我坐上了往东开的汽车。天已经很晴朗了，强烈的太阳光透过车窗玻璃照在脸上，车窗外，飞驰而过的白杨树叶泛着明晃晃的绿，有点儿刺眼，回头看车内的人，大都懒懒地闭着眼睛睡着。我一时有些恍惚，他们和我，到底是谁身在梦中？

车里的电视里一直播放着腾格尔的专辑，是草原歌曲，忽然就觉得很亲切。以前看腾格尔唱歌，总以为他的神情太夸张了，不太喜欢，但此刻，我忽然懂了，那不是表演，更不是夸张，那真是深入骨髓、发自肺腑的爱。

那种爱，没有去过草原的人，是无法深刻地理解的。

2007年8月

黑河西去正义峡

在正义峡见到的黑河，是我从来没有见过的黑河。

红褐色的两山之间，奔涌而去的河水，那种汹涌澎湃，那种气势磅礴，那种波浪翻卷，那种辽阔浩荡，真有万马奔腾、一泻千里的壮观气象。这非凡的气势，一下子就震慑住了我，我屏息凝神，一步一步走近，甚至有点儿怀疑自己的眼睛，不敢相信，这就是古称"弱水"的黑河。

在黑河边出生，喝黑河水长大的我们，曾无数次亲近黑河，也曾看到过不同季节、不同地段、不同状态的黑河，但从来没有哪一次像今天这样，感觉如此震撼，如此心潮涌动。站在正义峡口，眼睁睁看着浩浩汤汤一河秋水奔流西去，禁不住泪盈眼眶，心生眷恋。就好似送别自己至亲至爱的人远去，心里竟涌动着一丝难以割舍的忧伤。

是的，是忧伤。淡淡的，也是清晰的忧伤。这个已经被自己有意无意摒弃多年的词语，居然在这样一个平常的下午，轻易地击中了已过不惑之年的我，让我内心获得了一种久违的感觉。这种感觉，让人意外，也让人欣喜，我有点儿享受这感觉。这感觉，敏锐而单纯，让眼前的黑河更加壮美，也更加纯粹。

哦，黑河。秋天的黑河，黄昏的黑河，我们的黑河。我在心里轻轻地吟诵，不知不觉就念出了声音。周围山水环抱，万物沉静，哗哗的流水声中，声音轻得只有自己能听见，我再一次泪湿眼眶。泪眼蒙眬中，我定下心神，看到眼前石碑上的几个大字——正义峡。

石碑不大，碑上的字也是今人书写，但眼前这山水、这峡口历史悠久，历经沧桑。峡因河而生，河以峡得名。正义峡是黑河的分水岭，出了这里，黑河就告别张掖地界，进入酒泉和内蒙古的地域。这里地势险峻，自古以来就是天险要隘，古名是"镇夷峡"，直白地彰显了峡口在抵御少数民族入侵中的战略作用。这一路上山，见到的很多烽火台，也是很好的佐证。新中国成立后，此峡方改名为正义峡，这个名字更为贴切，也更符合黑河这条国内第二大内陆河坦荡恢宏的气势。相传，古时这里的峡口被巨大的山石阻塞，常常有水患发生，老百姓生活不得安宁。大禹治水时用神斧将巨石劈成两半，峡口豁然开朗，山崖上至今还留有当年的遗迹——神禹斧痕。峡口两山对峙，绝壁千仞，黑河水随地势滔滔流入石峡，蜿蜒曲折穿越百里峡谷。河水穿过正义峡后，日夜不息奔向额济纳旗茫茫的大沙漠。这是《尚书·禹贡》记载的"导弱水至于合黎，余波入于流沙"的传说，也是张掖老百姓口耳相传的正义峡传奇故事。

来到这闻名遐迩的正义峡，是在一个秋天的黄昏，我们驱车一路往西，沿着黑河前行，辗转近三个小时。张掖的秋天，是盛大而隆重的，如绚烂的油画：湛蓝的天空如同被水洗过一样明澈；蓝天之下，田野是金黄色的，到处是成熟的庄稼和果实，空气中弥漫着瓜果和粮食的香味。黑河两岸的树木，被秋色浸染得色彩斑斓。静静流淌的黑河掩映在这画卷中，如一条明亮的玉带，蜿蜒曲折，穿行而过，滋养着张掖大地上的城市和村庄。

这一路，我再一次真切深刻地感受到了被称为母亲河的这条河流，和她对张掖这块热土绵长深厚的情意。

黑河如带向西来，河上边城自汉开。在张掖，黑河是自东向西流的。我曾去过青海的祁连，那里的八宝河是黑河上游的支流，河面很宽，河滩上大大小小的石头被冲刷得非常干净，河滩的高度几乎和岸两边的田地齐平，正应了"黑河有底无边"的说法。那里离祁连雪山很近，五月份，刚刚融化的雪水带着泥土的混浊流淌而下，河边的草树绿意融融，但河水依然非常冰冷。再往南到祁连山中的黑河大峡谷，看到的却是完全不同的画面。这里地形狭窄险峻，河水从峡谷深处穿过，河面很窄，水流湍急，白色的水浪拍打山崖的声音，像是低沉的怒吼。河两岸都是陡峭的山崖，往上看，岩石裸露，似乎随时都要跌落下来；往下看，河水滔滔，波浪翻卷，像是咆哮的巨龙，看得人心惊胆战。祁连山大峡谷里的黑河如一个脾气暴怒的青年，让人不敢靠近。

　　从莺落峡进入张掖境内，经历了近三千米海拔的落差，地势变得平坦，黑河水流也渐渐变缓。水流自南向北，在甘州境内的乌江拐了一个弯，转头向西。这里的黑河汇集了一部分地下暗流，水量最为充沛，引水渠遍布广袤的田野。过乌江继续向西，流经临泽、高台，河水依然不急不缓，两岸自然也是草木茂盛，鸥鹭翻飞，庄稼长势好自不必说。出高台正义峡，黑河就算流出了张掖地界，向内蒙古额济纳旗而去，最终汇流于居延海。

　　一条河流的中游，正如一个人的中年，性格中少了年少时的轻浮狂躁，多了平和沉稳，也多了甘于付出的博大胸怀。张掖的黑河，正是中年的慈母，有着最从容的步履、最美丽的容颜、最温和的脾性、最宽广无私的胸怀，滋养了张掖大地，让古丝绸之路上的这片土地拥有了"金张掖"的美誉。尤其是在自古以来被称为"鱼米之乡"的乌江镇，黑河的脚步更加从容缓慢，水面更加宽阔，两岸碧草连天，田畴如画，鸥鸟翔集。乌江大米一度成为皇家贡米，全得益于黑河水的浇灌。

年少时，不懂得"母亲河"这个词的真正含义。步入中年，走过一些地方、经历过一些世事之后，才真正理解了河流对一个地方的意义。我去过黑河上游的祁连，也去过下游的额济纳旗，直至黑河的终点居延海。沿着黑河行走，能清晰地感受到河岸两边临河而居的座座村庄，就像是一棵大树上结的果实，都有着相似的容颜和气息。这些千载相承的村庄，树木葱茏，屋舍错落有致，从黑河里分流出来的大渠小沟如大树上分散的枝丫，引黑河水入田，喂养着房前屋后的果实、庄稼、牛羊和世世代代生活在这里的人们。无论是临泽的红枣、高台的辣椒，还是额济纳旗的胡杨，它们身体里流淌的，都是黑河母亲的血液。黑河是它们共同的精神图谱。

史料记载，张掖引黑河水灌溉农田的历史可以追溯到西汉。

哦，西汉，多么古老而久远的朝代。

那么，此刻，我眼前的黑河，在夕阳的照射下泛着金色光芒的黑河，依然奔流不息、滔滔北去的黑河，就是这么浩浩汤汤、前赴后继地流淌了几千年，甚至更长的时间吗？

"大江流日夜，客心悲未央。"古人将河流山川和日月天地并称，都含有永恒不变之意，但看水流不息、不舍昼夜，多少会让人觉得怅然若失，生出些许伤感悲凉。在这之前，我们虽然也曾无数次亲近黑河，却从来没有想过，一条河流的生命，原来可以这般绵延往复，生生不息；也从来没有意识到，河流的生命正是因为奔流而不息，而长久，而永恒。无论是否有明确的目的和方向，也无论经历多少起起落落，都能因势赋形，保持着激昂蓬勃的生命力，永远不会回头，自然而然地流进无尽循环的时间轮转之中。

刹那间，我仿佛明白了自己内心的感伤从何而来。面对奔流不息的河流，那种时间流逝的瞬间感受，比任何乌飞兔走、沧海桑田都要来得深刻而强烈。眼前的河流，是流动的，也是静止的；是喧嚣的，也是沉默的。河流连绵不绝的涛声，仿佛母亲雄浑沉郁的低语，贴心而持久。反观自己，生命虚度的恐慌和愧疚交织，让人感觉无力又沮丧。

静静地站在正义峡的石碑前，看满满当当的一河水滔滔北去，仿佛有一种义无反顾、前赴后继的决然，内心不由得生出一种无以名状的悲壮，又仿佛面对着生养了自己的父母，不知道如何感恩，有一种无以为报的茫然。在河流山川、天地自然面前，个体生命是何其渺小，又何其卑微。每个人都如同一滴水，是时间河流中漂泊的过客。人生一世，草木一秋，从荣到枯，被时间的河流带走，也不过是刹那间的事。

天有点儿阴沉，不似晴朗的秋日那么蓝得耀眼。对岸的山崖，在夕阳的逆光中，轮廓清晰，色调暗沉，宛若从滔滔河水中生长出来的一般，有一种寥天孤云的空茫感。这辽阔而苍茫的景象，让人有点儿恍然，一时竟恍如隔世，唯觉天地间只剩下了自己，以及这条与自己血脉相连的河流。

哦，黑河。秋天的黑河，正义峡的黑河，张掖的黑河。

我再一次轻声吟诵。在这个秋日的黄昏，这条河流再一次深深地打动了我，感染了我，也震撼了我，让经历了中年烟火人生之后的我，再一次获得了某种纯粹而沉实的情感。

这情感，是敬畏，更是热爱，是对自己、对河流、对时间、对尘世深切而真挚的热爱。

2020年9月

秋日甘南

1

早上十点，出发，前往秋日的甘南。

都说夏天适宜去草原，气候凉爽，天蓝草绿。入秋后，天冷，日子短，草黄了，似乎不大好。

但我一直以为，一年四季，草原都有不一样的美。

与夏天铺天盖地、一望无际的绿相比，我更愿意感受秋日草原的美，色彩斑斓，略带清冷。

更重要的是，这一次选择了自驾，这是我心里一直以来的念想。两个人，一辆车，行程和时间都尽可能宽裕一些。不受任何拘束和催促的行走，给自己和将要面对的地方，留更多的空间。

放慢脚步行走，且让我们慢慢感受。这些年似乎越来越不计较风景如何了，反倒是对旅途中同行的脚步是否合拍更为苛求。

计划在临夏市住一晚，在美团上订了房间，价格超级便宜。

近七个小时的车程，一路向东……

六点半，夜色苍茫，抵达临夏。我曾路过这里两次，两年前的"五一"假期来过，住了一晚。上次逛了八坊十三巷，虽然觉得好，但因为人多，拥挤嘈杂，只匆忙走了一条街。这次人少，在橙黄的灯光下，改造后的老街更美。尤其让人喜欢的，是脚下的井盖，全都设计了陶罐纹饰，美观又独特，很好地展现了地方文化；还有墙上的河州砖雕，也是甘肃一绝，在这个位于市中心的景区，得到了很好的展现。

2

临夏到合作只有一百公里左右。因为时间宽裕，不着急赶路，早上睡到快八点了才起床。这就是自驾的好处之一，不必晚睡早起赶时间，当然还有带衣物方便，所以我还带了珊瑚绒睡衣、棉拖鞋、洗脸盆。把它们放在车里，只在晚上住宿时带到宾馆房间，免去了乘坐公共交通上车下车大包小包提来提去的麻烦。

早饭后出发，一个多小时就到了合作。十点四十，直接将车开到了米拉日巴佛阁停车场。游人不是太多，但总归是节假日，游人还是比平日里多些，大多还是藏族人。来过的地方，总能找到熟悉的感觉，佛阁门前堆了很多鞋子，我们也脱了鞋，跟着人群进入佛阁，跟着人流一层一层往上走。这是1988年在毁掉的原址上重建的佛阁，各类佛像就有一千多尊，我们走在这里，感受藏传佛教文化的深厚底蕴。走了一圈下来，又去看后面的建筑群。我喜欢藏式佛教建筑的风格，尤其是色彩搭配，紫色、白色、红色、黄色，热烈却不扎眼，浓郁却又清雅。真好看。

中午一点多，从合作出发，打算路过尕海停留，然后直接到郎木寺镇。这一段路是爬山路，车跑得不快，一路上边开边看，感受草原天高地阔的壮美。秋日的草原，深深浅浅的黄色和绿色参差交织，在阳光的照射下，仿佛镀了一层金色，更有层次，看得人心情大好。

甘南虽然不比热门旅游地，但一路上车也不少。途经一处景点，远远看到很多人停留拍照，原来是郭莽湿地，栈道尽头有壮观的天鹅雕塑，估计这里有天鹅栖息。反正也不着急赶路，我们也稍作停留，沿着栈道往草原深处走，金色的牧草在风中摇曳，蓝天白云加上远处的青山，这种天高地阔的壮美，正是草原的魅力，让人舍不得离开。

路过尕海，车流如水，三排车并排堵住了通往水边的路，车子如同蜗牛爬行，我下车往前走探看究竟，原来景区车辆太多，有的随意停车，有的逆行，因此堵车越来越严重。我赶紧回来，及时掉头，往郎木寺走，不然等一两个小时也不一定能出来。一路上想着上次坐大巴没有停留，远远看见的尕海，只见一片明亮的色彩，就一闪而过了，这次是一定要近距离亲近的。但这样拥堵，再美的景，也无心看了。

虽然预料到郎木寺今非昔比，怕没地方住，便提前在美团上预订了房间，但还是没想到郎木寺会有这么多车、这么多人。车一辆跟着一辆，在狭窄的街上和人争道。窄窄的石板路两边，闪耀着很多酒店的招牌。七年前我们来过的小镇，如今已经扩大了很多，尤其是增建了很多酒店，大都是在原来的民房上又加了楼层，装修成酒店标准间的样式。现代旅游对藏族人的生活有所改变，优美的自然风光为这里带来了大批的游客，为当地居民带来了可观的收入。他们为游客提供食宿，大多是家庭经营，一家人全是服务人员。我们在网上预订的云祥酒店，也是增建在窄小的街边民居上的单层楼。小小的院子里，已经停了好几辆车，我们将车子小心翼翼地开进院子，停在最边上的角落里。老板还嫌不够靠边，自己上车开到最边上，还要腾出一些地方停车。

安顿好后出门，迎面就看见了糌粑客栈——七年前和好友雀来时住过的地方。七年时间过去，这座砖砌的小屋居然还在。虽然已经改换了门面，变成了"老牌川菜"，但的的确确就是这个地方，就是这座暗红色的砖房，就是这座小木桥。我有点儿兴奋，走进去看，屋子里的吧台、桌椅，甚至墙上的装饰都还是原来的样子。此时正是饭点儿，里面坐满了人，我径直穿过去，进了院子。我们原来住过的二层木楼上的房子也还在，院子里的树、木篱笆的后院墙和简陋的门都还在。主人不再是那个小伙了，换成了另一家人，他们正忙着招呼客人，没有顾得上搭理我们。我推开后院门，那条小溪也还在，水流还是那么湍急。一切似乎都是我一路上描述的样子，原封不动地等着我来，沉寂了的记忆，并没有因为久远的时间而模糊不清。我掏出手机翻看曾经发的朋友圈。那时候刚刚有了微信，在糍粑客栈的夜晚，木质的桌椅，简素的装饰，温暖的火炉，门前潺潺的溪水声和屋子里一直回响的《加州旅馆》的音乐，还有面对面坐着的友人，一切都那么符合心意，那样的时刻，充满极度的满足感和幸福感，让我有一种想流泪的冲动。当时我给李先生打过电话，在木质的椅背上写了字，还发了朋友圈。

朋友圈里留存的图片和文字，比记忆更为清晰。我有点儿感慨，看来发朋友圈，也还是有意义的，至少是对自己走过的路的记录。

感情真是很奇怪的东西，仅因为一次驻足留下的美好记忆，我对这里充满了好感，觉得格外亲切，就想在这里吃饭，重温曾经的感觉。吧台前有好多客人在等饭菜，我们就在院子里的火炉边坐下来等，问小伙子有什么现成的食物，刚好看到他妹妹端了一个盘子从吧台里走过来，跟她哥哥说菜做好了，客人等不住已经走了，于是我们就要了这盘热乎乎的红烧牦牛肉。这让我想起那年我们住宿，每人三十元的住宿费，没收押金；还点了几个菜，那个小伙子没有先收钱，说等走的时候一并结账。第二天早上九点多我们离开的时候，他还在睡觉，店里一个人也没有，也不怕我们不结账就走了。我们出去逛了一圈回来，他还在睡，就喊他起来，我们结了账才走。

吃过这盘红烧牦牛肉，天已经大黑，街上的灯都亮起来了，人也更多了，还有车不断地开进来，窄小的街道上熙熙攘攘。我们沿着街一家一家店铺逛过去，店里面卖的大多是藏式披肩和各种藏饰。藏饰的材质各异，比如黄色的蜜蜡、红色的珊瑚、蓝色的绿松石。我们一家一家挨着看过去，并不买，觉得看看也很有意思。街边新增了很多家饭店，大多是川菜馆。这里是甘肃和四川的交界处，但会做生意的大多是四川人，甘肃这边的街上，相比四川那边显得有点儿冷清。

虽然这里比七年前繁华热闹了不少，但终归还是地方小，不一会儿，我们就把郎木寺镇逛了两遍。我不觉得旅途疲累，执意要再走走，于是再一家一家逛。拥挤嘈杂的街上走的都是外地人，也许因为冷，无论老少，女性的肩上都披着不同颜色和花纹的披肩，倒是本地人，穿着寻常衣服。忽然间大雨倾盆，但街上的行人并不见少，只是路边的小摊被摊主匆忙收了起来。我们站在街边躲了一会儿，还是不见雨小，就钻进一家商店买伞。老板从箱子里翻出伞来，按原价收了十六元，没有坐地起价。

宾馆里条件虽然简陋，但有电热毯，这就够了，恰到好处的暖和和"郎木寺"三个字一样，让人安心，给了我一夜深沉的睡眠。

3

在异地的小镇上，睡到自然醒，是旅行的幸福之一。

虽然早餐又贵又难吃，但并不影响我们的好心情。

先去位于小镇南面的寺院。朗木镇地处甘川两省交界处，朗木寺实际由甘肃境内的赛赤寺和四川境内的格尔底寺两座寺院组成，两寺隔白龙江遥相呼应。一镇跨两省，我们住的这条街位于四川的阿坝州若尔盖县。从我们住的地方往南一百多米，就到了小镇尽头的四川境内的格尔底寺景区门口，门票三十元。

进了景区，我们顺着路往山上走。依山而建的寺院，据说是四川阿坝地区格鲁派规模最大、最具影响力的寺院。游客三三两两，一路上遇到成群结队的喇嘛，大多是青壮年男子，还有些是十岁左右的孩子。除了喇嘛，寺院里最常见的是老年的藏族妇女，她们心怀敬意地绕着寺庙转经，一圈又一圈，非常虔诚。

在寺庙里逛了一圈，也只是看热闹而已，我们既不懂他们诵经、念经的各种仪式和规矩、讲究，更不了解他们的生活状态和所思所想。对于他们来说，我们是闯入者，在窥探他们的生活，换了是我，也会不舒服，总觉得有点儿愧疚。其实，我们更应该尊重宗教信仰和隐私以及传统的文化习俗，尽可能少地打扰他们的生活。

从寺院里出来，我们去看白龙江源头。上一次来，见到的白龙江只是一条窄窄的小水沟。这次感觉宽了许多，也许是因为整个小镇的改造，将原来的水沟拓宽了，但称之为"江"还是有点勉强。我们沿着溪边逆流而上，风景越来越美，空气也越来越湿润，白龙江从两山之间潺潺流下来。据说一直往里面走四五个小时，风景更美。我们没有继续向前，对于美景，浅尝辄止就够了。

返回镇上，十一点，再往北走，去甘肃境内的赛赤寺。隔这么近，四川的收门票，甘肃这边免票，倒是让我们作为甘肃人有点儿小骄傲。因为免票，这边的游客明显较多。加上到了正午，天气晴了，太阳光明晃晃地照射在金色的大殿顶上，晃得人睁不开眼睛。甘肃这边的寺庙规模比四川那边的略小些，显得紧凑而规整。

毫无疑问，这里是摄影爱好者的天堂，天蓝得不可思议，和西藏的天空一样，纯净、干净、洁净……任何比喻都是蹩脚的。藏式建筑的美在蓝天白云之下，更是让人惊叹，随你从哪个角度看，都是独一无二的大片，手机或者相机的镜头，也只能取其一二而已。我们慢慢走，慢慢拍，阳光照在身上，感觉格外炽烈，像无数的细细的针头刺进皮肤且没有经过空气的过滤一般纯粹。

从山上下来，已是下午两点。因为刚才吃了点儿自带的水果和月饼，也不饿，但我还是有点儿舍不得离开，就又进到糍粑客栈。本来还想要再找找当年写下的字，但每一个椅子背后都翻看了，没有找到。索性坐下来，又点了一份牛肉饼。牛肉饼是现做的，等了好久才上来，热乎乎的，似乎还带着柴火的香味。

三点出发。直接导航到扎尕那。上一次来，对迭部县城印象不好，街道上到处在修建，乱糟糟的，晚上也不安静。后悔没有大胆一点儿，直接去住扎尕那的民居。后来在网上看，扎尕那除了风景，更有特色的就是保留下来的古老的藏式村寨民居。我们倒是沿着盘山路一直走到了山顶，途经一个又一个村庄，没有想到要停下来进去看看。也是因为当时正下大雨，我们租的车，不可能随走随停。陆放翁"细雨骑驴入剑门"，我们"细雨驱车扎尕那"，无论是当时的情境，还是此时的回味，感觉都很好。尤其是当车子到了山顶，雨刚好停了，云开日出，天光大亮，让人一下子兴奋起来。

一路上，车不多，路还是那样一道弯又一道弯。我想起那年我和雀在路口拦了一辆自驾游的车，带我们到了迭部，也算是一次幸运的旅行吧。此时，路边若有人拦车，我想我也会停下来，带人一程。

网上搜住宿。且不说扎尕那，就连迭部县城，酒店全都客满。

看来我们这是赶人最多的时候来了。但既然已经出发了，总不能掉转车头往回走，于是继续往前，做好最坏的打算，如果去了真没地儿住，就睡在车里，从买车到现在，还没在车里睡过呢。人一旦有了退路，往前的脚步也就不再迟疑。如果真的睡在车上，想想也会是人生中难得的经历呢。

我一向不大记路，更何况时隔七年。扎尕那其实离迭部县城不远，我们在岔路口没有听明白导航的指示，就走错了方向，直接开到迭部县城了，索性到县城逛一圈再掉头往回走。

七年前我们下山时看到正在建设中的景区服务中心，如今早已投入使用，那附近聚集了很多车辆，有工作人员在疏导车辆。我们下车按照指引购买了每人五元钱的保险，相当于进入景区的通行证，工作人员说这保险三天内有效，如果扎尕那没地方住，可以回到县城，明天再去也可以。这更让我们做好了在车里住的准备。七年前，这里其实是没有景区的，我们只是顺着山路一直盘旋向山顶，路过一个又一个村寨。现在不仅有了景区，而且很大，显然来这里的游客很多，足球场大的两个停车场里停满了车，人多得如同闹市。我们找不到停车位，就继续往山上开，按记忆中的印象。我期待能走进一个村子，哪怕在车里住，也得有地方停车吧。上山的路两边早已停满了车，一眼看去，山脚下的村子已经不复当日的安静古朴，到处都是酒店的闪亮招牌。还没有到我预想的背静处，就看到路边一个小伙子招手，原来是家庭客栈在招徕顾客。问价格，三百八十八元，倒也没有预想中的那么贵。小伙子骑着摩托车七弯八拐带我们到了他家里，很小的院子里已经停了三四辆车，也是在原来的房屋之上增建了三层楼。跟着小伙子上了很窄的外置楼梯，上去看，很小的房间一个挨着一个，里面也是按宾馆标准间布置的，很显然是近几年做好的，这里不缺木头，整个房间都是木质的，感觉也还好，只是卫生间太小。我们很满足，觉得有地方住已经很幸运了。

有了住处，就安心悠闲地出去逛。窄而陡的坡路上，车来人往，热闹非凡，少了一些藏族村落的感觉。这里大多是川味饭馆，偶有一两家藏式餐馆，卖的也多是简便快捷的米饭炒菜，且都是人满为患。好在夜色越来越浓，漆黑很快覆盖了喧哗，山间除了依然闪烁的灯光，很快就进入巨大的安静之中。

4

雨滴滴答答整整下了一夜，反倒让人睡得安稳。早上起来，整个扎尕那都笼罩在烟雾之中，远处的山，近处的村庄，清新又朦胧，美极了。真要领略一个地方的美，就要在这里住宿，至少一晚。一直遗憾上一次没住，这次算是实现了。

下山去对面的景区。排队，坐观光车，然后再步行进入山间。一路上树木、流水、大山浑然一体，景色美得惊心动魄。山间的树木被秋色浸染，各种深浅不一的黄、绿、橙、红、蓝、黑、紫，明艳、深沉、热烈、清新，无论怎么看，都赏心又悦目，让人心情大好，加上一路上溪水清澈，真有"收天下秋色，归之于肺腑"的感慨和感动。这世间，无论是美景、良人，相遇都需要机缘。我当存感恩之心。

刚下过雨的山路，有些泥泞，但我们不愿意骑马，想慢慢走，慢慢看。两个多小时才走到第一个景点——神王庙。据说最美的风景，在山的更深处，需要步行七八个小时。算算时间，当天无法返回，再往里面走，也需要更专业的装备。于是往回返，来到山下的仙女滩，这是山坡上一处平缓的草地。慢慢往前走，这才觉出疲惫。

决定在这里再住一晚。

游客明显减少了，很多人返程了。我们想换一个住处，就边走边看。找到一家看起来大一点的酒店，价格居然比昨天便宜一百元，就将车开过来住在这家。打开房门，我躺在床上，再也不想动了。休息了一会儿，老公又出去了，他说夕阳下的景色很美，整个扎朵那都沐浴在金色的阳光下，但我实在太累了，不愿意起身，也不愿意出去吃东西，吃了点儿带来的水果就又钻进了被窝。

这里的夜色来得早，九点多从窗户看出去，夜色如浓墨，这是真正的漆黑，像小时候在乡村看到的那种黑夜。

扎朵那恢复了安静，我也进入了深沉的睡眠。

5

清晨的扎朵那依然笼罩在云雾之中，我们离开的时候，天气有点儿阴，也许山中都是这样吧。本来想要去冶力关的，在地图上查看，车程需要七八个小时。向酒店老板打听，他直接说我们开不过去，因为路没有修好，我们只好放弃了。

返回时路过朵海，一片大好风光。十一点，太阳扫清了天空中的阴云，天蓝得清澈纯净，朵海静卧在微微泛黄的草甸子之中，泛着耀眼的光芒。风吹过来，金色的牧草摇曳着，辽阔的草原有了细致而具体的美。

更让人心情愉悦的是，这里人很少，这大美的草原，这大美的蓝天白云，这大美的波光粼粼的尕海，几乎是我们独享的风光。想起诗人人邻的诗句："似乎谁醒着，这草原就是谁的。"

此时，尕海是我们的。

这样的好心情，保持了好久。

2020年10月

甘

州

诗意水云乡

秋天似乎是甘州最美的季节。

天空澄澈，白云舒卷，微风轻拂，黑河滩上的树林色彩斑斓，大片大片的金黄渲染，映衬得蓝天如华丽的丝缎般润洁亮丽。我又一次陪着朋友来到甘州水云乡生态公园——这两年，这里已经是甘州最亮丽、最新颖的生态名片了，似乎每一个来甘州的人，都要从这里开始走进甘州，感受甘州，领略甘州。

朋友是第一次到甘州来。之前，用他自己的话说，对甘州已是"久闻大名"了，这次过来，正是"百闻不如一见"，要一睹大美甘州的风采。

时值深秋，正是"芦花初白芦苇黄"的时候，身为土生土长的甘州人，我自己也一直觉得，甘州最美的景致，正是在秋日。"甘州城北水云乡，每至深秋一望黄"，乘车前往城北的时候，我就先介绍了古人的这句诗，并告诉他们，那种铺天盖地、一眼望不到边际的黄，如天上的云海般，既让人震撼，又让人心静如水，正应了"宠辱不惊，看庭前花开花落；去留无意，望天上云卷云舒"的意境。友人质疑："有你说得那么诗意吗？"

来到城北的黄水池观景平台入口，踏上曲径通幽的木质栈道，才发现，甘州的秋，早已在这里泼墨挥毫，铺排成了一幅气势磅礴却又逸然清雅的长卷，而诗意，更是无处不在。深秋的清晨，空气中已经有了隐隐的清寒，木质栈道上竟落了薄薄的一层白霜，在清晨的阳光下，闪着晶莹的光芒，让人不忍心踩下去。芦花如雪，白得耀眼，在晨风中轻轻摇曳，细细长长的叶子被秋霜浸润成了明黄，莽莽苍苍，苍苍茫茫，连成了一眼望不到边的海洋，"蒹葭苍苍，白露为霜，所谓伊人，在水一方"，我坚信，这美丽的诗句就是在这样的景致中写出的。在这里工作的同学带着我们游览，他告诉我们，入秋以来，这里常有大雾笼罩，千顷芦苇荡笼罩在浓雾之中，一切都是湿漉漉的，氤氲着水汽，有时可见度仅三四米，身在其中，只闻其声，不见其人，这在以前的甘州是不曾有的奇观。他曾有诗曰："秋城寒雾融，烟滞隐茏葱。闻语知人在，茫然不辨东。"

听着同学的介绍，我们走走停停。秋风拂过脸颊，满眼的芦花就那样一览无余地铺展绵延到湛蓝的天际，我已经不止一次来过这里了，但每一次，内心都会震撼，不觉间，有泪涌出眼眶。有风吹过来，白色的芦花就如为情一夜白头的痴情女子，揉碎了心底的那份执着，而芦苇的叶子簌簌地响着，仿佛一曲苍茫的歌谣。"那时候读过苍苍蒹葭，秋水清凉，浸湿了童话，芦花飞雪的时候，秋水的倒影里，是怎样的她……"我给朋友唱甘州人自己作词作曲的歌曲《芦花谣》，略带忧伤的旋律，伴着浩荡的芦苇，飘飘然，悠悠然，在这个清凉的秋日，洞穿了我们的肠肺。

千顷芦苇自然是湿地最好的自然景致，使人心潮澎湃，而芦花荡中别有情趣的亭台楼阁、观景长廊更让人心生暖意。那些纯木结构、茅草做顶的观鸟亭、迎客亭如伞如盖，铅华洗尽、古拙质朴，是景致中别有趣味的点缀物。一路步行累了，休憩的时候在观鸟亭俯瞰整个芦苇荡，近处木质栈道曲折回旋，移步换景；远处的祁连山青峰相连，山顶的积雪白得晃眼。祁连山与水云乡、雪峰与湿地，就以这样千年的守望，孕育着天地的灵气，孕育着大美的甘州。

从观鸟亭下来，同学带我们去荷塘。李商隐诗中"留得枯荷听雨声"的意境算是为我们提供了真切感悟的机缘。荷叶在这一季早已不再张扬，向内卷着的叶子枯枯的，却还有些筋骨，存留着卓然挺拔的风姿，似乎还能从清新湿润的空气里嗅得到荷的清香。八月初秋，我曾多次来过这里的荷塘，那时候，正是荷花竞相绽放的季节，红的娇艳，白的纯洁，成群的蜻蜓更是亭亭玉立于荷尖，不由得让人暗自喝彩，心心念念。所有的花卉中，我一直钟爱荷，爱她的简洁、明丽、清爽。身在北国，上学时对于"出淤泥而不染，濯清涟而不妖"的描写只能靠想象去感悟，后来对"接天莲叶无穷碧，映日荷花别样红""荷叶罗裙一色裁，芙蓉向脸两边开"的句子几近痴迷，却也不敢奢望这样的景致能在塞外看到，尽管甘州一向被称为"塞上江南"，但毕竟是大西北，"竟见芦花水一湾"已经让人诧异了。同学说，这几亩荷塘是从南方引过来做实验的，看能不能经受北方的寒冬而安然无恙。冬去春来，荷花比去年开得还蓬勃了，看来"三秋桂子，十里荷花"的江南美景在甘州再现已然不是梦想。

河塘旁边的池子里，有几群白色的鸭子在水面上游来游去，自在而悠然。一洼水塘一绿洲，依水而生的植物总是格外葳蕤多姿。再往前走，芦苇一丛高过一丛，小桥下面流水潺潺，不时听见芦苇深处传来扑棱扑棱抖动翅膀的声音。同学介绍说，这里是活水，水源足，所以芦苇长得格外茂盛，也聚集了许多水鸟——野鸭、白鹤、黑鹳、白天鹅、黑天鹅、鸳鸯、白鹭……春天的时候，成群的天鹅在清凌凌的水中飞翔嬉戏，美丽的身影在蓝天碧波之间划出优美的曲线，很是惊艳，吸引了许多摄影爱好者来这里抓拍。现在最多的是麻鸭，远远看去，灰黑的身影像一个个音符，在水面上跳跃，人到近处它们也不怕，三三两两，扑棱着翅膀，从水面上飞过；更有林间不知名的鸟雀，啾啾地叫着；而天上的大雁，正开始往南飞，让人不免想起"天高云淡，望断南飞雁""雁叫声声，相逢路上话春秋"的词句来。说话间，到了一处水塘，又见数百只白色的野鸭嘎嘎叫着，打破了宁静。这是正在修建的漂流河码头，是野鸭的天堂。游人驻足观赏，常会和它们拍照，而这些憨头憨脑的精灵，也早已习惯了和人类友好交往，甚至会慢条斯理地摆出最美的姿态。李清照"争渡，争渡，惊起一滩鸥鹭"的词句，流传了千年，千年之后，甘州湿地的"鸥鹭"却已是处变不惊、与人和谐相处了。看来自然的美需要发现，更需要呵护。

　　一路走，一路感慨，友人坦承我先前的介绍没有夸张：这水云乡天然、恬静，毫无粉饰矫情之态。如果说秋天是甘州最美的季节，那么水云乡就是甘州最美的诗篇。

　　诗意的甘州，诗意的湿地，诗意的水云乡！

2010年12月

雪落丹霞

　　雪落无声，甚至无形。似有若无，只感觉润湿扑面，沁人心脾，定睛凝神，却无踪影。如雾，只在远处氤氲；似霜，仿佛能融入呼吸。

　　平山湖的山，就在这样悄无声息的雪中，幻化成了气势磅礴的丹霞，绵延千里，浩瀚无边。

　　这丹霞，这红色的群山，一定是有历史、有故事的。沧桑的容颜，被岁月风蚀掉了鲜活的肌肤，只留下骨肉和灵魂，似亿万年时间的堆积、压缩。每一座峰都是突兀的，都是等待的姿势，每一块岩石都浸透了风霜雨雪，厚重，苍凉，浓郁。深深浅浅的赭红色，不是华丽的外衣，而是从骨子里往外渗出的，渗透了每一寸肌肤。

　　像一把火，燃烧了亿万年，至今仍然熊熊燃烧，只在雪落的瞬间凝固。

　　像一曲气势磅礴的交响乐，演奏到了高潮，情感激越到了极致，刹那定格，雄浑悲壮。

　　像一首苍凉悲怆的马头琴长调，悠长，沉郁，反复，一唱三叹，让人看见自己内心的疼痛就静静地立在对面，清晰可见，触目惊心。

　　平山湖大峡谷丹霞，摄人心魄的美。

　　越野车绕过一个又一个弯，像穿越了时光隧道。两旁的山像时间的褶皱，一叠再叠，一弯再弯，那红色的山体，像一部部厚重的书，记录着沧海桑田的变迁，总让人的心不由得一紧再紧，生出肃穆的敬畏。

进了山，沿着幽静干净的峡谷行走，看到最多的岩石造型，就是龟的形状。无论从哪个角度看，都是形似，神更似。这些笃定、沉稳、安静的龟，大小不一，形态各异，或卧，或立，或仰天，或俯地，在峡谷的某一处静默无语。

平山湖这一片浩瀚的丹霞景观位于甘州区平山湖蒙古族乡境内。牧民家里养骆驼，我们进山的时候看到成群的白骆驼静静地立在草原上，像一幅优美的静物画。来到峡谷，又看到了骆驼，赭红的、浅红的、深红的，像凝固在山间的雕塑，个性迥异，神态逼真，造型独特。尤其是骆驼那种慵懒、散淡却又自我悲悯的气质，更是让人心颤。心底不由得也生出一丝悲悯来，也不知道是对那骆驼，还是对自己，或者是对眼前这静寂默然挺立的群山。再往前走，还会遇见骆驼，无论那骆驼是在山岩还是在谷底、山腰，是在远处还是在眼前，都让人心颤，想就此止步，和它湿漉漉的眼睛对视。

还有蟾，或者蛙，蹲伏在沟底或山尖。仰天张口的多，俯首低卧的也有。在这空旷的峡谷里，雪无声，湿润润的，让人恍若置身乡间夏夜，清凉凉的月光下，蛙声一片……

继续往峡谷深处行走，人恍若穿越了时空，远离了熙攘纷争的尘世。越往里走，山体越奇崛、惊险，心却在这样的穿越行走中渐渐趋于宁静安然，甚至泛上来淡淡的喜悦，步履也越来越轻盈，思绪若雾，在这山间萦绕、飘浮。两边赭红色的山体敛聚、沉郁、避世绝俗，似规模宏大的中世纪城堡，似十八罗汉立地成佛，似万千僧众羽化成仙，似藏地喇嘛的袍衫，似十万信徒供奉的佛龛。面对这样的景观，要屏住呼吸，放慢脚步，用安静的心灵慢慢感悟、细细体味。

空旷的峡谷里，脚踩在碎石沙粒上发出的声响也是悦耳的。我在心里暗想，能在这纯净的地方行走，是有福的。正这样想着，抬头，就看见山顶上一尊观音，手持玉瓶，姿态端庄，俯瞰着峡谷里的众生。所有的人都停下了脚步，不说话，只是静静地仰望。

不知道什么时候，若有若无的雪停了。昏黄的太阳挂在远处的山头，没有耀眼的光芒，似乎也受到了这沉郁的丹霞地貌的感染，收敛了锋芒。抬头，两山之间露出一线天光来，我们沿着陡峭的山崖往上爬，狭窄处，只能容一人侧身通过。这里像生命之门，走出去，别有洞天。高处的景象一下子又开阔起来。赤红色的山峰绵延铺排，跌宕起伏，笼罩在雾气中，像一片海，红色的浪花起伏跳跃，一直汹涌到天边。

站在山顶，听着耳边呼呼而过的风，看着眼前造型奇异、色彩绚丽的山体，人不由得有点儿恍惚，似乎自己站在另一个星球，站在一个壮丽的奇迹里，体内的浮躁和疲惫都被剔除干净了。远处、近处多是大大小小形似狮身人面像的山体，峭拔俊逸中带着神秘莫测的气息，还有许多突兀挺立的外星人，清冷，孤傲。这让我不禁陷入遐想：它们是从哪里来到平山湖的？它们是从什么时候来到平山湖的？它们在平山湖立了多久？

往回走，又是另一番景致。峡谷里有一丛丛的沙棘，细碎小巧的叶子泛着金黄，红色的小果子还挂在枝头，为苍凉雄浑的大山平添了一抹柔和温暖的色彩。快出山口的时候，山腰间一群白色的山羊，像开在红色壁挂上的大花，又一次牵绊了我们的视线。两三户牧民的房子建在山坡上，白墙红瓦，煞是好看。

　　冬日的黄昏，气温渐渐转凉，太阳不知道什么时候已经落入西边的远山，似有若无的雪又悄悄地开始飘了。山洼里，星星点点的积雪洁白如玉，和红色的山相互映衬，艳丽的色彩让人沉醉。雪落丹霞，雪润丹霞，这一片壮丽浩瀚的苍茫，被笼罩在暮晚的雾霭中，如海市蜃楼，又一次把人震慑在它的对面。

2011年11月

温煦神沙窝

去神沙窝之前，我心里对这个地方并无太多期待，以为不过是几道沙梁罢了。虽然生在甘州，长在甘州，但视野所及也仅仅是脚步所及的有限范围，对于甘州地貌缺乏真正意义上的了解，认识难免是狭隘而肤浅的。所以，我一直固执地认为，沙漠对于被誉为"塞上江南"的绿洲来说，应该是远在天边的。

但造化就是这样神奇，我们惯常的思维在大自然面前总是那样庸常。原来，绿洲中的沙漠如大海般浩瀚，沙漠中的绿洲也如水乡一样温婉。文明与荒蛮，喧嚣与静寂，它们彼此间的距离并不是我们想象的那样遥远。这完全颠覆了我之前的所有认知。

出城不过十几公里，就到了神沙窝沙漠公园。一下车，几座巨大的沙山横在眼前。冬日的下午，阳光灿烂，蓝天如洗，绵绵沙山在强烈的光照下泛出柔和的金黄，真是世间少有的美景！光与影以最流畅、最柔美的线条交织，粗犷中透着明艳。宝蓝的天、金黄的沙都纯净得毫无瑕疵。这种干净，让人不由得屏住呼吸，生怕自己的介入破坏了世间这如梦如幻的画。在这里，风是神奇的雕塑家，不动声色中把山脊、沙坡塑成了大海中的波浪，曼妙、轻柔，还有一丝一丝的涟漪，仿佛都在瞬间凝固。极目四望，满眼皆是畅快。天和地都被铺排得大气、宁静、明丽，色彩单纯，气韵和谐，线条柔美。我不由得想起海南博鳌的海滩，那种摄人心魄的美，总是让人心生感动，热泪盈眶。就像此刻，我的眼眶早已先于我的心而湿润了。

惊叹过后，待到心气稍稍平和一些，我们开始爬沙山。沙山看似平缓、柔和，没多高，脚踩上去软软的，一使劲儿，沙子就开始松松地下滑，得赶紧拔出脚来迈步继续爬。沙山上是没有路的，踩着别人的脚印走，只会陷得更深。软软的细沙，不硌脚，甚至是在温柔地与你缠绵，却在这缠绵中耗去了你的气力。在这样的缠绵中挣扎迈步，走了许久，回头一看，却不过走了很短的一段距离。只有脚印是扎实的，一步一个轮廓，留下一个个坑。细看时，沙子依然轻轻缓缓地流着，我知道，用不了多久，这些印记就会被流沙湮没，了无痕迹。就像一个人的一生，无论是轰轰烈烈，还是平淡无奇，在时间的旷野中，都只是一粒沙子，渺小，卑微，单薄。面对这苍苍茫茫的沙海，还有怎样喧嚣浮躁的心不能渐渐归于沉静淡泊呢？

终于爬到沙山的顶端，眼前突然开阔，才发现方才艰难攀爬的沙山只不过是茫茫沙海中的一道波浪，沙浪连绵起伏，一直涌向天际。我们迎着风大声唱歌，那些曾经深深地打动了我们的老歌，不知道多久没有唱起的老歌，在日渐忙碌的日子里已被尘封的老歌，就那样自然地浮出心底。不再顾虑自己唱得是否好听，也不管有没有跑调，人在完全放松的状态下，会对自己和别人不那么苛求。对面沙梁上的朋友们也扯开嗓子回应，歌声随着风声在天地间飘荡着，心境就更加开阔坦然。在自然的怀抱里，每个人都像孩子般单纯快乐。

当我们爬上最高的那道沙梁的时候，夕阳渐渐变成了绚烂的金红色，给每个人的脸上都镀上了金黄的余晖。相机的快门不断地被按下，无论从哪一个角度看过去，都是一幅绝美的图画。

余秋雨说："世间真正温煦的美色，都熨帖着大地，潜伏在深谷。"神沙窝正是潜藏在喧嚣都市边缘的温煦美色，不事张扬，却撼人心魄。

2010年12月

古城屋兰

　　有时候，去一些陌生的地方，分明从未去过，却有一种异常熟悉的感觉，像是去过许多次一样。这种无法言说的特殊感觉，让我觉得一些地方和它们的名字，与自己心底里深藏的某一种情感，有着千丝万缕的联系。

　　屋兰，一个古老的地名，轻轻念出这两个字来，就能感觉到一种久远古老的气息。这个名字从汉代走来，像陈年的老酒，深藏在地底下几千年，在时光与温度的滋养下，不间断地酝酿，醇香、黏稠、浓郁，泛着微黄的光芒，只需一滴就能让人沉醉。

　　河西三月，阳光澄澈，天空湛蓝。我们从温热寻常的日子里抽身出来，去探访屋兰古城。出发前，我的心底里就渗出隐隐的喜悦，仿佛要穿越喧闹浮躁的俗世，回到喜爱的那个朝代中去了。这是一个难得的晴天，尽管有风，尽管树木和田野都还是苍茫的土黄色，但被风吹拂了一整个冬天的黄，由厚重变得轻薄了，并从渐渐泛白的黄里透出隐隐的生机。柳枝柔软了，就连拂过柳枝的风，也轻柔了许多。万物复苏的春天，这是一个适合出行的时节，蜷缩了一个冬天的身体和心灵，都需要舒展筋骨。

　　出甘州城向东南二十五公里，离碱滩镇古城村新建的小康楼两公里左右，便是甲子墩墓群。

蓝天之下，一座座黄色的封土堆，如同安详敦厚的老者，静静地站立在茫茫戈壁上。久远的朝代，封存在静默了千年的封土堆里，多少人来来往往，它们依然静默如斯。东西长约十公里的汉晋墓群，如同厚重沧桑的古籍，泛黄的书页依然清晰地记录着古丝绸之路的繁荣。我们到达时，正是上午十点，空旷苍茫的戈壁滩，只有西北风依然呼啸着，陪伴着已经长在河西大地上的封土堆。远处清晰可见的祁连雪山与它们遥遥相望。遗迹是最好的证言，它用自己独特的方式书写、诉说辉煌繁荣的历史。天地空旷，站在这里，任风从耳边吹过，内心静谧。挂在天边的云彩，更让人有一种空灵澄明之感。我想象自己是穿着宽袍大袖汉服的女子，只用一把朴拙的骨梳绾住漆黑的长发，不抚琴，不吹箫，而是去河边担水或者洗衣，身后是袅袅升起的炊烟……

每到一个喜欢的地方，内心总是沉浸在想象的喜悦里。这样的想象，总是让人对身处的地方心绪浮动。在这样的想象中，所有走过的地方，仿佛都是我前世的眷恋，也许，还有些许疼痛。

从甲子墩墓群，向西北行几公里，就到了碱滩镇古城村的东古城城楼。城楼不大，是在遗址的基础上修复的。如今，基座青砖，楼顶红瓦，四角飞檐，远处看，周遭树木掩映，倒不觉得巍峨高大，直至从城中门洞穿过，再仰头看，方感觉到古城的气势。城楼左侧有台阶，拾级而上，站在城楼上，古城村屋舍田地尽收眼底。城楼之上，有一座木质阁楼，雕梁画栋，是新近才补修的，里面供奉着关帝像。几位神情安详的老人围着火炉诵经，笔记本电脑里播放着佛乐。

相传，历史上的古城景致气派，城内亭台楼阁众多，风铃声声，燕鸣阵阵。这里是东西往来的必经之路和交通要道，往来商客众多，城内文化活动丰富。据史料记载，西汉时期，屋兰县属张掖郡所辖十县之一。王莽改制时，将屋兰改名，东汉时仍称屋兰。《读史方舆纪要》记载其位置在张掖县东北。《汉书》中记载"屋兰，本乌犁部，音讹为屋兰"。另一说法是，此地芦苇丛生，人们将芦苇编成房笆，当时人称房笆为屋兰，故称此名。

这是古城村村委会的宣传册上的资料。如今的古城村村民生活步入小康，对村庄的未来有了更高的理想和追求。追溯历史，展望未来，他们招商引资，筹划着要在这块肥沃的土地上还原一座屋兰古城，再现古城当日繁华。同时，发展旅游产业，吸引更多人走进张掖，走进屋兰古城，让更多人了解古城厚重的历史，也让屋兰古城走向全国，走向世界。

屋兰，告别时我再一次轻轻念出这个略带异域风情的地名，心里再一次确认，这是一个容易让人眷恋的地方，无论是它丰富厚重的历史，还是它苇席连天的优美环境。

2016年5月

沙井，从汉代走来

去沙井的那天，天空飘着细细的雨丝。

这是个让人喜欢的天气，时令已至清凉的初秋，但初秋的甘州大地上，酷暑的余热犹存。在这样一个细雨绵绵的早晨出发，心情就莫名地好起来。

其实，心情本来也是好的。八月的甘州，一向是最美的，乡村更是美到了极致，收获的季节里，空气中都洋溢着满满的喜悦。

一大早，来接我们的大巴轻快地驶出市区，驶入浓荫绿野里，清新的空气里渐渐有了庄稼树木的气息，浓浓的，香香的，渗入人的肌肤甚至五脏六腑。

车子稳稳地行驶在大道上，雨不知道什么时候已经悄无声息地停了。到了沙井，天光豁然开朗，眼前一片明丽澄澈，刚刚被雨清洗过的天空碧蓝碧蓝的，只有远处飘着几朵白云。地面、树木、庄稼，连同房屋，都被雨水洗了个干净清爽。

沙井的集镇上人来车往，热闹繁华如小都市。镇政府、医院、学校、超市、商场、家具店、酒楼饭店、家电公司、手机专卖店、美容院、庆典公司、婚纱影楼以及各色小店铺，沿公路两边一字排开，凡市区里有的，这里一应俱全。大家开玩笑说，这分明就是城市嘛，哪有半点儿乡村的样子。

这的确就是乡村，远离市区三十多公里的乡村。

沙井在民间号称甘州第一镇，地处甘州区西北部，与临泽接壤。有这个称呼，主要是因为沙井土地面积大、人口数量多，且经济发展在全区位居前列，农民收入比其他乡镇农民的更高。

近些年来，沙井作为张掖优质玉米种子的核心产区，凭借玉米制种产业，让当地人民率先富了起来。村村通上了柏油马路，家家户户建起了小康住宅并添置了高档家用电器；村镇自然变了模样，再也不是以往破旧的土屋柴房了。

沙井镇政府所在的集镇，地处312国道旁，交通便利，信息发达，连接东西南北，更是繁华热闹。

好几年前，张掖坊间就流传着一个故事，说省会兰州的汽车贸易城里，许多卖车的老板都在打听，问这沙井到底是个怎样富饶美丽的地方。因为这些年来买车的沙井人很多，而且买的都是高档车。

我们乘坐的大巴上好多人都听过这个故事的不同版本，我更是深信不疑，这绝不是凭空而来的传奇故事，而是确有其事的。

去年秋天，应朋友邀约，我们做客沙井八庙村，就曾亲眼见到新建的小康居民住宅：单门独院设计合理，前有花圃，后有菜园；房屋装修舒适，家用电器一应俱全，有些人家的装修堪称豪华。

坐在这样绿树掩映、干净舒适的小院里，头顶是蓝莹莹的天空，脚下是滋养万物的土地，耳边回响的是牛羊鸡鸭欢实的叫声。清晨，可以听到啁啾婉转的鸟鸣；夜晚，可以透过窗子看见满天的繁星。这样神仙一般的日子，正是朋友的家人正在享受的生活。让我们这些住在城里鸽子笼一样楼房里的人羡慕不已。

十几年前，谁家的子女在城市里工作，住上了楼房，在村里是一件值得自豪骄傲的事情，现在却倒过来了。城里人日日奔波上班，挣的工资只够日常花销，月月还得给银行还贷款利息，自嘲为"房奴""月光族"，一听见同事朋友谁老家在农村，有地，有房，有果园，那可是羡慕不已。要是老家在沙井，用现在时髦的网络语言，那更是"羡慕嫉妒恨"了。

更让人惊叹的是许多人家的院子里都停着小汽车，前两年刚买的自行车、摩托车依然崭新，却早已弃之不用，被冷落在后院里，积满了灰尘。之前，我们曾多次听沙井镇的朋友说过这里村民的富足。如果说家家都有小汽车稍显夸张的话，那么平均两户有一辆应该是比较准确的数字。

大巴上其他朋友也都听过类似的故事。

早先，有许多人家提前买了小汽车，虽然还不会开，平时就在院子里停着，但出来进去看着，心底里就渗出蜜来，吃饭格外香，干活也更有劲头了。哪天要出远门了，就请个司机开，一家人穿戴一新坐在自家的车上，想去哪儿就去哪儿，想在哪儿停下来就在哪儿停下来。

商场、公园等场所，如今也再不仅仅是城里人的专属了。

这听起来更像个善意的笑话，但的确是事实，说的人和听的人都在心底里暗生羡慕之情。

大家都知道，而今好多农村人已经不满足于在自己家里吃喝玩乐了，农闲时节，一家人开着车到城里去逛公园、购物、吃火锅、K歌，已经是很平常的事。近几年，村里关系好的几家人还经常组团出去旅游，或者自己开车去康乐草原、扁渡口、焉支山野餐。年轻姑娘媳妇外出穿着时尚，出手大方，一点儿也不比城里上班的人逊色。集镇上美容美发院生意非常火爆，有很多人还专门开车去城里做美容、烫头发呢。

这些事一讲起来就没个完，因为太多了，沙井人的富裕已经是声名在外。车上有人开玩笑，说后悔当初找对象没找个沙井人。喧笑声中，车上几个出生于沙井的人，笑声格外响亮，透出了心底里满满的自豪和骄傲。

人杰地灵，地灵人杰，这都是相辅相成的。老祖宗造词绝不是凭空想象的。有一些词语，需要用心感悟；有一些词语，需要人生的历练方能了悟；还有一些词语，需要亲临现场，才能真正领会蕴含其中的哲学意义和人生智慧。沙井就是这样一个现场，我们今天来了。我们用眼睛看，用耳朵听，用心感受沙井的过去、现在、未来。

我们看到，富足安康的沙井人不只满足于物质的享受，也在追求精神层面的享受。在镇政府对面装修一新的文化站，我们看到了许多书法、绘画、剪纸、刺绣作品，大都出自本土的农民艺术家之手。

几幅水粉画，一看就是地道的土生土长的农民的作品，线条朴拙，色彩浓郁，虽然没有经过专业训练的构图，更谈不上技巧，但散发着清新质朴的泥土气息，真实地再现了自然淳朴的乡村景致。

还有许多书法作品墨迹浓郁，笔画粗重，书写者想必是个憨厚敦实的庄稼汉子：红脸，浓眉，性格爽朗。农活之余，喜欢喝点儿小酒，喜欢和村校的老师们结交。他钟情翰墨，且不论字写得如何，日子都先有了文气。

美人入画，最能吸引人的眼球。何况是一大群著名的美女，何况是出现在剪纸上。最独特的是，剪纸用的是墨黑色纸，为性格命运迥异的十二钗平添了别样的韵致。十二钗本是悲剧人物，用薄如蝉翼的墨黑色纸剪出形影来，既异常美艳，又有点儿触目惊心的悲凉底色。在别处也曾见过精美细致、形貌神情栩栩如生的剪纸，颜色有传统的红色，也有彩色套用的，但从来没见过用墨色这么大胆、这么独特的。

细看作者，竟然是一位七十二岁的老人！

真正的艺术家，总是有着和别人不一样的心灵感悟。无论他们生活在城市，还是农村；无论他们在学院专修，还是在民间自学。无论他们深藏于哪个旮旯拐角，都会焕发出自身的光彩。

我们没有见到这位七十二岁的老人，但所有人都被她的作品折服了。我在心里猜想着她的模样，一定是气定神闲、心明眼亮的，不管剪纸，还是干农活、做家务。在农村，有许许多多这样通透敞亮的老年女性，她们是一家的主心骨，实际上，也是每一个人人生初始的启蒙者，是人一生中最重要、影响最大的老师。

母亲的文化素养和精神品质就是一个地方、一个民族的文化品质的希望。毫无疑问，代代相传的文化才是有根的，深深地扎在沙井的土壤里，也流淌在沙井子民的血脉中。

文化是一个地方的血脉，是一个时代的印记，不仅在文人雅士津津乐道的字里行间，也在普通百姓风雨兼程的田间地头、屋檐墙角。任何一个地方，真正的强大富足，不仅要看经济发展，还要看文化传承和延续。

文化的传承是精神的延续，是比物质的继承更能震撼人心的力量。沙井镇离城市相对较远，民风淳朴，风土人情中保留了许多古老的习俗和文化。

二十年前，我刚参加工作，在寺儿沟学校当老师。寺儿沟学校是当时整个张掖市最先建成的花园式校园。学校对环境建设的重视就体现了一个地方对文化、对教育的重视。让我难以忘怀的，是那一年的端午节，班里的孩子们给我带来了许多酿糕、粽子。自古流传的民风民俗里，尊师重教的传统依然以最朴实、最直接的方式表达。我感动至深，在心底里暗暗发誓：一定要努力做最好的老师。直到现在，一想起来，心底里还是暖暖的。

时间如黑河里的水，潺潺流过。二十年过去了，当年八九岁的三年级孩子也早已为人父母了，他们的孩子如今也该上学了吧？我相信，那一辈人从父辈身上继承的文化传统，一定会在言传身教、潜移默化中影响他们的孩子。书画曲艺是有形可见的文化，风俗民情更是一个地方流淌在血脉里、生生不息的强大文化。

是的，文化的传承和创新才是更为持久的强盛之道。沙井镇文化站展厅刚刚装修完毕，展出的作品只是暗流涌动的河面上跃起的几朵浪花。

就像沙井人的富裕不是从天而降的一样，沙井的历史文化厚重而源远流长。据史料记载，沙井古老的历史可以追溯到几千年之前。甘州古城是古丝绸之路上的一颗明珠，是连接东西南北的重镇。在这条通往西域的交通要道上，沙井地处黑河下游，水源充足，地理条件优越，是至关重要的一个地方。在古丝绸之路上东来西往的旅人、商贾、官宦、僧侣，都会经过沙井，在这里驻足停留，休整之后再次出发。位于沙井北端的省级文物保护单位双墩滩墓群也许就是这里曾热闹非凡的佐证，它如同古代派至现代的使者，数千年来屹立在天地之间，历经风雨沧桑，向后人诉说着悠久辉煌的历史。

前往灵隐寺的车上，甘州国学书院院长引经据典，讲述历史，马上就有沙井人接着这个话题说起来："据说，有许多历史名人和大诗人都曾到过沙井，在沙井留下了足迹。从汉代的张骞、霍去病、李广到唐代的岑参、李白、王维，再到清代的林则徐、左宗棠，凡是到过酒泉的文臣武将、诗人商旅，必定经过了沙井。"有人开玩笑说："'大漠孤烟直，长河落日圆'的诗句，说不定就是在沙井写出的呢！”

    时空回溯，在过去的时光里，沙井大地历经数千年沧桑。虽然说不上繁华昌盛，但凭借这样优越的自然条件，这里水草丰美、庄稼丰收，百姓丰衣足食，村庄炊烟袅袅。

2012年8月

张掖大地：西游遗迹觅踪

牛魔王洞与火焰山

深秋的天空，蔚蓝澄澈，黑河变得安静清澈，静静地穿过张掖腹地，河两岸的树木晕染出大片的五彩斑斓，深绿、金黄、橙色、大红、深红、绛紫……这丰富而绚烂的美，是黑河给予张掖这片土地最丰厚的馈赠。伟大的黑河孕育了丝路古道上的古城，也孕育了生生不息、代代相传的丝路文明。民间传说、历史故事、经典诗文、神话演义，就像璀璨的星辰，在历史的天空里闪耀着光芒，虽然历经时间的更替与时代的兴衰，但文明的超常韧性使许多遗迹没有湮灭于草丛石堆间，数千年之后还在为后代开拓前途。在张掖大地上，《西游记》的故事不仅家喻户晓，而且这里留存了许多与书本相关的遗迹，引发了我们的思考：张掖是否就是《西游记》发源地？

时令已至深秋，我们张掖市西游记文化研究会的二十多名会员，在多红斌会长的带领下，再次沿着黑河，一路向西，从甘州到临泽，探寻《西游记》文化的踪迹。存在与想象之间，需要一条通道，而我们现在的考察研究，是从既有的瑰丽奇特的想象往回折返。这样的抵达，比依据现实的想象更具有挑战性。而我始终认为，寻访、捕捉、探究，本身就是对文化遗产的传承和发扬，比想象更具有诗意。

最先抵达的地方是牛魔王洞。牛魔王的故事是《西游记》中最为精彩的篇章之一，牛魔王也和孙悟空、猪八戒一样，成为中华大地上妇孺皆知的经典形象。沿着黑河一路向西，我们仿佛也要去取经一般，有一种神圣的使命感。在车上，多会长告诉我们，三十年前，他曾一个人骑着自行车，背着水壶，从求学的张掖师范学校出发，来寻访牛魔王洞。当时老乡告诉多会长许多关于牛魔王洞的故事，都是老一辈人代代流传下来的。多会长的一席话，让我们对他肃然起敬，他对文化的热爱，是深入骨子里的，是发自内心的。现在，他又带着更多的热爱者来这里探寻、研究。三十年的时光，悄悄染白了他鬓间的发丝，却没有消磨掉他心中的激情和热爱。这份激情和热爱，更点燃了大家对《西游记》文化研究的兴趣。

　　牛魔王洞就在从甘州通往临泽的公路旁，初看只是一个大土堆，下面有一个用土坯垒砌的圆形拱门，小且残缺。走近了，才能看到拱门下面坍塌之后的洞口，也不大，已经被土掩埋了。洞上面是一个小山包，小山包上面有几堵墙，墙上依稀残留壁画的痕迹。有研究壁画的专家细细看了，说这些壁画应该是近代的，时间不会太久远。等候在这里的临泽县文联刘爱国主席介绍，他小的时候，就听说过牛魔王洞的故事，据说这个洞很深很深，是无底洞，大人小孩进去就再也不见出来。刘主席是听他爷爷讲的，爷爷是听爷爷的爷爷讲的。临泽板桥这一带，大家都知道这个故事，情节大同小异，而且都称此处为牛魔王洞，大家开玩笑："这个洞，肯定通往玉面狐狸的洞里去了嘛！"

　　拍照、测量、仔细察看，专家学者们甚至拿着放大镜仔仔细细看墙上壁画的线条和色彩，似乎想从这仅存的遗迹中找到《西游记》文化的穴位、经络。深秋的风吹到脸上，带着丝丝寒意，路边的杨树上，不断有叶子飘落下来；黑河两岸的庄稼地里，是收割过的玉米茬儿；远处，还有放羊的人赶着羊群。在旁边的地里干活的八十岁老人张凤香兴致盎然地走过来，再次给我们讲起关于牛魔王洞的故事。她说这个小小的洞口神秘诡异，吞了许多牲畜和小孩的性命，许多人因为好奇前去探秘，但进去之后就再没出来。另有传说，这洞一直往西，出口在嘉峪关，曾有一只狗，从这洞口进去，数日之后自嘉峪关那边洞口出来，浑身狗毛全无，只剩下一身红皮。传说离奇，想象似乎也符合《西游记》的情节模式，老人讲得认真，我们听得仔细，并不觉得这是笑话。老人年岁已高，但身轻体健，非常健谈，对牛魔王洞的传说深信不疑，不仅因为这是她从小到大听了许多遍的故事，而且因为从牛魔王洞再往西北走不远，就是火焰山，整个山体都是鲜红色，就像燃烧的火焰。老人还说，二十世纪七十年代，曾有人试图清理此洞，不料挖出两条大蛇来，从此谁也不敢再动。这些传说是和留存的遗迹互为补充和印证的。

看着这荒废的遗迹，想想《西游记》故事的浪漫色彩，不能不让人感慨时间的无情与沧桑。文化的传承与发扬，不仅需要具体的实物，更需要抽象的精神力量。

接下来，我们前往老人所说的火焰山——板桥的红沟。它离牛魔王洞自然不远，不然牛魔王也不会娶铁扇公主。沿着公路继续往西，再往北拐，大约一个小时车程，就到了红沟。红沟是丹霞地貌景观，这里连绵起伏的群山不高，却全是红色的。猝然之间领受这壮观绮丽的气势，似在僻静之中撞见奇迹，我们不得不停下脚步调整呼吸。如果有谁对牛魔王洞的传说还有所怀疑的话，到了红沟，一定会确信，这里就是火焰山！这里所有的山都像正在燃烧的火焰，不仅颜色像，赤色、深红、橙黄、绛紫，深深浅浅，浓淡交错，形状也像极了熊熊燃烧的火焰。站在山脚下，似乎也能感受到火焰燃烧的呼呼声。惊叹中，大家跟着刘主席爬上就近的一座山，到了山顶，更是惊叹不已——正是上午十一点，红色的山体在金色阳光的照耀下，更像连绵起伏的火海，一直燃烧到天边，远处的、近处的、高处的、低处的不同形状的火苗在阳光下变幻着不同的色彩！如果没有看见过这一片连绵起伏延伸到远处的火海，怎能产生孙悟空于火焰山三借芭蕉扇这样传奇的故事？

红沟是本地人形象质朴的叫法，任何瑰丽奇异的想象，都来自实实在在的存在。无疑，这红沟就是火焰山，就是铁扇公主、芭蕉扇这些传奇元素的灵感来源。这一点，我确信无疑，我想只要是来过这里的人，都会这样确信。

红沟往北，是羊台山——传说中苏武牧羊的地方。汽车在茫茫戈壁上颠簸了一个多小时，我们远远地看到了蓝天之下的羊台山。时近正午，天空像水洗过一样碧蓝，有几抹淡淡的云彩飘在上面，蓝天之下，羊台山如一座安静的城池，静默不语，山下的残砖断瓦诉说着曾经的喧嚣兴盛。羊台山下有人家养骆驼，一群群白色的、黄色的骆驼高昂着头，等候我们的到来。这样的场景似乎让我们穿越了时空，有隔世之感。张掖市文联副主席陈洧和几个作家即兴创作剧本，故事曲折，情节离奇而又合乎情理。其实任何浪漫的想象都有着孕育它的土壤，真正伟大的作品绝不是凭空杜撰的，《西游记》的诞生，应该也离不开苍茫辽阔中那些朴拙柔美的场景吧！

高老庄，另一种抵达

下午，去寻访高庄村。一路上听刘主席介绍，我一直以为那里有猪八戒洞，直到走进高庄村，遇见田边劳作的村妇，一路问过去，顺着田埂七弯八拐，才看到一个不大的土墩。夕阳下，土墩的颜色是黄褐色的，夹杂着青黑色的沙石。墩周围三米外，就是庄稼地，制种玉米已经收割完了。田野里一片空旷，不远处，就有人家，有枣园。刘主席介绍，这个土墩也算是古迹了。当地流传着一个故事，说这里曾有个很深的猪八戒洞，没有人知道到底有多深，因为好几个放牛的孩子进洞玩，人不归，牛也不见了。当地人害怕，就填了洞，又在上面立了个墩，算是镇住了，从此不再有人失踪。故事里没有高小姐，也没有猪八戒，但这个墩确实就叫猪八戒墩，高庄村里祖祖辈辈就是这么叫的。往回走的时候，我们从一户杨姓人家的后院穿过，老杨又给我们讲了一遍猪八戒墩的故事，他说的故事和先前刘主席讲的一样。老杨还告诉我们，虽然名为高庄村，但这个村里没有一户姓高。大家都笑说，估计是被猪八戒吓跑了吧。老杨说他也不知道，他小时候，他爷爷就是这么讲的，那个墩也一直就在那里。

其实，任何存在自有来历。并不是每一处遗迹都能与传说那么贴合，如果是那样，我们的考察与研究也就失去了意义，变成牵强附会、生搬硬套了。留存于荒草残垣间的遗址和依附在这些遗址上的谜一样的传说和故事，都是黑河文明留给我们的宝贵财富，值得我们蹲下身来，把心放在低处，反复寻访、探究、揣摩、学习、解读，这才是更有意味和意趣的行走。

夕阳西下时，我们结束了一天的行程。整整一天的寻访，让我们每一个人对《西游记》文化的产生都略有感悟。我想无论何时何地，如果忽略对文化遗迹的挖掘和保护，不进行实地考察和探究，那么任何学术研究都是无源之水、无本之木。

遗迹与传说

其实，遗迹与传说是互为佐证、相互依存的。

在张掖大地上，有许多关于《西游记》的遗迹，比如高老庄、猪八戒墩、晾经台、流沙河、牛魔王洞、大佛寺、童子寺等。它们的存在，就像一句句证言，用历经数百年的巍然告诉我们，享誉中外的《西游记》瑰丽神奇的故事，或许与张掖这块热土有着不解之缘。这并非凭空想象，与此互为印证的，是老百姓口耳相传数百年的传说。

陪同全国著名《西游记》文化研究专家蔡铁鹰教授考察，让我对遗迹和传说有了更为真切的感悟和领会。蔡教授一行两人，从江苏淮安自驾西行，沿着当年唐僧师徒四人西天取经的道路考察研究，目的地是新疆喀什。一路辗转多地，历经上万公里路程，其中艰辛虽不比当年唐僧取经历经九九八十一难的曲折坎坷，但他们扎实认真、严谨吃苦的治学精神着实让人钦佩。真正的学者更看重在大地上的行走，而不是坐在书斋里关注笔端的游走。学术研究同样需要实地考察、用心感悟，找准关键所在。

张掖大佛寺中的《西游记》故事壁画，和世间的大部分遗迹一样，历经了尘世的磨难和自然的洗礼。数百年来，这些与《西游记》中师徒四人西天取经历经磨难、斩妖除怪的故事相关的遗迹，一直屹立在张掖大地上，与之相呼应的传说，也扎根在百姓心底，代代流传。在传说中，这些遗迹被赋予了神秘的色彩和力量，承载着民间惩恶扬善的朴素愿望，让生活在这片大地上朴实忠厚的人们不仅对遗迹和传说深信不疑，更对自然神灵心存敬畏。蔡教授一行来自吴承恩的家乡淮安，在那里，也有许多类似的传说和遗迹。他们此行的目的，是贴近大地进行考察论证，更是对伟大文化遗产的挖掘和研究。无论

《西游记》的创作土壤和故事源泉来自杏花春雨的江南还是长河落日的西北，论证的结果都不是最重要的，重要的是理解和传承，以及实现理解和传承的过程。遗迹和传说是古代派往现代的使者，更是一个磁场，吸引深邃而真诚的目光和心灵。古与今、南与北、植物与气候、早与晚、学者专家与民间组织……在融合与对比中实现传承，本身就是对伟大的文化资源的另一种宣扬传播，使数百年之后依然焕发着灿烂辉煌光芒的《西游记》文化更为广博深远。

这值得我们所有人尽心尽力去做。

洞心骇耳甘州歌

寒冬，腊月，甘州。

距甘州城南四十公里，离祁连雪山更近的安阳大地，主调不是刻意渲染的苍凉感，也不是故作深沉的神秘感，更不是烟火气息的世俗感。这里天蓝得澄澈，尽管整整一个冬天都没有下雪，但不远处的祁连雪山巍然屹立，似乎伸手可及，干净清新的空气中透着白雪一样的清寒，让人忍不住要深深地吸一口气，再缓缓地呼出去。落光了叶子的树木并不显得萧瑟，枝干挺立，直指蓝天，反而有一种别样的风骨。没有了繁茂枝叶的遮蔽和掩映，冬天大地上的景物是通透的，视线可以延伸数百米之远。站在魁星楼上向下看去，黄色的村庄在蓝天雪山的映衬下，显得有点儿苍凉古朴，也多了点儿神秘。房屋、车辆、树木，结了冰的涝池，涝池里凿开的冰窟窿，从冰窟窿里打水的人，远处枯黄沉寂的田地，三三两两站在门口聊天的老人，居民点上追逐打闹的几个孩子，田地里悠闲的两三头牛和缓缓移动的羊群……远离了城市的喧嚣，村庄静谧而安详，一切都被冬日的悠然糅合成一种有待挖掘的诗意，看上去那么质朴而淡泊。不远处的雪山作为永恒的背景，更使这诗意变成了一种需要用心体味的空灵。

如果我们的心也能安静下来，就一定能感受到村庄的静美。

这是安阳乡的贺家城村。这个小小的村庄可以算得上离市区最远的村庄了。从某个角度来说，足够远的距离也许是一种幸运，一种天然的保护屏障，使古老的传统得以留存。我们此行的目的就是要听古老的鼓乐《甘州歌》。贺家城村有一个叫贺盛的人，他带领的贺盛唢呐班会演奏这一最古老的民间音乐。知名文化学者、张掖市委党校的任积泉校长多年来致力于张掖文化研究，尤其是古老音乐和戏剧的传承，这次探访就是他为我们联系的。任校长介绍说，贺盛和他带领的唢呐班是西北地区唯一流传下来的最古老、最纯粹的民间鼓乐演奏班子。在别处，再也听不到这样传统的演奏了。这介绍，不仅让我们多了一分期待，更觉得能参加这次活动是一种幸运。面包车出了甘州城一直往南走，祁连雪山仿佛就是映在车窗玻璃上的一幅水粉画，贺家城就是这幅画里的一处景致。任校长说，出了甘州城十里之外才有真正的文化。这虽然是一句玩笑话，但也不无道理，任何一种艺术形式的存在，都必定要有适合留存的环境。安阳贺家城村离甘州城较远，离现代文明的浸染也就远一些，民风淳朴，保留了许多古老传统的风俗习惯。贺盛和他的唢呐班演奏的古老曲种，与《西游记》文化有密切的关系。

贺盛早就在自己家里等候我们的到来。这是一个典型的西北汉子：脸庞黑红，身材魁梧，方脸大眼，浓眉厚唇，脸上满是忠厚实诚的笑。他家里收藏了许多道教的珍贵典籍，大多是手抄本，最早的一本是明朝崇祯年间的，纸页已经泛黄了，但上面的字迹依然清晰，笔画遒劲有力。贺盛介绍说，他们是祖传道教民间唢呐班，演奏道教音乐，主持祭祀活动，到他这里已经是第五代了。也就是说，四百多年来，他们演奏的历史从未中断过，其文化品性也始终如一。不管王朝更迭、岁月侵蚀，他们始终用一种强韧的力量将这独特的音乐形式与这片土地相融，将他们的演奏植入人心，融入尘世。

我们要听的古乐是《甘州歌》。我们一行二十多人，大多数没有听过。贺盛的唢呐班人数不多，平常各自忙活，照料庄稼。今天他们是特意在村里的礼堂为我们演奏的，这些古曲是与张掖《西游记》文化研究有重要关系的元素。张掖大地上，不仅有许多与《西游记》有关的故事传说、壁画遗迹，更有民间音乐、风俗饮食，这些珍贵的元素像一条条线索，使得《西游记》文化研究有迹可循，有本可依。贺盛他们早已经做好了准备，几个人都穿上红色长袍，戴上黑色的方形道帽，唢呐、大鼓、铜铃等家什一应俱全。演奏之前，任校长又做了简单介绍，《甘州歌》其实属于"西凉之声"，是西凉乐、宫廷乐、龟兹乐三种音乐的融合，"杂以秦声"，主要特色就是以锣鼓、梆子、唢呐等为乐器，兼有唱词，节奏明快，曲调热烈激昂，所谓"铿锵镗镗，洞心骇耳"。任校长说，此音"可争天籁"。

果然！

鼓乐气势震人肺腑，似千军万马横空腾跃，直击得人心也跟着鼓点咚咚咚狂跳。裂帛一样高亢悲凉的唢呐声，将胸腔里的那颗跳跃的心一直往上提，直到要冲破喉咙。不觉间我已经泪流满面，整个人都被这酣畅淋漓的演奏感染了，似通了电，通体舒畅，有一种说不出的感动与痛快。

这是一种难得一遇的享受，如同畅饮甘冽的美酒，让人醉得痛快酣畅。现在，现代流行音乐在生活中几乎随处可见，像这样能真正打动人心、使人震撼的音乐已经不多了。

所有的人都被鼓乐声牵动着、带领着，进入了一种微醺的状态。比我们更陶醉其中的，是演奏中的贺盛本人。自演奏开始，他好像变了一个人，完全沉浸在音乐之中了。无论是吹唢呐，还是击鼓，他都微微闭着眼睛，神情陶然忘我，似乎对周围的世界已经浑然不觉。他不是在表演，而是在享受，享受已经融入他生活和生命的这份爱中了。这份爱，可以说是与生俱来的，五辈人，四百年来代代相传的文化，已经深深扎根在他的心中，流淌在他的血液之中，使他身上散发着有别于其他演奏者的特殊的精神气质。

也许，感染我们的，正是这种精神气质，而并非他精湛的演奏技巧。这个世界上，真正让人感动、触动人内心深处某种东西的，是执着，是坚守，更是全身心的投入和热爱。缺少了热爱，任何优秀的文化传承都不会有恒久的生命力。有这种精神气质打底的演奏，不仅打动人心，更让人肃然起敬。

从第一场《西番赞》开始，到《哭长城》《千里渡行》，不觉间，两个小时过去了，正午的阳光透过窗户射进来，小小的礼堂里已经挤满了闻声而至的村民，先前还有点儿阴冷的礼堂变得暖洋洋的，似有热气在蒸腾。演奏者和听众都意犹未尽，这酣畅淋漓的演奏仿佛把现场的所有人都带到了远离现实却又最世俗的生活现场。这样说似乎是矛盾的，实际上，我们的内心期待着能回到一种有文化传统和精神归属的俗世。

也许，某一刻，偏远的安阳贺家城，因为有了像贺盛这样的村民和他们所传承的文化，也可以算得上一个理想的俗世吧。音乐，或者任何文化的真正传承，甚至创新发扬，不在高档演奏厅里，而在民间。

我们心有期待。期待，会成为一种文化传承和延续的生命线，

"欲知后事如何，且听下回分解"。只要愿意听，一切都能延续；只要能够延续，一切都能改观。就像张掖的《西游记》文化研究一样，我们期待文化的传承，更期待文化的拓展、延伸。

2013年12月

白云生处

盛夏七月，正是阳光灿烂的时候，我们几个文友相约去甘州城北的东大山。东大山是河西走廊北山的一段，东连龙首山，西望合黎山，景色奇丽，"东山烟雾"曾为古"甘州八景"之一，非常有名，历代不少诗人游览过东大山后，留下了美丽的诗篇。

清雅闲居

前往东大山的路上途经一个叫野水地的村子，在野水地的居民点上，有一处居所叫"清雅闲居"。

清雅闲居是个干净而气派的农家小院。后院照例是圈养牲畜的地方，牛壮羊肥，还有几只肥鹅悠闲地踱着方步。前院的建筑似一座小型别墅，客厅、回廊、卧室、洗手间、书房等一应俱全，设计巧妙，精致又宽敞，令大家赞叹不已。

清雅闲居的主人爱生活，也爱文学。因此，才有了我们今天的相聚。我们几个热爱文字的人，去东大山，在清雅闲居落脚。大块的手抓羊肉和大碗的啤酒都承载着主人盈盈的盛情、暖暖的心意。我们在肉的浓香与酒的清醇中沉醉了。

先前的文学青年如今成为村支书，痴爱的诗行就被写在了野水地的庄稼地里，小康建设、学校建设是他夜夜构思的长篇小说，旧貌换新颜的居民点是他发表在生活这个大刊物上的作品。人人都看到了，人人都读懂了，他的执着，他的勤奋，他对生活的爱是具体的，是眼见为实的，是看得见摸得着的，是长长久久留在野水地的历史上的。

三十八岁的庄稼汉，黑黢黢的脸庞透着太阳红，身体像树一样结实健壮，笑声爽朗而真诚。他说自己常常会感到寂寞和空虚，即使在大小事务占得满满当当的时间里。

他说没有时间看电视的时候，就在身上带一个收音机，边忙边听新闻，听外面的世界怎么精彩。

白云生处

野水地距离东大山还有一个小时的车程。

坐在进山的农用车上往前看，眼前的东大山宛如一幅画，清晰而纯净，美得令人陶醉。正午的太阳暖暖的，远处的山头上，那层积雪白得格外炫目。我知道那是雪，但我更愿意一厢情愿地将它当成一抹白云，这是在青山深处酝酿、在青山头顶萦绕的一个梦。

一路上，一直看晶莹而炫目的白雪，一直想心中的那丝牵挂。天蓝得那样清澈纯净，树绿得那样清新纯粹，空气湿润润的，仿佛米酒般清醇，让人微醺。

一路的颠簸，居然没有扬起沙尘，这里清爽得如我们的心情。

这是雨过天晴的正午。站在东大山的脚下回望，我们居住的小城像是蒙蒙烟雨中的一汪湖水，朦胧的美景湿润了我的双眼。

闲云野鹤

闲云野鹤——一直挚爱的一个词，一直向往的一种生活，一直渴望的一种境界。

身在红尘，这样的爱也只能是压在心底的一个旧梦，已被岁月洗涤得有点儿褪色了，不敢轻易翻出，免得伤怀。

白云生处，真有人家。

几间低矮朴拙的土屋，一条机敏的黑狗，一盘小小的石磨，几方田，一群安然自在的牛羊，一头温顺的黑驴……一对朴实无华的夫妇和他们文静秀气的女儿，过着与世无争、世外桃源般简单安静的生活。

远远地，从空旷的峡谷中传来狗叫声，我们就有点儿兴奋，仿佛听到了最纯净的天籁，仿佛我们此行就是为了这白云生处的人家。

我们一路走，一路说说笑笑，幽静的山谷中回荡着我们的声音。狗的叫声更大了。我们打扰了这里宁静的生活。

我们总是参照自己所拥有的东西去认定这个世界，尽管这样的拥有可能正牵绊和拖累着我们。

白云生处的人家，过的并不是神仙般的生活，有的只是神仙般的淡定从容的心。

没有好奇，没有交谈，没有羡慕，也没有留恋。我轻轻地来，再轻轻地走开。就像一片路过的云彩，经过了，看到了，知道了，也懂得了。

这就够了，足以平复我身在红尘难免会浮躁的凡心。

我一如既往地爱这个词——闲云野鹤。

清风明月

　　清幽的深山里，一定有着古朴而沧桑的寺庙。山因寺而有了诗情，寺因山而多了画意。这是一种相依相伴、不可分割的美丽。

　　想象中的东山寺，历经岁月的风尘和洗礼，铅华落尽，荣辱不惊，自有一份淡然悠远的气质。无端地，总是喜欢年代久远的建筑，哪怕曾经的鲜艳绚丽已经无迹可寻，我也总能在斑斑驳驳的裂纹中想象出它昔日的风姿。

　　顺着清清的小溪往峡谷深处走，脚踩在石子上的声音清晰而空旷，在这空荡的山谷中，行走的声音真实地回荡在耳边。

　　转过山头，看到了山顶上有两座正在修建的庙宇，那里就是传说中的东山寺。

　　心里多少有点儿震撼，也不禁产生疑问：这么深的山谷，这么高的山头，那些建筑材料是怎样被一点儿一点儿运上山顶的？

　　传说这里曾是晋代著名学者郭荷的隐居处。山寺有门，有院，有殿，却无僧，无道。殿堂雕梁画栋，装饰丰富多彩，特别是殿顶上"二龙戏珠""三星高照"的雕塑，更是造型别致。

　　顺着陡峭的石阶上到山顶，站在东山寺前，看山中绿树青石，想象自己是一个出世的老僧，以淡然的心看冬去春来，看花开花落，看云卷云舒。在这样的山水之间待久了，人还会有那么多贪婪的欲望和难以释怀的忧伤吗？

　　观音殿前的柱子上有一副对联：

　　庙内无僧风扫地；
　　寺中少灯月照明。

只此一联，让东山寺有了一颗千年不变的禅心。而我，也在瞬间得了些许禅意。

绿水绕石

峡谷中，多是罕见的巨石。一块块石头，就像一座座小山，矗立在河谷中的沙滩上，有的一石独卧，有的双石并立，有的群石聚集。除此以外，山上的石头有的像是斜插的翅膀，还有的在山间半悬半挂，摇摇欲坠。宽敞平坦的大道有时候会变成只容一人通过的羊肠小道，空旷的峡谷因此也有了曲径通幽的景致。

人在这样的巨大的石块间穿行，觉得自己渺小得没有了任何思想。我们想象不出这样大的石头从何处来，和东大山相望相守了多长时间，更想象不出，大自然的鬼斧神工如何将它们雕琢成这样独特的造型。

这身形各异的巨石以千年不变的姿势静默着，守望着东大山，看天上的流云悠然飘过，听山间的风呼啸而过，看季节的变换交替，看游人过客如流水般穿过峡谷……

我想它们是不寂寞的，因为它们的身边有清清的溪水一直潺潺地流着，温柔而缠绵……

2005年5月

清凉大佛寺

1

四月轻寒，五月向暖。虽说北方的春天总是姗姗来迟，但六月的炎热却是说来就来了。

古城的气候相比往年有些反常，忽冷忽热，欲说还休。冬去春来，气温的回暖却一步三回头，似乎是冬季要无限延长了；忽然有一天，又热得出奇，像是夏天迫不及待地到来了。待到夏天的炎热刚刚露出头角，却又遭遇了一次来势凶猛的倒春寒。如此几番交替反复，等几场倾盆大雨代替绵绵如丝的春雨后，散落在楼市街区的繁花琼枝和烟柳碧树终于纷纷展露新姿。

冷暖交织的气温，并不延迟树木花草赴一场季节的邀约，它们像古典诗词里的佳人，不急于匆匆到达，而是慢条斯理地理云鬓、挽罗袖，细细梳理好每一绺发丝，整理好桃红柳绿的云裳，不紧不慢地呷口花茶，听一段古琴，这才轻掩重门，款款赴约。

因为来得矜持，所以弥足珍贵。

时令如此，景色亦然。

2

就在小满与芒种的缠绵悱恻中，六月如约而至。古城里，深深浅浅、浓浓淡淡、层层叠叠的绿意蔓延开来，从星星点点的鹅黄嫩绿，到枝叶纷披的浓荫深绿，绿色渐渐加深，热浪也随之而来，一波一波地涌动。拥挤繁芜的街巷楼宇间，间或有几棵古槐新柳，带来些许清凉，但那绿意也渐渐有了浮躁的气息。

浮躁与喧嚣中，坐落于古城中心的大佛寺，安静如初，清凉依旧。一如千年以前的黎明，一如黎明前初生草叶上的晶莹的露珠，一如露珠里反射的一缕金色的阳光。

朝阳初升，走进大佛寺山门，金色的阳光从大殿顶上洒下来，院子里的建筑和树木都被镀上了一层金色的光晕。就连地面上的青砖，青砖上面散落的花瓣和落叶，也如微风掠过水面后留下的涟漪，隐隐浮动着柔和洁净的光晕。啁啾啼啭的鸟鸣如盛大的交响乐般涌来，唧唧啾啾，声声急，声声缓，声声长，悠扬、澄澈、透明、清冽，如山泉缓缓急急流过青石，波光粼粼。细品，这鸟鸣不像从树上，而是从高远湛蓝的天空中落下来的一般，让人不由得心生喜悦。

这晨间时光，大清净亦如小清欢，大自在宛若落花微舞，真是人间好光景。

3

即便是大太阳火辣辣直射的正午，整个城市被炙烤，熙来攘往的车流，行色匆忙的市声人影交织混杂，一墙之隔的大佛寺院内，也依然清凉一片。只要身在院内，满身的燥热仿佛被瞬间涤荡，如沐甘露，心与身在片刻间清凉安静下来。

滚滚红尘流金铄石，千年古刹绿树荫浓，浮甘瓜于清泉，沉朱李于寒水。这次第，如冰雪在怀，怎能不让人神清气静、安心若素？

更有满目参差交错的绿，带来一重又一重的清凉宁静。满院的绿植葱葱茏茏，而铺地的青砖泛着暗沉的灰，朴拙，古意盎然，有着泥土的质地，却比泥土更素净。院落里的古树，似乎比蓝天还高，繁茂浓密的枝叶舒缓地晃动着，没有一丝声响，就这样一直沉默着，沉默了不知道多少年。有风吹过，就舒舒缓缓地晃动一下；有人从树下经过，再晃几下。它们如大德高僧，参透了沧桑人世，却又暗暗生出一丝怡然入世的暖意，这暖意是让人心更加沉静的。

心静自然凉，这一树一树的浓荫在这盛夏竟有些奢靡的意味了。

其实树也只是寻常的杨、柳、槐、松、柏、榆，只是在寺院扎根，发芽，生长，一枝一叶间就有了淡泊宁静的气息。

树荫下，是绿茵茵的草地，满地的三叶草挨挨挤挤地在风中摇曳，像是在小声说话。三叶草的花一朵又一朵，白色的，迎着透过密密层层的枝叶洒下来的阳光，煞是好看。

慢悠悠地在院子里走，树木枝干的气味、青草的气味、泥土的气味、泥土里各种虫子的气味，都是干干净净的味道。就这样随意地走，即使没有倦意，也要在石凳木椅上坐一坐。风微微吹着，若有若无的。什么也不用做，什么也不用想，就那么坐着，让时光慢一点，再慢一点。缓缓抬头，碧空如洗，云在青天，烦冗尘事就会变得如晨烟暮雨般轻而淡远，过去与未来的时光都是温润可心的，如溪水缓缓流过。

四季纵有变数，但内心若安静，尘世便如清水微澜，缓缓流过，慢慢澄清。

4

风吹过来，大殿檐角的风铃便叮叮当当响起来，这叮叮当当的声音，真切又有点儿空灵，如隔着一湖碧水传过来的清音梵语，让人更觉出禅院里的安然沉静来。

这美妙悦耳的声音，其实就是风的声音。风的声音，真是好听，任谁都不由得要停下脚步来，仔仔细细听一会儿。

风小的时候，铃声极轻、极细，如空山鸟语，如冰泉轻吟。风稍大些，铃声就稍有那么一丝惊心动魄的警醒意味，如群鸟欢唱，如瀑布急流直下，在悬崖溅起飞花碎玉，细密的水珠带来丝丝缕缕的清凉。

有时候，院落里安静得没有一丝声响，风铃会忽然响一声，过一会儿，再响两声，如天籁，听一会儿，心里就无端地生出些许欢喜来，如水落石出，清明敞亮。

5

大殿内，石砖冰凉，尘事淡远。

佛兀自睡着，一睡千年。

不是沉睡，不是酣睡，是"似睡非睡"，是"视之若醒，呼之则寐"，是了悟生死之后清醒的慈悲，是大慈大悲中蕴含的透彻与温和。红尘滚滚，世事沧桑，佛始终不悲不喜，不嗔不怨。

跨入门槛，清凉安静的气息就如水般浸润了整个身心，目之所见，也都是清凉安静的，与外面的喧哗燥热仿若两个世界，让人恍若隔世，不由得要屏息凝神，收敛言行。顷刻间整个人仿佛被巨大的安静浇灌，身心再一次被清洗，有一种欲望止息、浮华去尽的干净清静。

真正的静，是发自内心的安宁，是从内心往外渗出的气息，如空气般无形无影，却又无处不在，润物无声。真正的静，也是有迹可循的。殿堂里，十八罗汉和佛祖弟子的雕像，墙壁上残存的壁画，屋顶上的雕梁画栋，甚至每一块砖，都散发着安静淡泊的气息。

这气息，沉寂了千年，阅尽了浮华，历经了历史变迁、岁月交替，如暗香浮动在月色里一般，悄然萦绕在大佛寺的每一个角落里，比世间所有的静都静。

2016年8月

诗意栖居

"国色朝酣酒，天香夜染衣。"

不记得是什么时候看到的这句诗了，但从看到的那一刻开始，就深深地爱上了——不仅仅是诗句，还有诗句所描绘的境界，以及蕴含的那种生活的氛围。从古至今，描写赞美牡丹的诗文不计其数，读得多了，牡丹的雍容华贵、富丽堂皇就有了高不可攀的意味，爱只管爱着，却从没想过亲近或者拥有。牡丹的美，仿若云中仙子，惊鸿一现，终归不是属于喧嚣的尘世的。自以为这样富丽娇艳的花只适合生长在气候温润的南方，大西北这样的苦寒之地，就是费尽了心思也只能培育一株两株，聊以自娱，过过瘾罢了。至于那些专业的花农，他们的花园里有了冠压群芳的百花之王，方称得上圆满。

乌江镇大湾村的牡丹园彻底颠覆了我肤浅的认知和自以为是。

五月，正是张掖草长莺飞的季节，黑河水在乌江大湾村拐了个弯，静静地向西流去。风朗润，水清澈，树木枝叶上的新绿在阳光下闪烁着耀眼的光芒。远处是青色的合黎山，天空碧蓝，庄稼青绿，村庄静谧，它们组成了一幅刚刚完成的水彩画，散发着湿漉漉的气息。空气清新得让人不由得要深呼吸，这一呼吸，浓浓的花香就沁人心脾——牡丹园到了！

进入牡丹园的那一刹，心不由得微微一震：这摄人心魄的美，美到让人窒息！

虽然来之前就已经听说过这一座牡丹园规模宏大，但真正站在牡丹园里，还是被深深震撼了——在广袤青绿的农田之间，这一座牡丹园宛若仙女下凡，为整个村庄平添了一种姹紫嫣红的意韵。在芬芳馥郁的花香里，在啁啾鸣啭的鸟叫声里，我们轻轻走进园子，轻轻走近一株株牡丹，如同面对醇香的佳酿，未饮就先醉了……

牡丹园不仅规模大，而且花色齐全、品种繁多，这是我们没有想到的。更让人惊喜的是，园子里还有极其珍贵的绿牡丹和黑牡丹——这两种花中极品，我早就听说过，以为是神品，哪能轻易得见？今天是第一次见到，心底里油然而生的不仅是对花的赞叹，更多的是对培育者的钦佩。

牡丹园的主人李星明，六十岁左右，朴实真诚，神情淡然平和，因为爱牡丹，他从1982年开始培育，用了整整三十一年的时间，才形成了牡丹园现在的规模。牡丹花期短，加上我们这边气候偏寒，风沙大，每一年真正开花的时间前后不过十天，但是这十天花开的日子，让李星明的生活和别人有了不同。在乡村，土地是用来种庄稼的，春种秋收，收获粮食，以此喂养纷至沓来的日子。也有人种花，或者种经济作物，但也是为了卖钱，生活离不开物质，离不开俗世的柴米油盐。但李星明种牡丹仅仅是因为自己爱牡丹，不为利——牡丹带不来任何经济效益；更不为名——多次有记者扛着摄像机来采访他，都被他很直爽地谢绝了。三十一年时间，其中的艰辛、甘苦、付出、得到，也只有李星明自己能知晓体味，旁人不会懂得，也无须懂得。

以前读庾信《小园赋》："一寸二寸之鱼，三竿两竿之竹。云气荫于丛著，金精养于秋菊。枣酸梨酢，桃榹李薁。落叶半床，狂花满屋。"便觉山峦润泽，溪水和畅。就感慨，拥有这样一个园子，人生该是多么幸福惬意啊！这样的人生，几乎就是完美的了。但并不是所有的人，都能拥有这样一个园子。太多太多的人，总是被俗世生活的尘埃覆盖了最初的梦想和向往，在纷扰艰辛的人生旅途中轻易地放弃了爱和信仰，最终随波逐流，心甘情愿地过着庸碌平常的日子，或者向强大的俗世俯首称臣，将曾经的爱当成尘封在心底的旧梦。

然而，李星明拥有了。这园子里大朵大朵盛开的，是他三十一年的爱和信仰，是他内心的光焰。这火焰历经了岁月的打磨，如同一点一点亮起来的灯盏，照亮了他的人生，也滋养了他的心灵。

"人，应该诗意地栖居在这片大地上。"这是德国哲学家海德格尔说过的一句话。你可以不是诗人，也可以不是作家，但是，你必须诗意地活着，诗意地活在这个世界上。但俗世的生活中，诗意的生活环境不是现成地等着我们去享受，而是需要我们自己去创造，正所谓"有付出，才有收获"。在乌江大湾的土地上，李星明只是一个普通的农民，但他真正实现了诗意地栖居。他不仅拥有一个盛开了他的理想和爱的牡丹园，还和一帮志同道合的农民朋友组建了一个班子，农闲时节在牡丹园里吹拉弹唱，自娱自乐，陶醉在自己的二胡声中……

2015年6月

初秋的坝庙

草绿，风轻，天蓝，云淡，初秋的坝庙进入了鼎盛时期。

整个村庄仿佛都是绿色的，深深浅浅的绿色庄稼，浅浅深深的绿色树木，葱茏，浓郁。新建的小康住宅楼掩映在这连绵不绝的绿色海浪里，如洁净的浪花，一朵又一朵，开在坝庙的怀抱里，让人欣喜；又像是丰盈的果实，一串又一串结在坝庙的枝头，引人驻足停留，舍不得离开；更像是一本本刚刚出版的新书，翻开了坝庙新的历史篇章。风吹过来，房前屋后白杨树、花果树的叶子沙沙的声响，也是绿色的，如欢快的圆舞曲，又如舒心的小夜曲，沁人心脾。在坝庙村的田间地头走一圈，连呼吸似乎也变成绿色的了，清新湿润，如清泉洗涤心肺。

坝庙是个不大的村庄，和甘州的每个村庄一样，几百户人家相邻而居，耕田种地，日子宁静简朴，生活热气腾腾。黑河水从上游的沿河分支经沤波渠缓缓流到坝庙，浇灌这一片热土。村子不大，但土地肥沃，阡陌纵横，田坎参差。老天似乎格外钟爱这里朴实忠厚的百姓，给了他们独特的资源——这里的水土特别适宜枣树生长。村里种植枣树历史悠久，房前屋后、路旁田埂、旷野荒滩到处都是枣树。更有特色的是"上结果，下种田"的枣园，在枣树的行间种植玉米、小麦等庄稼，粮食红枣双丰收，一亩地的产量顶得上其他地方的两亩，农谚说"一亩园,十亩田"。再加上红枣色泽艳丽,营养丰富,闻名全国,不愁销路,所以这里的农家日子过得富足安康。

我们来到坝庙的时候,正是初秋,枣树上挂满了一串一串淡绿色的小枣。田间地头,房前屋后,到处都是枣树,有已经结了很多年果实的老树,也有刚开始挂果的小树。可以想象,枣花开的时候,整个村庄一定飘着浓郁的花香。从小在这里生活的朋友说,每到枣花开的时候,就有许多养蜂人来这里放蜂,酿枣花蜜。后来村里也有人养蜂,到了冬天就带着蜂箱去南方。

朋友的父亲年轻的时候就养过蜂,去过南方的许多地方,见识很广,谈吐不俗。他现在已经七十多岁了,鹤发童颜,精神非常好。他和我们聊村子的历史,聊村子里的奇人异事,聊地方经济和政府的惠民政策,也聊他现在的日子,言语间流露出对生活的满足和对坝庙这个村子深深的爱。他说当下就是坝庙这个村庄的鼎盛时期。尤其是这几年,农民手里有了钱,建小康住宅,买私家车,出去旅游,这在以前是想都不敢想的。

这是一位老人对村庄、对历史最真实也最直观的感受,也是一个村庄近几十年发展历程的见证。坝庙村四面都和其他村子接壤,不能像有些村子一样开荒种田,向外扩展,但坝庙村人脑子灵活,肯吃苦,不满足于靠仅有的土地改变自己的生活,许多人都利用地理优势拓宽收入来源,正应了"人杰地灵"这个词。坝庙离临泽县城近,北面又有兰新铁路通过,交通便利。农闲时节,或者秋天水果成熟的时候,许多人就用篮子装上特色农产品去县城的广场售卖,或者在火车靠站停留的时候向车里的人出售。虽然是小买卖,但在农村也算是额外的收入,更重要的是启发了坝庙村人向土地之外发展的思维。做这些事情的大都是女人,男人们当然也有自己的事业,他们组建施工队，起初只是为坝庙村和其他村子修房建屋，后来渐渐发展壮大，具有了一定的规模，在城市里，在修建高铁的工地上，都有了坝庙村建筑队的身影和功绩，家里的经济也相应地宽裕了，坝庙村家家户户的日子自然越过越好了。

初秋的坝庙，是一幅用绿色渲染的画卷。在这一眼望不到边的绿色中，田地、房屋、道路、沟渠规整有序，错落有致，是书写在画卷上的诗行。坝庙人天天生活在这里，觉得这些只是平常的景致，在我们看来却处处充满了诗意。鸟从村庄的上头飞过是诗，鸡犬在后院里鸣吠也是诗，大片齐整的制种玉米是铺排的诗行，偶尔点缀其间正在成熟的制种番茄和金黄的向日葵就是诗歌的韵脚，联合了庄稼地里无数的韵脚，汇集在坝庙秋高气爽的天地间，让人陶醉，也让人心动。晚饭时，炊烟从绿色的村庄袅袅升起，绸缎般轻柔秀美，为诗意的村庄增添了温暖的韵味。夕阳挂在西边的天空，像国画的篆章，是整个村庄的落款。

初秋的坝庙，比我来之前预想的还要美，这是一个充满诗意的村庄，一个富足安然的村庄。见到这样的村庄，有谁能不被它的美所征服呢？

2014年8月

画里金秋最甘州

在甘州，最美的景色，在秋天。

秋天的甘州，是一幅线条柔美、色泽明丽的工笔画，精美绝伦，暗香涌动，弥漫着清澈沉静的韵味。从一叶知秋，到层林尽染，甘州的秋色，是一点儿一点儿由淡变浓、由浅变深的，像极了工笔画三矾九染。从盛夏的绿树浓荫里透出的一丝微薄凉意开始，秋天的脚步如约而至，于是，四季分明的西北小城，天渐凉，草微黄，"万壑泉声松外去，数行秋色雁边来"。随着时间的推移，不知从什么时候起，草木花树、田野远山也悄然变换了色调，丰富斑斓，热烈浓艳。天空湛蓝，映衬着新旧交织的房屋街市，古城宛如绚丽的画卷。

"山明水净夜来霜，数树深红出浅黄"，秋天的甘州，是一幅浓墨重彩的油画，汇集了世间最新鲜的色彩，浓郁、绚烂、明媚、耀眼。秋高气爽，天蓝得让人心醉，洁白的云朵和祁连山顶终年不化的积雪相融，有一种地老天荒的旷远辽阔。蓝天白云之下，黑河如带，缓缓西流，两岸的树木庄稼被秋色浸染，满眼都是大片大片浓郁新鲜的色彩。赤橙黄绿，深浓浅淡，薄厚轻重，明暗虚实，色彩重叠繁复却又参差各异，笔触厚重苍劲且浑然天成，画面鲜活灵动又苍莽壮阔。沿着黑河行走，如同行走在无比壮观的油画长廊，禁不住心醉神迷、赞叹不已。甘州的秋，是大自然这个最富才华的画师精心创作的佳作，汇集了世间所有的色彩，用尽了所有的绘画手法，也费尽了画师所有的才思和灵感，不可复制也无法模仿。

秋天的甘州，是一幅憨态可掬的蜡笔画。广袤的田野里，到处都是丰收的景象，黄澄澄的制种玉米、金灿灿的花寨小米、亮闪闪的乌江贡米、绿油油的供港蔬菜，以及五彩的胡萝卜——这一今年秋天的网红蔬菜，为甘州的秋天增添了新的色彩，也为淳朴善良的甘州农人增添了热烈的色彩。这些明艳诱人的色彩在阳光下熠熠闪光，散发着醇美香甜的味道，让人垂涎欲滴，心神俱安。"开轩面场圃，把酒话桑麻"，甘州一年一度的农民丰收节，色彩斑斓，盛景绚丽，是对"金秋"这个词最美的诠释。

"遥望祁连山顶雪，芦水一湾映明月"，秋天的甘州，是一幅意蕴悠长的写意画。"蒹葭苍苍，白露为霜"，十万芦苇从古老的《诗经》里赶来，在清冽的秋风中低吟浅唱，轻歌曼舞。芦苇深处，水云相连，鸥鸟翔集，勾勒出一幅幅诗意盎然的画卷。秋分一过，芦花随风盛开，无边无际的黄绿色芦苇海中，翻卷着白色的浪花，银色的月光洒在上面，犹如卷起千堆雪。寒露时节，芦花和初雪相逢，一夜白头，与远处的祁连雪山遥相呼应，相得益彰，构成了流传千年的卷轴。在甘州，凡芦苇摇曳处，总有祁连雪山为背景，或清晰，或隐约，衬托出一个个侠骨柔肠的唯美画面。远山近水是经典的构图，祁连山与黑河更是永恒的主题。山水之间，千百年时光流转，"一湖山光，半城塔影，苇溪连片"的画卷徐徐铺开。这里是"河上边城自汉开"的丝路重城，是陈子昂、王维、岑参、高适等著名诗人旅居过的边塞古城，是玄奘西天取经路过的西域佛都，是《八声甘州》《甘州曲》诞生的地方，是声名远扬的塞上江南，是驰名世界的赛车之都，是生态环保的湿地之城……

秋天的甘州，是一幅恣意挥毫的水粉画。秋阳高照时，艳丽明亮如镀金；秋雨绵绵时，柔润浑厚如水润；秋风乍起时，黄叶纷飞如蝶舞；秋意渐深时，草木摇落露为霜。"甘州不干水池塘"，如今生态得到修复，更是遍地花树丛林，处处湖波荡漾。马路边、公园里、街两边、农家院里、果园里，无论是乡村还是城市，到处都是一片片金黄、浅黄、橙黄的秋色。在大片金黄里，夹杂着深红的爬山虎，它们的叶子挨挨挤挤，织成一面面围墙，被秋霜浸染后，化作一片彩霞，红得热烈浓郁、鲜艳欲滴，让人不由得想起"霜叶红于二月花""我言秋日胜春朝"的诗句。甘州的秋，脚步是缓慢而从容的，秋色笼罩的部分草木依然叠翠流金，一夜寒霜，它们便盖上了一层薄薄的白霜，更有一种深沉苍莽的美。林间的草地也是绿意深浓，上面铺满了红的黄的落叶，在阳光下，每一片叶都闪耀着光芒。湖边的花树、远处的高楼，以及更远的东大山倒映在水中，更显得湖水澄澈，水天一色。

秋天的甘州，是一幅镶嵌在茫茫戈壁上的巨幅版画，大气磅礴，力透纸背。从高空航拍，两山之间的绿洲像一大块绿色的宝石镶嵌在黄色的高原上，雄浑壮观。拉近了镜头，森林、湖泊、高山、田野、河流、沙漠、城市、乡村，这一个个轮廓清晰的板块，各具特色，却又浑然一体，气韵生动。在夕阳下，在晨曦里，变幻着瑰丽神奇的色彩，让人心醉神迷，物我两忘。这样气势磅礴的秋，让人坦然释怀，也让人意气风发。

秋天的甘州，是一幅流派迭起、千姿百态的印象画。新时代的古城，处处焕发出勃勃生机，画面的更新随着时代的发展日新月异，色彩的渲染伴随着空间的不同而千变万化。夜幕下，黑河大桥巍峨壮观的剪影是传统建筑和现代灯光的完美结合。古老的建筑在新潮彩灯

315

的映照下，成了一幅意蕴生动的立体空间画，仿佛穿梭在古甘州千年的历史变幻中。穿城而过的高铁动车和疾驰在高速公路上的来往车辆，打破了传统绘画的视觉规律和空间概念，为画面增添了动感。

晨光中，戈壁水乡的一座座农家小院，融合了水墨画的淡雅与彩绘的绚丽，布局开阔明朗，笔触行云流水，呈现出一派祥和富丽的乡村实景。华灯初上，老城里高大的树木掩映着古老的建筑，街市上人潮涌动，流光溢彩，宛若大唐夜市华丽璀璨盛况的重现。夜幕降临，新城区崛起的高楼点亮万家灯火，画面绚丽多彩，如同凡·高画作上动荡跳跃的星空……

画里绘金秋，最美是甘州。在秋天，来甘州吧！甘州的秋，浓淡相宜，丰饶浑厚。秋天的甘州，随类赋彩，形神兼备，每一个画面都让人惊艳，每一缕秋色都值得回味。

2021年10月

秖侯堡

1

下雨真是好天气。

无论是汉代还是现在，在西北，雨都被视为天降的甘露，下雨天，如同节日般，让人心生欢喜。

雨刚过，天未晴，更好。尤其是五月，连续几日扬沙天气过后，来一场透雨，世界像被清水洗过一样，湿漉漉的，新崭崭的，凉丝丝的微风吹到脸上很是舒爽。这样惬意舒适的天气里，寻访一处向往已久的古迹，再合适不过了。

出甘州城往南十余公里的普家庄村，在蓝天绿树的映衬下，黄土夯筑的城堡宛如一卷古画在眼前缓缓铺开。它如淡彩的水粉画，不着浓墨重彩，简素而洁净，与素淡的天气和心境恰好吻合。

秖侯堡这座古代的城池，千年以后，依然屹立在这里，四方的城墙虽有破损，但很有气势，雄风犹在，基本保留着原来的样貌轮廓，和张掖境内的黑水国古城、骆驼城古城、许三湾古城、明海古城一般模样，布局方正，南北有瓮城，四周有角楼，是一座完整的城池。让人不由得发出"万里长城今犹在，不见当年秦始皇"的慨叹，不免又有白驹过隙之感。

2

还好有史料记载，让我们知道秺侯堡是以汉代匈奴休屠王子金日磾的封号"秺侯"来命名的城池。《甘州府志·乡贤》中记载的第一个人就是金日磾："本匈奴休屠王太子也。浑邪王既杀休屠，以其重降汉，日磾没入黄门养马……""上察其忠孝，使与霍光同辅少主，封秺侯。卒谥'敬'。"

关于秺侯堡，其实早些年就从朋友的文字中读到过，这个并不常见的"秺"，查字典确认了几次，才记住读音。初见时感觉这是一个从《山海经》奇异动物名称中演化而来的地名，以为这里只是一处残垣断壁，再加上后人附会的传说演义，并未特别在意。后来又多次听人说起秺侯堡，说起金日磾，才知道史书上确有记载。

去年秋天有一次路过普家庄，想起秺侯堡来，就掉转车头，驶进正在热火朝天翻新修建的村子，去寻找想象中的遗址。在崭新的汉唐仿古式民居村落中绕了一圈，没找见，也没碰到一个可以询问的人，只好有点儿遗憾地回来了。

年前读《袁定邦诗文集》，有发现宝藏之感。袁老先生是张掖文化大家，他的诗文给张掖的山川古迹赋予了灵气，也为后人的研究提供了依据。袁老先生在《张掖名胜古迹纪要》中描写秺侯堡："至新沟举目东望，巍然而独存者，即秺侯堡也。堡周约里许，门二，东西向，墙高土厚，气象庄严，然视其规模，似非汉代遗物。据当地老人谈，殆为明时所建，似近之矣。盖张掖在唐宋以后，明代以前，久为他族盘踞，意秺侯故堡，必为所毁。迨冯胜西征，张掖始入中原版图。乡之人念秺侯之遗爱，或为之重修欤。"

袁老先生的思索，正是我心中的疑问。金日磾自降汉以后离开故土，得武帝倚重，赐姓，封侯，家族世代沐皇恩、居长安，死后葬在陕西茂陵，为什么千里之外的张掖会出现一座"秺侯堡"呢？

3

一个人的故乡，便是他的出处和来历。如飞鸟，绕树三匝，有枝可依，才是最为真切也最为妥帖的现世安稳。我心安处是故乡。故乡，有草木的庇护，有雪水的滋养，更有深埋于地下的灵魂的指引。

祁连山下的张掖，据说是金日磾小时候生活的地方。遗迹是最好的证言，它用自己独特的方式书写、记录着一个地方的历史，也为曾经发生的故事做了真实的注脚。日月轮转，一代人又一代人来来往往。留下的城池，深藏着真相，也隐含着情感。

史书上载，对于封侯、托孤，金日磾谦恭不受、奋力推让，直至病入膏肓临终时，霍光落泪不忍，上奏汉昭帝请求册封他为"秺侯"。朝廷封侯印绶送来时，金日磾已无力起身跪接，只好躺在床上接过了印绶。未过几日，金日磾就在长安府邸中去世，朝廷为他举行了隆重的葬礼，千军万马列队至茂陵，轻车介士为其送葬，汉昭帝赐其谥号"敬侯"。

这曲折跌宕的传奇人生，看起来是无比辉煌的。在俗世的评价里，他是超越汉儒的治世名臣，恃宠不骄，进退有度，可谓忠孝仁义、信礼智勇，是具有远见卓识的少数民族政治家。近些年来，每每读到这样的史料文字，我总是会不由自主地想要探寻深藏其中的真相和细节。一个人的一生，若放在历史的长河里看，微若滴水，但对于个体来说又是漫长的，也许还是艰辛的。尤其是那些青史留名的人，更有着常人难以想象的非凡经历。年龄和阅历在不动声色中改变了我对世界的认知，阅读的口味也随之改变，越来越喜欢非虚构文字，也越来越坚信，生活远比书中的文字纷繁复杂，也更残酷，曲折跌宕的情节不只是戏台上的表演，而且是无比真实的现实。

眼前的秺侯堡，周边是沃野良田。初夏的庄稼地里，随风起伏的绿浪在蓝天的映衬下，养眼又养心。举目四望，阔野田畴，不见关隘。残留的城池内，玉米苗长势正旺，庄稼地里的秺侯堡，如同寻常百姓，安分知足，平和而安静。

这也许正是少年时的休屠王子和降汉封侯后的金日磾想要的生活吧。当然，这只是我的猜想。

十四岁的匈奴王子，无论情愿不情愿，很多事情根本由不得自己选择，从父死降汉、远离故土，到被俘后宠辱不惊，一步一步取得信任，直至位高权重、功成名就，这样的人生之路，是他自己内心真正的选择吗？血气方刚的少年，被俘后居然能做到不卑不亢、神态自若，他胸腔里安放着一颗多么强大的心脏？他有没有动过杂念？从寂寂无闻，到手握重权，其中的艰辛无须赘言，这战战兢兢、如履薄冰的人生，哪里比得上普通老百姓逍遥自在？"日磾子二人皆爱，为帝弄儿……其后弄儿壮大，不谨，自殿下与宫人戏，日磾适见之，恶其淫乱，遂杀弄儿。"看得人头皮发麻，心里发紧，这就是大义灭亲吗？但毕竟是有悖常理也不合人性的，虎毒尚且不食子，金日磾是怎么做到的？我难以想象，作为一个有血有肉的人，金日磾有没有过难挨的时光？有没有过内心的挣扎煎熬？有没有怀念故土、回味童年，黯然神伤的脆弱瞬间？

无人知晓。即便是自己身边的亲人，也不能感同身受，后世的人就更无法知晓。有谁真正在意他人内心的真实情感和感受呢？哪怕是自己的儿女亲人。亲人在乎的，是金日磾给他们带来的荣耀和护佑；世人看重的是他的功成名就、福及子孙。

故乡，是以金日磾为荣的。青史留名，是人们活在世间奔忙奋斗的意义之一。袁老先生书中所说"乡之人念秺侯之遗爱，或为之重修软"，是极有可能的。

4

秺侯堡城池遗址里长势茂盛的庄稼，让人觉得莫名亲切舒服。远处有农人在地里侍弄庄稼，这春来开花、秋来落果的场景，会让人深信，夯土筑城，只为把身心就此安顿。

年龄越大，对脚下这片土地的感情越深。就像是对家、对父母亲人一样，年少轻狂的时候，总觉得百般不是，总想摆脱羁绊，以为地处西北的张掖偏远而落后，如书中所写的穷乡僻壤一般。读了几本肤浅的书，就越发轻狂起来，一心向往远方，向往更高更远的地方。以为历史悠久、文化灿烂、土地肥沃、物产丰富这些美好的词语离自己的家乡有十万八千里。

四十岁以后，经历了岁月磨砺，也走过了一些地方，回头看，原来自己的家乡不仅风景如画如诗，而且拥有悠久的历史和深厚灿烂的文化。家乡拥有"大漠孤烟直，长河落日圆"的壮美风光，拥有"胡马，胡马，远放燕支山下"的皇家马场，是陈子昂、王维、岑参、高适、王翰等很多著名诗人停留过的地方，也是许多耳熟能详的边塞诗产生的地方……这时候，方真正读懂了杜甫"露从今夜白，月是故乡明"的诗句。

思想和情感的转变都是岁月的赠予，是慢慢地渗透到骨子里的，绝不是一朝一夕的切割和转换。

王羲之在《兰亭集序》中说："后之视今，亦犹今之视昔。"回望历史，果然如此。眼前的村庄，春风浩荡，屋舍花溪环绕，湛蓝的天空下，村民游客神情怡然，一派万物安宁的气象。古老的秸侯堡遗址，这座从汉代走来的城池，穿过历史深处的烟云，见证着这片土地的蜕变与重生。

2020年5月

西大湖畔好村庄

西大湖有一千多个泉眼。

给朋友介绍西大湖，我总是要强调"一千多个泉眼"。这么多泉眼集于一座湖，即便在南方也不多见。西北边陲小城，缺水是常态，干旱是常态，人们对于水，尤其是泉水，或多或少是有点儿偏爱的，因此，每次给朋友们介绍西大湖，内心多少有点儿炫耀的成分。西大湖就在312国道旁，离张掖古城十二三公里，这几年已经成了城乡人们休闲的热门打卡地。

第一次知道西大湖有泉，是十几年前慕名而来吃虹鳟鱼的时候。那时正值天寒地冻的时节，万物萧瑟，田野里一片空旷，远处的祁连山没有了树木庄稼的衬托，更显得苍茫冷峻。黑河结了冰，满河滩的石头裸露着，无声地诉说着西北的坚硬粗犷。黑河南岸的西大湖却是柔软的，和远山近树坚硬支棱的线条对比鲜明。鱼池里的金鳟鱼和虹鳟鱼生机盎然地欢快游动，池里流光溢彩，着实令人惊艳。更让人诧异的是，池中流动的活水不但清澈见底，而且远远看去似有雾气笼罩，一片热气腾腾的景象。难道这水是热的？养鱼的农人告诉我们这里有很多泉。这确实颠覆了我对家乡甘州的认知，让我想起"泉眼无声惜细流"这句古诗。原来甘州也有泉水，原来天寒地冻的大西北冬日里也有可以源源不断地涌出来的泉水！

泉眼咕噜咕噜地往外冒水，任谁听了，都会对这个地方立马产生好感。百泉争涌的西大湖就在我的一次次介绍中，变成了亲朋好友向往的地方，尤其是外地的朋友，感觉西大湖正是其心中的"诗和远方"。这个夏天，当我再次和朋友们一起来到西大湖的水乡渔村时，听村主任说，据最新监测数据，整个西大湖沼泽湿地面积为358.9公顷，泉眼有一千个左右。

　　得有多么充足的地下水，才能有一千多个喷涌而出的泉眼啊！村主任介绍说，西大湖是甘州区面积最大的沼泽湿地，更是全区唯一一片未开发的原生态湿地。"甘州不干水池塘"这句从小听过的谚语，原来说的正是西大湖啊！

　　西大湖地属甘州区明永镇下崖村。小时候，我们村里的姑娘李桂兰嫁到了下崖村。那是我第一次听到这个名字。李桂兰是我们家的邻居，和我妈关系亲密，她出嫁的那天，一辆皮车来接亲，我妈和村里十几个叔叔婶婶坐在高大的皮车后面去送亲。我们小孩子看着马拉着皮车渐渐走远，无端地觉得"下崖"这个名字太难听了，断定这地方必定崎岖不平，山高崖险。"都下到崖里去了，有啥好的？"我们用言语的不屑、轻蔑来表达自己对吃不上席、坐不上马车的怨愤。奇怪的是，这样随口而出的话，竟然深刻地留在了记忆中，以至于自那以后很多年，我都理所当然地认为下崖是一个不大好的地方。有一次，李桂兰回娘家时骑了一辆崭新的飞鸽牌自行车，这在当时很是风光。我妈和村里人都觉得李桂兰嫁到了好地方，说下崖村水多、地头宽，庄稼收成好。

　　老话说："三十年河东，三十年河西。"现代科技的发展，让一切都如高铁般不断提速，可以说是日新月异。不过短短几十年时间，村庄的样貌早已几经变迁。从零散的土坯房到整齐的居民点，再到美观大气的小康楼，农村人的生活变化可谓翻天覆地。和所有的村镇一样，前几年的下崖村，留守村庄的大多是五六十岁的中老年人。李桂兰一家修建的砖瓦结构的四合院，花了半辈子的积蓄和心血，按计划是要三世同堂、四世同堂地住上几代人的，哪知道只住了十来年，院子里就只剩下他们老两口了。老伴儿快七十岁了，李桂兰小几岁，也过了六十岁。好在两个人身体还算健康，腿脚麻利，种了三四十亩地，守着偌大的院子，日子忙碌踏实，却冷清得很。儿孙们只在年头节下回来，吃顿饭，热闹一两天，又都匆匆忙忙地离开了。平日里也是忙于各种事情，回一趟家总是来去匆匆。孙子孙女都陆续到城里上中学，到外地城市上大学的已经参加工作了，不愿意回家乡来。

老两口农闲时节也到城里的儿子家里住几天。李桂兰常和我妈一起到街头公园里聊天，她说留守在下崖村的百分之八十是五十岁以上的中老年人。前些年，村里的年轻人鸟儿一样扑棱扑棱往外飞。考上大学的，毕业后想尽办法留在大城市；没考上的也要去繁华的城市打工。社会在发展，时代在进步，就业理念的不断更新，让年轻人的选择更加多元化，种地再也不是新一代农人的唯一选择。曾经热闹的村庄安静下来，春天鸟雀翻飞，秋天落叶缤纷，有些院落好多年没有人居住，已然坍塌，弥漫着淡淡的荒凉。也只有过年前后，村庄才会恢复短暂的热闹，可年一过完，大部分的院落又空了，街道上也是空荡荡的。"有什么办法呢？"李桂兰说，"村里没有合适的事情可做，地里又挣不到几个钱，当然留不住年轻人。"

近年来，各级政府也在想办法，要让村庄的闲置资源"活"起来，吸引外地游客和本地人走进乡村。

下崖村离城区近，西大湖湿地草甸就在黑河南岸，交通非常便利。距村不远处的黑水国遗址，距今已有两千多年历史，是全国重点文物保护单位，千百年来，在民间有很多神奇的传说。史料记载，黑水国是汉代张掖古城，相传西汉之前匈奴移居张掖，划疆小月氏国国都。《甘州府志》称："其地在唐为巩笔驿，元为西城驿，明则称小沙河驿。"张掖人称黑水国为"老甘州城"。相传隋代韩世龙驻守时，听到一位老人沿街叫卖"枣""梨"，认为这是"早离"的警示，于是连夜撤离，一夜间城池便被风沙掩埋，只留下残垣断壁。现在的黑水国遗址内依然青砖汉瓦遍地，有很多子母砖。据说前些年，附近农民平田整地，还能捡到刀剑残片。张掖市博物馆的展厅里，大量的陶器、陶俑等汉代文物，都来自黑水国遗址。

依据下崖村独特的地理位置、人文历史和自然资源，专家量身设计，以西大湖为中心，把下崖村打造成集文化展示、生态田园、特色养殖、农舍民宿、湿地观光、影视拍摄于一体的乡村田园公园型旅游综合体。2020年，"西大湖草原水乡渔村"项目正式启动，这既是对旧有村庄面貌的翻新，更推动了乡村传统产业的转型。

项目拆除了李桂兰他们四社的老旧房、空置房三十八院，"一对一"建成了三十八院民宿院落，整体命名为"水乡渔村"。

昔日的下崖村立马旧貌换新颜，变成了今日的水乡渔村，浑身焕发着青春靓丽的光芒。三十八座崭新院落，白墙黛瓦，绿树红花，不讲求整齐划一，偏要错落有致，整体结构严整，局部风格各具特色。门前的湖水碧波荡漾，鱼游水底，亭台栈桥与街巷相连，一派清新秀丽的江南气韵。冬日里，在雄浑的祁连雪山衬托下，水乡渔村与西大湖湿地湖泊浑然一体，壮阔秀丽，正是罗家伦那句"不望祁连山顶雪，错将张掖当江南"的真实写照。

新时代新农村，不仅仅是美景新房，村庄的颜值上去了，内涵更要提升。镇上请作家来，请书画家来，请文化学者来，请民俗专家来，挖掘整理地域特色文化，创作诗词书画作品，让水乡渔村的悠久历史和独特资源渗透在建设中，蕴含在管理服务里。于是，家家户户客厅的墙上有了书画作品，每一座院落有了楹联佳作，亭台楼榭间更是翰墨飘香。古香古色的水乡渔村名副其实，西大湖畔的下崖村山环水抱。这里既是原居民的村庄，也是风光旖旎的特色景区，因其自然景观丰富、人文历史深厚、交通便捷，很快就成为甘州区乃至张掖市的宜居宜游打卡地。村庄里又热闹起来了，李桂兰和村民们做梦也想不到，自己的村庄变成了城里人羡慕的地方。每到节假日，慕名而来的游人络绎不绝，他们对这地处塞北的水乡渔村赞不绝口。

　　去年初秋，我参加了文联组织的西大湖水乡渔村创作采风活动。正是乡村最美的时候，西大湖天蓝草绿，大小溪流纵横交错，湿地草甸宽阔绵延，坦荡如砥，犹如绿色的波浪随风起伏，一直延伸到天边，让人仿佛置身于广袤的草原。茂密的草丛中，一条小河像银色的绸带，静静地流向远处，仿佛与蔚蓝的天空融为一体。走在河边，满眼新绿倒映在澄明的河水中。无须任何滤镜，手机随手一拍就是绝美的风光大片。村主任介绍说，按照规划，西大湖这里将建设影视基地，并整合黑水国南城、北城的文化旅游资源，通过公司化的运营模式，带动文旅产业的发展，实现农民增收。文友们都说这里的确是拍电影的好地方，既能拍武侠片，又能拍文艺片。

　　焕然一新的村庄，新时代的农人，让人羡慕的地方还多着呢。如诗如画的水乡渔村，是村在水中、水在村中、人在景中的生态村庄。有好几座院子已经住了人。进了院门，花香四溢，屋前是花园，屋后是菜园，茄子、辣椒、西红柿、豆角、黄瓜长势喜人，呈现出一片欣欣向荣的景象。有的院子还设有烧烤区、车库，一应俱全。屋子布局大多是三室两厅，厨卫宽敞，宛如别墅。我当即给远在汉中的朋友发视频，她是我神交多年的诗友，对丝绸之路情有独钟，来过张掖几次，写了很多关于张掖的诗篇，心心念念要在张掖买一个院子，实现多年来"诗与远方"兼得的梦想。刚好村主任介绍，这些特色院子除了原居民居住，也对外租售。原来的三十八户人家，有好几家前些年在城里买了楼房，而且子女在外工作，不回来居住，还有一部分村民住在村里的小康楼，也想把属于自己的院子长期出租。我一边逛一边打着视频，细心的朋友注意到每一座院子门口都有一块大石头，分别刻着"孝悌""友善""诚信""友爱"等词语。朋友是中华传统文化爱好者，她说，潜移默化、代代相传的传统美德，才是村庄的灵魂。我深以为然。

春天的一个周末，天气晴好，我开车带母亲来水乡渔村做客。李桂兰早早就等在村口，一见面，就拉着母亲的手，说起自己的孙子，毫不掩饰内心的自豪。过年期间，李桂兰在大城市工作的孙子回到家，看到村庄的变化，惊呆了，村庄给了三年没有回家的他超大的惊喜。他用手机拍了视频发到网上，引来好多人围观，有人还说要亲自来体验新农村生活。李桂兰说，孙子一直拿着手机拍，不仅拍村子，拍远处的祁连山，还拍她和老伴儿干活做饭、喂鸡喂羊，让二人说"土得掉渣"的张掖话，说他的直播有几万人在看。李桂兰不懂什么粉丝、直播，更不懂自己一个乡下老太太说话干活有啥好看的。但让李桂兰高兴的是，孙子决定不走了，要回乡创业，计划在西大湖湿地原有的渔夫山庄附近建一个星光露营基地。

"这不，还没有完全建好，就来了好多游客。城里人一到周末就开着车来了，自己搭帐篷，自己带吃的，烧烤，唱歌，打牌，摆各种姿势拍照，他们会玩得很呢……

"还做直播,拉着我去聊天,说是网友爱看,要吸引更多流量……

"天一热,来的客人也更多了,附近的不必说,民乐、山丹、肃南的人也开车赶来。鱼是从鱼池里现捞的,煮出来的汤很好喝,等会儿你们也去尝尝……"

我跟在后面,看她们老姐妹手拉手边走边聊,拍下了她们的背影。照片里近景是爬满了南瓜秧的院墙,远景是绿草蓝天,更远处,是白雪皑皑的祁连山。

2023年9月

春来甘州，水波荡漾

春来甘州，水波荡漾。

尽管大西北的春天来得欲说还休，乍暖还寒，大有"人间四月芳菲尽，山寺桃花始盛开"的意味，尤其是一早一晚依然寒气袭人，但古城甘州"戈壁水乡"的美誉却由来已久，绝非虚名。立春以后，旷野、田地、河沟、池塘，皆呈现出"雪散因和气，冰开得暖光"的景象，不知不觉中，甘州大地已然春潮涌动，春水生发。不几日，就遍地深绿浅绿，处处清波荡漾，楼台亭榭、山光草色、春燕新泥，倒映在一处又一处澄澈的绿波中，只此青绿，如一幅幅明媚清丽的画卷，让人不由得想起"阳春布德泽，万物生光辉"的诗句。

"黑河如带向西来，河上边城自汉开"，两山相映、一水分流的古城，因"城内甘泉遍地，泉水清洌甘甜"而得名。北水桥、南大池、甘泉巷、水池街、饮马桥……这些因城内的泉眼、河流、池塘而命名的街巷，承载着水润鲜活的灵气，孕育了城市的灵魂，也滋润着城市的肌肤。它们是眼前所见情景的真实写照，更是史书载录的历史渊源。"桥头看月色如画；田畔听水流有声"是城北护城河桥头堡上的楹联。据史料记载，明清时期，甘州城内水湖约占全城面积的三分之一。古城周围湖泊环绕，城中之湖穿城而过，素有"河西第一泉"之称的城南甘泉，遗迹犹存。"甘州不干水池塘"，久居其中的人

330

们，早已经习惯了在金戈铁马、羌笛悠扬的历史脉动中，安然享受戈壁水乡莺歌燕舞、小桥流水的明媚春光。"苇溆秋风""甘泉晚照"都是古时"甘州八景"中的优美风光。

春寒料峭，人们还穿着厚厚的棉衣，环绕城市的芦苇荡里已然水流淙淙，暗波涌动，在明媚的春光里，在璀璨的灯影里，摇曳着粼粼波光。忽然有一天，你会惊喜地看到，随风荡漾的碧波中，赤麻鸭、鸳鸯正在游弋嬉戏，水面上回荡着它们欢快的叫声。一圈一圈的波纹如丝绸的褶皱，让倒映在水中的蓝天白云，也浸染了春的柔媚清新。饮马桥、东环路、胡家园子……这些地方，一池又一池摇曳的水波环绕着古城，和古城两情相悦，相濡以沫。有水便有了灵气，有绿便有了生机，在水雾氤氲中，草芽儿绿了，柳枝儿软了，不知不觉中，"山光草色翠相连，万里云尽万里天"。春日的古城焕发出勃勃生机，初生的新绿衬托着古老的建筑，在激滟的波光里熠熠生辉。南望祁连，山顶终年不化的积雪，映衬着湛蓝如洗的天空，是千百年来古城甘州永恒的绝美背景，更是滋养甘州沃野良田的不竭源泉。

城北的芦苇荡之于甘州，更是一种不可或缺的诗意存在。不止一位诗人说，甘州城北蓬勃繁茂的万亩芦苇是从《诗经》里走出来的！这不仅是对今日甘州生态的诗意描画，更是对古城沉雄气韵的回溯。"蒹葭苍苍，白露为霜，所谓伊人，在水一方"，坐落在湿地之上的甘州，便是那在水一方的伊人，从厚重古朴的居延汉简里走来，从气象万千的唐诗宋词里走来，兼具"杏花春雨江南"的柔美情致和"铁马秋风塞北"的飒爽英姿。阳春三月，"池塘水绿风微暖"，绵延数十里的芦苇湿地，薄雾轻笼，水汽氤氲。旧年的芦苇割掉了，新生的芦苇刚刚冒出头来，原本郁郁葱葱的芦苇荡，一下子空旷开阔，一览无余，唯有"一湖春水向东流"，好一派碧水蓝天、烟波浩渺的辽阔景象。国家湿地公园、芦水湾景区、润泉湖、水云乡、甘州驿、弱水湾……这些地方，一片又一片碧波荡漾、恬静温润的水域，在晨光里，在夕阳下，摇曳着潋滟的波光，如美玉，似明镜，镶嵌在甘州浑然天成的山水画卷中。

"春潮初涨云初起"，浮光跃金的水波之下，鱼翔浅底，蝌蚪游弋；水波之上，水鸟云集，白鹭翻飞。踏青寻春的人们，春衫艳丽，步履轻盈，欢声笑语和着啁啾婉转的鸟鸣，在木质的栈道上，在复古的浮桥上，在水边的彩色步道上，被春风吹送到很远的地方。湿地公园的湖中，夏日里掩藏在密密麻麻芦苇丛中的栈道，被日益涨满的春水托起，如浮在水面上的巷陌，曲折繁复，纵横交错，惊艳了游人。西北角的湖面上，地下泉水咕嘟咕嘟涌出，抬高了水面，水流漫过栈道，人们巧妙地运用一个个树桩般的结构支撑起的一段水上的"梅花桩"，成了这个春天人们竞相体验的网红打卡地。人在水上行，水从脚下流，目之所及，春光明媚，水波潋滟，怎能不令人身心舒畅？这些让人心醉的瞬间和细节，如精巧的意象和流动的短章，为甘州的水韵篇章增添了鲜活灵动的气息。

春来甘州，水波荡漾！山环水绕的千年古城，苇溪连片、山光倒映的水韵之城，正是古人"不出城郭而获山水之怡，身居闹市而得林泉之致"这一居住理想的真实所在。

2024年3月

后　记

整理文字的过程，也是回望自己的过程。

从二十几岁开始，在寻常琐细的日子里，零散、断续、散漫的书写，是抒发，也是记录，让我看到了自己一步一步的脚印，清晰，新鲜，没有被时间修改和涂抹。

是的，清晰如昨。边读边忆，常常会停下来，因为某段文字，记忆瞬间回到当日的情景，回味良久。文字带给我的感觉和气息，还和年少时读连环画时那般美好。一行一行，一页一页，一幕一幕，翻着翻着，这半生的故事就过去了。

须臾悲欢，白衣苍狗。幸有文字，此情可待成追忆；也幸有文字，只是当时已惘然。

回望过往，读万卷书行万里路，是少时的梦想，亦是生活的轨迹。小时候听外婆说，她们那个时代，很多人最远去过场（打麦场）上，最高去过房上（屋顶）。乡土俚语，风趣又形象，是个体的人生写照，亦是时代的印记和局限。到了我们这一代，几乎每个人都去过比较远的地方，甚至会远离出生地工作生活。但出生地对一个人的浸润感染，是渗透生命、融入骨血的，无论走出多远，我们的身上，依然带着故乡的印记。

我最喜欢的作家张爱玲认为，写作者如同园里的一棵树，天生在那里，根深蒂固，越往上长，眼界越宽，看得越远。要往别处，也未尝不可以，风吹了种子，吹送到远方，另生出一棵树，可是那到底是很艰难的事。

再读自己这些文字，无非也就是三个字：在甘州。身在，情在，心亦在。身体发肤，魂魄脏腑，一直都在。

万古弱水西流，根脉绵延不息。我的血管里流淌着父辈的人生故事，流淌着祁连山黑河水的秉性气质。前些年曾经做过对父亲那一辈人口述历史的采访，这个过程在《采访父亲》中有详尽的记录。遗憾因诸多烦扰，直至父亲去世，口述记录也没有出版面世。相对于父辈在甘州的人生故事，我的文字轻而又轻，不值一读。

好在，这些记录中，有他们，也在甘州。

万里路即万卷书，万卷书亦万里路，亲情、友朋、为师、自己、行走、味道、甘州，人生的每个篇章都是路途，亦是书卷。

在甘州。终点又回到起点，挺好。